馭禽長征
6 紫銀天劫
龍人 策劃 雨魔◎著
大結局

故事簡介

紳士大盜楚天，歷盡艱苦，終於找到了雅瑪人價值萬億的藏寶地，
卻因一時好奇，而意外喚醒了封印千年的逆世天禽，被移魂奪魄，
莫名其妙來到一個被鳥類統治的異世星球，故事從此展開。

禽鳥世界美麗而富足，但由於神權與王權的激烈衝突，
再加上虎視眈眈的百萬戰獸，誓雪前恥的四方海族，
天鵬盛世並不如表面那樣和諧、平靜，一切只是風雨驟來前的假象。

鳥身人腦的楚天，努力學飛，抗拒吃蟲，
卻因一時嘴饞，吃下鳥蛋而引起眾怒。
即將被處以極刑的楚天，
卻因神權與王權的制衡而僥倖生還，且因禍得福晉升為啄衛。
機緣巧合之下，楚天收了一隊天牛軍團為部下，
意外成為孔雀崽崽的「媽媽」，並獲孔雀忠心家臣鴕鳥的相助，
繼而結交鴨嘴獸王和不死之神始祖鳥，
屠戮擁有傲世真言的黑天鵝和火鳳凰，得到神級羽器幽靈碧羽梭，
戰敗了不可一世的大雷鵬王和海族幻龍大帝，威名震懾天下。

一座座天空之城在他腳下顫抖，
鳥、蟲、獸、海四族的屍體和鮮血鑄就了他逆天禽皇的威名！

馭禽齋傳說

人物介紹

禽皇：萬年前率四王作亂，被神王兩權陰謀鎮壓，流放到外界，萬年來懷著復仇的念頭存活，大盜楚天巧合之下觸碰禁忌，思想留在楚天腦海裏，把自己的一切都給了楚天。

楚天：因尋找寶藏穿越到鳥人世界的彪悍大盜，其腦海裏有著禽皇的思想，修煉九重禽天變，在鳥人的世界裏一步步建立屬於自己的勢力，得到禽皇寶藏之後開始爭雄，破神權鳳凰，滅王權鯤鵬。擁有神級羽器幽靈碧羽梭、烈火黑煞絲，頂級羽器大日金烏、修羅鳥語針。

吉娜：機緣巧合之下跟在楚天身邊，漸漸看清了神王兩權的本來面目，對楚天暗生情愫，對楚天裨益極大。

獨眼：楚天在血虻沼澤收服的恐怖天牛隊首領，通過自己不斷修煉，領悟蟲族力量，最終隨著楚天一起在鳥人世界橫行。

崽崽：孔雀王系一族嫡系後人，本來是楚天在血虻沼澤拾取的一個蛋，活潑可愛，跟在楚天身邊漸漸成長，在楚天的幫助下奪取綠絲屏城政權，擁有孔雀一族王系神級羽器孔雀翎和孔雀明王印。種族異能「孔雀屏」。

特洛嵐、伯蘭絲：孔雀家臣鴕鳥一族的兩位族長，結爲夫妻，爲尋找主上的後裔在陸地上待了百年，找到崽崽之後一直待在楚天身邊，對楚天在鳥人世界成長稱霸幫助極大，成爲其左膀右臂，兩人分別擁有頂級羽器虯竜翼和碧波粼羽刀。種族異能「坐地裂」。

馭禽齋傳說

卷六 皇者悲歌

CONTENTS

目錄

第一章 峰回路轉

靜謐的海風輕撫在奇瑞特斯海灣，捲起一朵朵浪花，拍打在柔軟的海灘上，隨後帶起一層細滑的鹽沙又退回大海母親的懷抱……

某種不知名的沒有進化的八腿兒動物霸道地橫走在沙灘上，在上面留下一排排尖深的腳印。似是感覺到危險，悠閒的海生殼類動物猛地抬起兩隻突出的眼睛，一道白影劃過，牠已感覺脫離了大地的厚實。

是同樣沒有進化的海鳥！

潔白的海鳥顯然剛洗完澡，牠優雅地甩動著身上的水珠兒，看著爪子中的食物得意地叫了兩聲，可就在此刻，地下平滑的沙灘上突兀地拱出了一個巨大的沙丘。

「嘭！」

一聲震耳欲聾的巨響自沙丘下響起，無數細沙震天而起。

「唧咕——」本來的愜意被驚慌取代，欲一飽口福的海鳥快速地揮動翅膀，爪子下的螃蟹早已不知被扔到了哪裏，牠狼狽地逃走了。

沙丘越來越高，最終出現了一個灰黑色的塔尖兒，上面的凹槽帶著沙雨越升越高，又露出了一座建築的頂端，所有的小生命們都被這個大傢伙嚇壞了，牠們驚恐地向海中向岸上跑去。

這個巨大的怪物，正是遺落的神跡之城，傳說中，最強大的天空之城！

對於遺跡之城的升起，不要說生活在這片海灘上的小生命們，就是現在站立在天空之城中的各族戰士也是驚恐不定，他們都在揣測，到底是誰啓動了天空之城。

沙礫揮灑，淅淅瀝瀝，整座天空之城被細沙掩蓋了厚厚的一層，少數身手敏捷的適時躲到了房屋中，才避免變成沙人的尷尬，只有城主府有一些意外！

除了最高的兩座塔樓以及線橋外，其他地方彷彿被什麼能量罩住了，所有的沙礫皆順著半圓的罩子滑向了兩邊，城主府內，卻一點沙礫都沒有。

主府占地若是按照地球的度量法，最起碼也有兩平方公里左右，如此大的護罩，支撐起來的卻只有寥寥幾人。

他們，都一臉緊張地站立在幾根豎劍一般的建築之上，單腿憑立，渾身氣勢勃發，周身空氣翻湧，隱有風雷之勢。

這幾人，正是與邪惡天禽做交易的傻鳥，在剛才的偷襲裏，邪惡天禽這個傢伙轉移大家注意力後，烈火黑煞絲變成八隻閃電飛鳥，擊中了他們。

被擊穿心臟和頭顱的一個當場掛了，剩餘的幾個也是身負重傷，此刻雖然是他們將邪惡天禽圍在中間，但只是強裝聲勢，顯然已是強弩之末。

邪惡天禽也站立在一根他召喚出來的迷宮柱上，卻一副無所謂的樣子，淡淡看著包圍他的六位翎爵，他陰陰一笑說道：「廢柴們，動手吧！」

感覺受了侮辱和欺騙的米奇莎幾乎想立刻將邪惡天禽碎屍萬段，她杏眼怒瞪，銀牙咬得咯咯直響。

不過無論是天空之城的升起、天禽剛才的偷襲還是此刻的氣勢，海獸蟲這一方所受的壓力都是最大的，聽了天禽暴出氣機的這一聲吼，一位蟲族的新晉翎爵卻受不了這種壓力衝了上去。

「血腥殺戮！」天禽嘴角一揚，雙手糾結在一起，畫出無數的半圓，隨後，一隻隻分辨不出是什麼顏色的半圓光刀如切割機的刀刃一樣，飛射而出，直擊向蟲族翎爵。

「啊——你不要小瞧我！」口中大叫著，這位天線蟲族的高手身體化作一條飛箭，雙手舉過頭頂，交接成雙掌模樣，一面巨大的黃色光盾在他手上形成，正砸向邪惡天禽的頭頂。

「弱智！」邪惡天禽雙掌翻飛間，那些半圓光刀竟好像長了眼睛般，並沒有與蟲族翎爵交手，而是拐彎後射向了他的腦袋。

「就是現在，三族複合陣法！」米奇莎原來曾是獸族的高級將領，與北大陸的鳥族們發生過不少戰鬥，她對於戰機的把握無比敏銳，眼見蟲族夥伴已經不聽勸阻地衝出，她想到的不是怎麼將他救回來，而是怎麼利用這個機會打敗敵人！看到此刻邪惡天禽已經將大部分作戰力量都釋放了出來，她立刻指揮大家動用絕招。

自從上萬年前三族決定聯合對付鳥人開始，各族的長老王者們就一直在想三族相輔助而成的戰法，也就是在幾百年前，由獸族五王中最強大的狁狻王找到了一種複合戰法，只是因爲一直沒有和鳥族開戰而不允許使用罷了。

「今天，爲了保存五隻翎爵，我不得不破戒了，希望偉大的獸神可以原諒您無知的信徒！」心中祈禱著，米奇莎的身影躥向了左側的豎劍塔，而剩餘的四位翎爵也不簡單，稍微一呆後已經作出了決斷，飛速挪移，最終與其他人擺成一個五角星的形狀。

五個人同時單舉右手，掌心朝天，筆直豎著超過頭頂，口中念念有詞地說著什麼，莫名地，一股天威地煞自他們的手心和腳心衝入他們身體裏。

正享受著將蟲族翎爵凌遲的邪惡天禽早發現了眾人的舉動，但他卻沒有放在心上，直到此刻，一種讓他發毛的戰慄感才讓他一刀割斷蟲族翎爵的脖子，戒備地向幾個人看去。

「引動天地的力量！怎麼可能！這是絕對王級才能做到的！」邪惡天禽心中打了個哆嗦，他狂妄嗜殺，但他並不傻，以他現在的力量，是絕對無法對抗同級的王的！

感受到天禽思想裏的震撼，楚天也是有些詫異，不過更多的是一陣竊喜，三族複合的陣法，赫蓮娜作爲人魚公主肯定知道的，而他的手下種族複雜，四個大族的都有，只要能搞好，說不定也能創造出這種力量。只是，要從那個婆娘口中套出些東西，似乎不是太容易。

苦笑了下，楚天再次把注意力放到了外面。

邪惡天禽在感受到危機的那一刻已經動了，他好像飛射出的炮彈般，頭頂包裹了一層橢圓形光罩，直衝向外面。

「轟。」

巨響聲中，站成五角星的五個人感覺靈魂都彷彿震動了起來，臉色瞬息變得蒼白如紙，本來已經凝結的血痕上再次有了流動的鮮紅。

相交於這五位，邪惡天禽也不好受，他直接被彈飛了出去，「轟隆」一聲，撞斷了一根豎劍塔後才隨著幾根斷裂的石塊落向地面。

厚實的背與地面來了次零距離親密接觸，邪惡天禽雙腿先後向地面磕擊，他已經站了起來，不過狀態明顯不好，身上的衣服殘破得露出了盤虬的肌肉，光亮的腦袋上蒙了一層灰石屑，左耳孔裏還溢出了兩行血跡……

搖晃了下腦袋，邪惡天禽好像惡狼一樣齜牙望著站在上方塔尖上的五位翎爵。

「禁破空間，你們居然會這種逆天的術法！」受到打擊的邪惡天禽感覺到無邊的憤怒，但在這憤怒中卻無奈地夾帶著一絲恐懼，這個世界變了嗎？當年，除了幾個老傢伙外，其他王級見了自己都是繞道走，而此刻，竟然被五位翎爵纏住，還產生了這種心理感應！不過都怪他們，爲什麼他們會調動王級才能調用的天地力量，爲什麼他們會擁有絕頂王級高手才擁有的禁破空間！

當年天禽也會布這種禁破空間，這是種以耗費生命力爲代價的術法，被困者除非擁有施術者兩倍的力量，否則絕對突破不了空間的，若是平時，他絕對不會如此狼狽，可現在……他力量受到了限制！

「該死的，楚天，你要是與我合作該多好！」邪惡天禽是很憤怒的，正常的結合能讓他瞬間恢復至頂層力量的八成，那樣的話不要說是五位翎爵，就是一個正宗王級，他都不怕！

心中碎碎念著，邪惡天禽卻知道此刻不是埋怨的時候，他口中大叫一聲，仿若沖天炮一般，飛到了上空，身體好像在天空漫步般機械地扭動著。

看到這種小丑步伐，楚天本該好好嘲笑一番的，但他露出了慎重的表情，只感覺一股股能量自外界聚集，邪惡天禽就好像吸塵器一樣狂暴地吸收著這些能量。

「他這是要幹什麼？我的身體根本無法承受這麼多力量。」楚天感覺一陣心蹦眼跳，他身體是非常強大了，但就好像再堅固的城牆，當受到足夠的打擊時，它仍會倒塌。

如楚天所預料的，這些聚集來的能量並不能被楚天的身體完全消化吸收，在身體機能超負荷運作的情況下，仍有無數斑駁混雜的能量聚集在他身體裏，不一會兒就將他的身體撐大了兩倍有餘。

骨骼在「啪啪」響動，肌肉被拉扯得發出讓人牙酸的「咯吱」聲，皮膚好像牛皮糖一樣，撐得沒有了一絲皺褶。

外面的五位翎爵也感覺到了邪惡天禽的不尋常，他們卻不敢分散心神想什麼，只能拚命地去念著複雜的咒語。

一股是純正的天地元氣，一股是混合起來的複雜能量，不過一個數量少，一個數量大，兩者好像拳台上的選手，在角力，當誰的力量達到頂點時，就是最終的對決！

天地間因爲力量的流動而形成了無數股旋風，它們肆虐著，卷起外面五人的衣角髮梢，吹拂著他們的臉頰。

就連最鎮定的米奇莎也感覺到心跳達到了有生以來的最高點，一滴晶瑩的水珠順著她臉部完美的輪廓下落，凝聚在她尖尖的下巴，越來越重，最終向下滴去。

「眾神的憤怒！」同時五位翎爵終於聚集好能量，在禁破空間被邪惡天禽的力量撐破前發動了襲擊。

天空中電閃雷鳴，狂風大作，一股仿若來自九天之上的赤耀白光以迅雷不及掩耳之勢射襲而來，射過之地，所有的一切都被瞬息蒸發！

「我天禽，從不畏懼所謂的神！」口中咆哮著，已經脹大了三倍的邪惡天禽雙掌猛然推出，一個五顏六色好像有小星球大小的光球在他手上形成，等話語喝完後，光球迅疾飛出，正衝向天上的赤光。

無聲的碰撞，震撼了整座天空之城，及四周所有的一切，海水沸騰，地面震顫，這種純能量的對決消滅了它們所籠罩的一切，沒有碎屑，沒有齏粉，一切都在瞬間被汽化……

北大陸。

萊斯特拉河源頭西側的莫斯迪亞火峰中，一位沐浴在赤紅岩漿裏的赤身中年人忍不住站了起來，抬頭看向東南方，口中喃喃道：「好強大的力量，難道是那些老夥計出來了嗎?哼哼，等了這麼久，讓我這把老骨頭重新沸騰的日子終於到來了。」

棲骨城東南側的大神聖湖底，一具華光流動的水床上坐立著一個穿著華美服飾的男人，幾位絕色佳人正給他做著全方位的按摩。突然，他推開了身邊的女人，抬頭看向了東側，一對銀色的眸子裏精光一閃，他摸著嘴角說道：「是鳥族的人嗎？嘿嘿，悠閒日子要過去了。」說著話他銀色眸子掃了四下渾身哆嗦的女人一眼，那些女人在被他目光掃到的同時全部石化。

緊挨著昏鴉城的羅雅湖中……

最廣博的希坦斯平原……

最原始的哈奇瑞叢林……

都有一位這個世界最頂級的存在遙望向了奇瑞特斯海灣。

不止如此，在南大陸，在靜謐廣袤的折翼海中，也有一個個被世人仰望的人向奇瑞特斯海灣投去了關注的目光。

在這些人的關注中，自被夷平的廢墟裏，從末日的光輝中，渾身赤裸的邪惡天禽邁著堅毅的步伐站了起來。

雖然渾身冒著青煙，雖然身上滿是汽化的疤痕，但他仍然是這場對決的勝利者。

五隻翎爵，剛才因爲根本來不及逃走，已經變成了空氣中的因子，而整座天空之城，一片狼藉，幾乎找不到完整的建築，不過，因爲控制核心是在地下，天空之城此刻仍在上升，已經飛到了幾十米高的位置。

「哇哈哈，這個世界再沒有人能戰勝我。」看著四周的慘景，看著陰積的天空，邪惡天禽狂笑不已。

只是，越笑越無力，最終栽倒在地上，天禽的精神在剛才受到了毀滅性的打擊，勝也是慘勝。

神賜安全區內的楚天卻是一點傷都沒受，但他心中變異的情緒卻是比邪惡天禽還要強。

「伊莎他們，他們怎麼樣了？」望著身前的廢墟，楚天心中十分焦慮，眼前這一切不正是控制自己身體的渾蛋導致的嗎！

這樣一想楚天感覺他的腦海完全被怒火佔據了，竟然超脫了他的理智，讓他不顧一切地衝出了神賜安全區。

在一衝出來楚天就感覺到一股讓他窒息的力量，好像掐住了他的脖子，將他滯在半空中，無法前進，也無法後退。

「嘿嘿，你終於肯出來了。」陰惻惻的笑聲和話語從四面八方傳來，在楚天眼前的這個光彩意識時空，彷彿都是邪惡天禽。

「呃……你……我一定……殺你……」楚天感覺自身的力量在逐漸消失，他臉部做著各種痛苦的表情，卻仍然咬牙切齒地說道。

「不知死活的東西，對於我來說，你只是一隻沒有進化的螞蟻，隨便一腳就可以將你踩成碎末。」天禽的聲音忽遠忽近，根本找不到他在哪裏。

「螞蟻，牠的理想是絆倒大象！」拚勁力氣大吼著，楚天抬手向抓到自己脖子的力量打去。

「去死！」

楚天的反抗根本沒有作用，在邪惡天禽的沉喝聲中，他彷彿一件垃圾被丟了出去。

「身爲我另一個人格選中的人，你還真是弱得可憐，怎麼樣？要不給你一段時間讓你修煉一下，然後再來找我挑戰？」四周迷離的光彩世界一陣如電視信號般的波動，一個人影朦朦朧朧地出現在楚天眼前。

已經「見過」幾次，正是那個非常有威嚴的禿頭男人，不過，楚天看到的只是一個很立體的光影，並沒有實體的感覺。

「咳咳……」楚天咳嗽了兩聲，嘴角斜斜揚起，單手支地從由無數光彩組成的地面上站了起來，看著眼前的強大男人說道：「我不需要，因爲你，我生命中最重要的人已經離我而去，所以……你要付出代價！」

大吼著，楚天臉上青筋暴露，身體化作一顆炮彈，身體離地衝向了天禽。

「嗡……！」

只有楚天超速後引起的氣勁，卻沒有任何碰撞，他穿過了天禽的身影。

「你甚至連打都打不到我，怎麼與我鬥，回神賜安全區吧，那裏是一具軀體與外界連接最親密的地方，說不定你修煉一下，實力會有什麼破天荒地增加呢。」被撞破的光影身體再次凝聚，邪惡天禽輕蔑地說道。

雖然被怒火和悲傷沖昏了頭腦，但楚天畢竟不簡單，聽了這句話他有些怪異的感覺，剛才不是一直期望自己出來，好將自己吞噬的嗎？怎麼現在居然這麼好人了？

「有問題！」楚天心中一動，有些明白原因了，他再次從地上爬起來，看著天禽不再動怒，只是冷笑著說道，「你受傷很重吧？」

「你說什麼？」邪惡天禽語氣沒有任何波動，只是，從他眼中閃過的一絲異色並沒有逃過楚天的眼睛。

「你現在沒有辦法控制我了，還我身體的控制權。」已經對心中的想法有了百分之七十的肯定，楚天不再廢話，吼叫著向外衝。

「轟轟轟」的聲音在楚天意識裏響起，整個七彩意識海世界好像被攪動的睡眠一樣，波動不已。

如此的情況，讓心力交瘁的邪惡天禽暗歎了一聲，他知道唬不住楚天了，也知道以現在的實力不休養一段時間，根本不可能吞噬掉這傢伙。

悻悻地，如撲下的巨浪，邪惡天禽的意識凝聚在一起，躲進了楚天腦海的一個角落，他並不怕楚天對他做什麼，就是他受傷了，他的底子也不是楚天能夠撼動的。

楚天暫時也沒打算對邪惡天禽做什麼，他現在只想快點去看看伊莎他們。

「啊！」口中大叫著，楚天恢復了對身體的控制，不過剛一恢復意識，他就感覺鑽心的疼痛自身體上傳來，腳步踉蹌，他差點摔倒在地上。

「嘶嘶……」連吸了兩口涼氣，楚天才哆哆嗦嗦地站定身子。

腳下，是一層被剛才力量對碰的週邊力量研碎的建築物的齏粉，踩在上面，燙腳！

不過楚天卻不在乎，他一腳一腳，向城主府外走去。

雖然精神力量是飽滿的，但身體力量卻早被邪惡天禽耗費空了。

只能像普通人，不，比普通人更加緩慢地向外挪動著，這卻是楚天最大的力量。

每挪動一腳，楚天就打個哆嗦，猛吸口氣，被汽化的痛楚每每牽涉著神經，幾乎讓人忍受不住。

此時，天空蒙上了一層縹緲的黑紗，一輪皎潔的銀月自海的另一頭緩緩升起，彷彿在隨著遺跡之城的攀升而攀升。

原本喧囂到讓人發瘋的遺跡之城只剩下死一般的寂靜，夜風拂過，帶起不知是什麼建築被碾碎的齏粉。

楚天仍在一步步地前進，向著他與赫蓮娜分別的地方。

沒有碰到任何實體，也沒有一點血跡，彷彿根本沒有人來過這裏。

楚天心卻愈來愈沉，兩股天地力量的對碰實在是太強大了，這種情況下還能活人？

逐漸遠離作爲中心戰場的城主府，地面上逐漸出現了大一些的建築殘片，這讓楚天多少恢復了一點希望，腳下快了一些。

原本密集的小巷處，楚天靜靜地站在那裏，仍有白紗般的月光灑在他全裸的身體上。這裏，只是比城主府情況稍好，可最大的建築殘片也只有碗口大小，整個內城，已經被徹底夷平了！

「伊莎……伊蓮娜……卡迪爾……你們……」楚天感覺身體裏的力量在逐漸消失，深深的愧疚充斥了他的內心。

正在這時，東方，一股微弱的能量波動牽動了楚天的氣機。

在這鬼域一般的地方，任何能量波動都跟黑夜裏的一顆星星一樣，即使再小也無比耀眼，而且，楚天只是身體力量透支，精神感受力卻並沒有減弱。

波動實在太弱了，楚天並不能分辨是什麼人，但他卻不能放棄希望，這一刻，他的潛力再次爆發，身體竟憑空躍起，九重禽天變第二重琉影御風變竟然在這種時候用了出來。

身體融進吹拂的風中，在幾分鐘後他已經來到了波動傳來的地方。處於外城，建築雖然也被損毀了很多，但卻並非消失無蹤，一些大塊的殘骸還是能夠看到的，而微弱氣息波動正是從三四件堆積在一起的巨大斷柱下傳來的。

費了九牛二虎之力，楚天才將柱子搬開，結果就看到一頭亂蓬蓬的藍髮。

「藍八色鶇！」楚天大叫著將瀕臨死亡的藍八色鶇抱了起來，他一隻胳膊不知道被什麼東西生生扯了去，胸膛上一個碗口粗的血洞直通後背，可以看到已經爛嗤嗤的內臟，其他深可見骨的傷痕，在他身上，不下二十條，看起來真是沒有一點人形了。

感受到藍八色鶇微弱的生命火花，楚天臉上出現了痛苦的神色，他發現他根本無法動用九重禽天變第六重的鄱鑾戰空變，這就無法模仿啄木鳥族的種族異能。

「給我出來！」眼見自己無法救助藍八色鶇，楚天只好惱火地對邪惡天禽喊道。

沉默，顯然人家不想理他。

「吱吱！」楚天上下牙齒咬合著發出聲音，他詛咒一般地說道，「你信不信，我可以將這具軀體立刻毀滅。」

這樣的威脅有些孩子氣，但卻非常管用，楚天記得大明王回魂後所說的話。

一具靈魂，要找一個與他契合非常融洽的身體是很難的。

楚小鳥的身體也是經過天禽力量的改造，才能那麼容易讓邪惡天禽控制身體的。

「你這是威脅我！」邪惡天禽咬牙切齒的聲音自楚天腦海裏響起。

「哼！你可以這樣認爲。」楚天冷笑說道。

天禽真是要將肺都氣炸了，他是何人，高高在上的天禽，最有希望超越神的鳥人，卻被楚天這種癟三級的小東西威脅！

可，此刻，這個威脅確實拿捏住了他的軟肋，這具身體沒有了，先別說能不能再找到契合度這麼高的人，就是找到了，實力也絕對會打個折扣，這具身子，有他家「哥哥」遺留的力量，那才是他最看重的。

並沒有抑制心中的殺氣，天禽陰森地說道：「你要記住你說的話。」說完後語氣變淡，再開口道，「你調動天地元氣進他的身體，可以幫忙改造他的身體，讓他迅速復原。」

「不是只有王級才能調動天地元氣嗎？而且我現在身體裏沒有靈禽力。」楚天下意識地說了句。

「我既然能短短時間培養那麼多翎爵高手，讓你短暫地調動天地元氣豈非更加簡單。」雖然陰險狡詐卑鄙無恥，但身爲曾經站在這個世界頂峰的人物，這種自信已經融入了天禽的骨子裏。

楚天沒有再說話，只是靜靜地聽著。

「正則天地綱常，汜水溶則土靜成，陽成朱雀，陰至玄武，兩元歸一，走正玄橋道……」突兀地，一句句玄妙卻讓人感覺熟悉的話語自楚天腦海裏流出，他有幾絲詫異，這不是地球上某些寶典裏應該有的詞句嗎？怎麼這個魔法世界也有？還是出自邪惡天禽口中。

心中驚疑不定，楚天身體卻自然而然地動作起來，仿若渾然天成，腦海中早已經有這些東西引導著他如何去做。

大腿並直，雙腳稍斜，成不丁不八的姿勢，楚天雙手畫大周天，閉目按照心中那根弦的跳動舞動雙手。

剛才碰撞後四散的天地能量瞬間又聚集過來，楚天雙掌打出，擊在藍八色鶇後心，頓時，天地元氣以他爲媒介，向百變星君體內湧去。

天地元氣不愧爲世界上最精純的能量，除了強大的破壞力，它的修復力也是非常剽悍，通過內視，楚天看到藍八色鶇體內受損的內臟和經脈在飛速地癒合，就連週邊的傷痕也好像在培養槽裏滋生的細菌一樣，蠕動複合。

同時，作爲媒介的楚天也吸收了少量的天地元氣，而就是這一點已讓他受益匪淺。

時間，就在這樣的情況下流逝，在東方泛白，一輪日頭自海平面跳出來時，藍八色鶇終於弱弱地呻吟了一聲。

「終於好了！」楚天感覺心中寬慰了少許，最起碼，還有一個夥伴活著。

楚天是個愛記仇的人，但這次他卻一時找不到辦法復仇，天禽力量太強大，如果按照他昨天晚上說的那樣去自殘的話，或許是有機會，但他也就完了。

「我已經不是孤家寡人，所以你們等等，我一定會找到殺他的方法的。」收回手，楚天看著四周狼藉的建築暗暗說道。

「楚天，你沒事？」在這時，藍八色鶇終於醒了過來，他向後掃了一眼，才深呼了口氣激動地問道。

嘴角堆出個苦澀的笑容，楚天搖搖頭，沒有說話。

「你那裏到底發生了什麼？還有這一切都是怎麼回事？」藍八色鶇人確實不錯，他抓住楚天的手卻不問自己怎麼了，而是先問起他人。

楚天無力地揮揮手，將發生的一切說了一通，當苦澀地說到找不到爲伊莎她們報仇的方法時，他突然看到藍八色鶇以奇怪的目光看著他。

「怎麼了？」以此刻楚天心中的怒火，若不是顧及藍八色鶇身上有傷，他絕對不是沉聲問話，直接就一拳頭打上去了。

「誰說伊莎她們出事了，她們都沒事。」藍八色鶇瞪大眼睛說道。

「呃？」愣了下，隨後楚天才反應過來，伸手抓住藍八色鶇的肩膀，邊搖晃邊說道，

「你說什麼？再重複一遍。」

「我說你給我放開。」牙齒咬在一起，藍八色鶇一晃身子甩開楚天並阻止他再次抓自己後才說道，「在你成功進入城主府，紐家兄弟又竄出來後，我們就接到了鑽地鳥的傳訊，說河水馬上漲潮，要我們趕快離去。」

聽了這話楚天呆了，他只是傻樂兒，自己嘿嘿笑了半天都不開口。

藍八色鶇臉色陰了幾分說道：「老人家我不辭辛苦，安撫下幾個女娃娃獨自來找你，你心裏沒有什麼想法？」

「有，有想法，簡直太好了，這個世界太美好了。」楚天臉上掛著似悲似喜的表情，抱著肩膀渾身顫抖。

「……」藍八色鶇一陣惡寒。

「你現在能控制這座……天空之城不？」等楚天變態的行徑稍微好些後，藍八色鶇才開口問道，不過問到一半，掃了眼四周的廢墟，話語裏有些停頓。

「找到了，至於這些建築都不要緊，這座史上最偉大的天空之城擁有自我修復的功能，只要找到足夠的能量，並將它與地面連接，它就可以重新將這座城市搭建起來。」這些東西都是楚天自新獲得的記憶中找到的，他心裏非常爽地說道。

「咦？」藍八色鶇非常配合地驚叫一聲。

「天空之城地下有幾個靈術陣，其中就包括記憶靈陣和復原靈陣，有了這兩個寶貝，無論天空之城遭受多大的打擊，在四十八個小時後都能全部復原。」楚天強力想忍住心中的情緒，但嘴角怎麼都合不住。

伊莎等人沒有事情，天空之城被毀成這個樣子還能自動復原，這真是大禍之後福氣逼人啊。

藍八色鶇嘴角不自然地抽搐了兩下，隨後才說道：「我們是不是先下去，將其他人接上來，你那些長尾雉手下真的很不錯，要不是他們拚死斷後，他們不一定能在這個情況發生前撤出去。」說著話他心有餘悸地掃了眼四周的淒慘景象。

「我也是這樣想的，不過老頑童，你有沒有什麼克制他的方法？」楚天說著話拿手指點了點太陽穴。

藍八色鶇想了想，搖搖頭：「沒有，按照你所說，天禽自己都無法壓制，更別說其他人。」

楚天緊鎖眉頭，最終歎了口氣後強打起精神說道：「算了，先不管他，這次看他的情況不休養一段時間是不可能了，到時一定能找到辦法的，我先將天空之城降下去。」

說著話楚天心神一動，天空之城就緩緩地向下落去，這讓藍八色鶇瞪大了眼睛忍不住問道：「精神操控？」

楚天點點頭，站起已經恢復了大半精力的身體，向外走去。

「不要攔著我！立刻給我讓開！」一聲冷冰冰，充滿威壓的聲音鑽進眾人的耳朵裏，但他們卻不能聽從。

「赫蓮娜公主，您現在不能上去，上面情況不明，可能會有危險。」紐烏刺站在眾人前面，攔著人魚公主一步不退讓地說道。

除了楚天外，這個世界還真沒有違逆過她意思的人，此時赫蓮娜又心有所牽，她的大脾氣又躥了上來，從身後的伊莎手裏拿過來一條在天空之城得到的虎尾鞭，她殺氣凜然地說道：「你到底是讓還是不讓？」

赫蓮娜本就擅長精神系的攻擊，此時更是氣勢大盛，雖然紐烏刺本事不低，但仍是抵擋不住後退了兩步，只是在隨後，他又咬牙走了回來張大嘴巴說道：「除非你從我們這些人的屍體上踏過去。」

紐烏刺的精神無疑給其他攔截赫蓮娜的人打了一針強心劑，他們跟在紐家老大身後組成了一面人牆。

「好，那我就讓你們變成屍體。」赫蓮娜感覺火氣上湧，一鞭就向紐烏刺臉部抽去。

這一鞭帶著精神力，抽在紐烏刺臉上疼痛直接刺入了他的神經，一道血痕顯現的同時臉色更是變成了麵粉一般的白色。

「呀！」

一直在赫蓮娜身後，躲躲閃閃一臉矛盾的伊莎和瑟琳娜同時發出了一聲驚叫，她們拋開心中的猶豫，上前拽住了人魚公主。

「赫蓮娜姐姐，你別……別這樣，楚大哥……吉鳥天相，一定沒有事情的。」伊莎說的這話自己都不怎麼相信，但她必須這麼做，她非常瞭解赫蓮娜的脾氣，要是不阻止，她肯定會真的將眼前這些人殺掉。

「楚大哥，你快點下來吧，我們真的很擔心你。」心中流著淚，伊莎抬頭看了眼天空，自從下來後已經不知道多少次做這樣的動作了，尤其是剛才那超級的大爆炸之後，幾乎每隔兩分鐘就抬頭看一次。

雖然心中同樣擔心，但伊莎仍是拉住了赫蓮娜，死死不放手。

「放開我，伊莎。」赫蓮娜一對水眸裏閃爍著駭人的光芒說道。

「我……」伊莎心中怦怦跳著，小嘴微張卻不敢再說什麼，正在這時，瑟琳娜突然指著天空喊道：「你們看。」

所有人的目光都被吸引，他們不約而同地抬起頭，只看到天空中一個小小的黑點，正在逐漸變大。

「是禿頭大叔，他沒事，他回來了。」舒克貝在眾人的雙腿間來回鑽了幾下，終於脫出了人群，站到一個高坡上滿臉興奮地大叫。

其他人也被這聲音叫回了魂，顧不上再攔截什麼了，匆匆忙忙就向四周轟散而去，那天空之城，正是往這裏落下來的。

天空之城升起來很慢，但落下來那可是快得很，堪堪等眾人跑出了那片巨大的陰影，它已經轟然落地。

真不知道這天空之城是什麼材料做的？簡直比鈦合金還堅固，而且很穩，落在地上一點都不晃。

早就站在天空之城邊緣的楚天，這個時候已經竄向了地面，而同時，幾個姑娘家也衝了過來。

「楚大哥！」

「你們沒事吧？」

遙遙喊著，幾個人眼看就要來個親密接觸了。

「哎喲。」

一聲慘叫突然響起，楚天一個沒站穩，後仰，倒地！

「禿頭大叔，你沒死啊？」舒克貝騎在楚天身上，摟著他的脖子一把鼻涕一把淚地問道。

楚天那個恨啊，卻又無可奈何，看著站在身前的三個女人，他苦笑了下，再想來點什麼東西，已經沒有心情了，而且他的兄弟們也都關心地圍了上來。

唧唧喳喳的，眾人關切地詢問著楚天。

「停……！」感覺無數隻蒼蠅在自己耳朵邊飛來飛去的楚天深吸口氣，張口大喝，終於將所有人都震住了。

「有什麼問題等下說，現在大家先帶我去吃點東西，我餓啊。」

第二章 血鷲之王

鑽地鳥雖然愛好鑽地，也在地下建了不少通道和洞穴，但他們主要居住的地方還是草原上。此刻，楚天等人正在一間完全用稻草搭建的房間裏享受著被他稱爲出生以來最美味的一頓飯。

正當楚天狼吞虎嚥，生撕猛嚼，以狂猛吃相震驚全場時，屋外突然傳來一陣喧嘩聲。不低於警世鐘響，大家終於回過神來，幾個人麻利地跑了出去，期間，楚天的視線沒有從滿桌子的食物上分離絲毫。

不一會兒，卡迪爾從外面跑了回來說道，「楚天，外面有個人說要見你。」

「什麼人？等我吃完東西再說。」楚天順手抹了把嘴角的油漬說道。

卡迪爾想了想，說道：「是高手。」

「高手？有多高？」楚天塞滿烤肉的嘴不斷蠕動著，神情並沒有太過吃驚，畢竟，他身體裏現在還有一個超級高手。

「這我沒看出來，不過他說他與你有約。」卡迪爾搔了搔腦袋說道。

「與我有約？」這次楚天抬起了頭，皺眉想了想，隨後說道：「讓他進來吧。」

卡迪爾聳聳肩，快步走了出去，不一會兒，他又回來了，緊隨著是他的一聲熟悉的聲音：「楚天，你終於來到北大陸了。」

正向嘴裏遞烤肉的手瞬間僵了，楚天愣了兩秒才猛地站了起來，連將桌子撞歪了都沒有注意已向屋外走去。

「果然是你，阿爾弗雷德。」看著來人楚天一臉驚喜叫道。

阿爾弗雷德眼中黃光一閃，臉上也是有些激動地說道：「沒想到你實力精進地這麼快，居然已經超過我了。」

「這是什麼話？已經超過你了？我可是天生鳥才，別說你個小小翎爵，就是王級，那也是不在話下的。」楚天這句話當然是不敢說出來的，他在心裏叫著，表面上卻是拉住阿爾弗雷德問道，「你不是說等我一來北大陸就來找我的嗎？」

方正的臉上閃過一絲慚愧，阿爾弗雷德苦笑著說道：「不知道你聽說沒有，海獸蟲三族已經聯合了，我們在路上正是碰到了他們的人。」

「他們已經開始行動了？」楚天感覺一陣頭大，這事情怎麼都堆到一塊兒了。

「是的，在來的路上到處可以看到三族的人馬調動，戰爭，要來臨了。」阿爾弗雷德眼中閃過莫名的情緒說道。

深吸口氣，楚天鎮定心神，問阿爾弗雷德道：「你這次來的目的是什麼？只有你一個人嗎？」

眉頭忍不住皺在了一起，阿爾弗雷德說道：「你還沒有恢復記憶嗎？」

「記憶？」楚天故意詢問著，哪裏還不知道他是問天禽的思想，他心中有些失望，這些人，還是忠於天禽的嗎？若是他們知道天禽已經消失，不知道還會不會幫他。

心中琢磨著，楚天一時作不出決定，而一旁的阿爾弗雷德則緊盯著他，眼中帶著緊張的神色。

想了一會兒，楚天深呼口氣決定坦誠相告，他說道：「天禽，已經消失了。」

「什麼！」阿爾弗雷德大叫出聲，渾身氣勢頓發，壓下楚天，屋子裏的其他人也在此刻站了起來，向二人圍了上來。

實力還沒有完全恢復的楚天有些艱難地揮揮手，直視著阿爾弗雷德的眼睛：「天禽的意識已經徹底消亡了，我楚天，是他的繼承者。」

楚天的眼神太堅定，太清澈，清澈得讓阿爾弗雷德感覺到一陣無力，他後退兩步，臉上掛著不敢相信和痛苦的神色喃喃自語：「怎麼會？怎麼會？怎麼會這樣？」

「唉……世間事總是無奈頗多。」楚天緩步走到阿爾弗雷德跟前，拍著他的肩膀歎息道。

「是，可是，我們的理想怎麼辦？我們爲之努力的目標難道就這樣放棄嗎？」阿爾弗雷德就好像溺水的孩子一樣，抓住了楚天這根救命稻草，苦澀地說道。

楚天已經完全吸收了天禽的記憶，他當然明白阿爾弗雷德口中的理想是什麼，建立烏托邦的世界，讓整個鳥族再沒有等級界限，甚至還想讓三大種族相容而居，不分彼此。

「一群完美主義者啊。」楚天暗自說著，卻決定幫阿爾弗雷德一把，首先他繼承了天禽的力量，總要做些什麼；然後這個世界怎麼都亂了，說不定還真能打出一片新的格局；最後，不幹點什麼，閑著太無聊了。

這樣想著，再加上只有變強才能與邪惡天禽對抗，而變強的最好方法就是打仗了，所以楚天對阿爾弗雷德說道：「我已經和奧斯汀、史伊爾多得再次簽訂了同盟協定。」

「鴨嘴獸王、始祖鳥王！」阿爾弗雷德猛地抬起了頭，看著楚天叫道。

楚天緩緩點頭，然後盯著阿爾弗雷德不再說話。

當年的強者，此刻在楚天面前彷彿剝光衣服的稚兒，他感覺內心都被楚天看透。

「天禽消失了，但天禽的意志仍然存在著，眼前的男人，不正是新一代的天禽嗎？

雖然他實力還不是特別強大，但以他的成長速度，用不了多久就能達到當年天禽的實力，不，還會超越。」阿爾弗雷德看著眼前的禿頭男人，心中一陣凜然，最終下定了決心。

「楚天，你可否與我一起去趟天弋城？」阿爾弗雷德恢復常態，他看著楚天道。

楚天想了想，有點明白阿爾弗雷德的想法，他畢竟只是個左將軍，不要說禿鷹族以及其他幾個強戰種族，單單是獅鷲族他也做不得主。

伸手習慣性地敲擊著額頭，楚天說道：「我可以去天弋城，不過不是現在，要等我的天空之城建設完畢後才行。」

臉上出現震驚的神色，隨後阿爾弗雷德才一臉喜意地說道：「你已經控制遺跡之城了嗎？那可是最強的天空之城啊。」說到這裏他面色一暗，有些萎靡地說道，「也是當年我們的秘密基地。」

「呵呵，就是它，走，左將軍要不要去看看？」楚天對於這座只有他才能控制的天空之城真是很得意，所以想在人前顯擺顯擺。

阿爾弗雷德用好笑的眼神看著楚天，雖然這傢伙是個比天禽還天才的鳥人，但有時候這個脾氣，還是很小孩兒的，不過倒也有趣。

如此這般，獅鷲左將軍點點頭，隨著楚天再領著一大幫人「嘩啦啦」向降落在地面上的遺跡之城走去。

這個時候的天空之城已經恢復了大半，看著好像小樹生長般的自動建設的建築物們，阿爾弗雷德眼中露出懷念的神色，喃喃說道：「這就是天禽主上耗費無數心力人力搭建的魔法陣的威力啊。」

耳朵一動，楚天已經聽到了阿爾弗雷德的話，他心說天禽在這群手下心目中威望還真高，卻也暗暗為自己得意：「嘿嘿，俺可是天禽選中的人，這不是說明俺比天禽人品還好。」

好了傷疤忘了疼的楚天本是想帶領阿爾弗雷德轉轉他的「領地」的，沒成想人家反客為主，比他還熟悉，什麼地方什麼地方不只說出名字，還能說出為什麼叫這個名字，此刻，他正摸著一面單調的灰色牆壁說道：「這是芭堤雅之牆，是這座城中唯一的純藝術建築，只要晚上有月光照亮這裏，它就會奏出最優美的音樂。」

看著反客為主的阿爾弗雷德，楚天震驚了，沒想到這座城市裏還有這麼多名堂，他忍不住問道：「左將軍，你來過這裏？」

「呵呵，這座天空之城可是我們的心血，主上的所有部下都為這裏添過磚加過瓦。」阿爾弗雷德臉上掛著回憶德爾笑容說道。

楚天心中一哆嗦，這不是要和自己爭這座天空之城的擁有權吧？就算是你們建的，現在已經落在了俺的手中，那說什麼也別想要回去，哪怕是一塊兒磚都不行！

這種小人心思阿爾弗雷德當然沒有想到，不止是他，就是其他跟在後面的人，也為眼前的一切都深深震撼著，無暇他顧。

正當所有人都陶醉在建築崇拜中時，明亮的天空突然陰暗下來，不是那種逐步的陰暗，而是瞬間變了天。

「要下雨了嗎？」楚天早就知道海邊多雨，但想不到這雨說來就來。

「不對，有些奇怪！」堅尼豪斯擁有最佳的自然親和力，他聳動著鼻子說道。

「你感覺到什麼了嗎？」正對著一片好像玻璃的建築嘖嘖稱奇的卡迪爾回過頭來問。

「我也感覺到了。」奧爾瑟雅秀眉緊鎖，看著天空說道。

「是不對勁。」越來越多的人張口說出了同樣意思的話。

「是血腥味！」最終幾個對海邊和自然比較熟悉的人瞪大眼睛叫了起來。

楚天也放開精神，閉著眼睛感受，一會兒才睜開眼睛露出一絲精光說道：「好濃重的血腥味，是天上傳來的。」

「是不是剛才戰鬥的後遺症啊？」伊莎挑著兩彎細長的眉毛說道。

小舒克貝在一旁跳著腳說道：「也許是附近有其他人打架。」

阿爾弗雷德、赫蓮娜以及楚天都沒有說話，他們只是靜靜地看著天空，幾秒鐘後才彼此對望了一眼。

獅鷲左將軍和楚小鳥眼裏都是驚駭莫名的目光，而赫蓮娜的眼神則非常複雜。

「是血洗天下，碧空無羽計劃的最重要一環。」楚天舔了舔有些乾澀的嘴唇，說道。

「你已經知道了？」阿爾弗雷德有些吃驚，隨後才解釋道，「北大陸三族混居，我們在獸族內部有不少探子，在昨天，剛剛知道這個計劃。」

「那你們沒有作出應對措施嗎？」一旁的伊莎瞪大眼睛問道。

「我們情況不同，幾位族長有的說要告訴鳳凰和鯤鵬，有的說這正是統一鳥族的機會，所以……我才來找天……楚天，希望他能作個決定。」阿爾弗雷德臉上閃過一絲悲傷，他明白，這個計劃展開後，鳥族會有多麼大的損失。

聽到這裏楚天可是很尷尬了，他早就知道這個計劃了，不過由於私心作祟並沒有告訴鯤鵬和鳳凰進行防範，只是告訴了大明王而已。

藍八色鶇也是知道這個事情的，但他沒有想到會這麼快，所以他一臉慎重地走到楚天跟前，想跟他商量下後面怎麼辦，但卻被阿爾弗雷德打斷了。

「沒有時間了，我們快些去天弋城。」說著話就想拉楚天，但卻被楚天閃過了。

「別著急，去天弋城很簡單，現在我要恢復實力，然後將我這座天空之城建成超級堡壘。」楚天決定要將後方穩固好，而且天空之城不是有傳送陣嘛。

說完話，楚天又想了想，猶豫地說：「你讓他們來這裏不就成了？反正可以傳送過來。」

阿爾弗雷德用詫異的眼神看著楚天，久久都不說話。

這種眼神看得楚天心裏直發毛，他忍不住問道：「怎麼？不行？」

阿爾弗雷德有些懊惱得摸著腦袋說道：「不是，我是在想你怎麼這麼聰明了？」

楚天愣了下，隨後才反應過來叫道：「再怎麼說我也是你主上選中的繼承者，你竟然敢這樣對我說話！」

因爲傳送陣還沒有復原，阿爾弗雷德又等不及，所以就先一步回天弋城了，而楚天則坐在遺跡之城中心的一塊地面上，按照邪惡天禽說的方法聚集天地靈氣，恢復自身能力。

之所以在還沒建好的天空之城上這樣做，完全是因爲地下有一個聚元靈陣，昨天能在修復藍八色鶇身體的同時將他所有的外傷治好，並恢復了一定的靈禽力，就是這個原因。

楚天剛剛坐好，在天空不斷翻滾的血腥烏雲突然發出一個炸雷，無數血紅的雨點滂沱而落。

幾隻靈智未開的海鳥本在天際翺翔著，可當血雨落在牠們身上，牠們的翅膀竟然軟化掉了，哀鳴兩聲，幾隻鳥掉進了海裏。

「竟然是這樣？破掉鳥族翺翔的能力，這招果然歹毒。」楚天心中佩服想出這個方法的人，也有些驚歎他們的大手筆，通過當初從赫蓮娜腦海裏得到的資訊，要完成這招血洗天下，最起碼需要動用上萬名法師，並且以上百萬人的鮮血作爲媒介才能引導成功。

而後果也是相當嚴重，可連降百日血雨，看那些海鳥的情況，百日之後，就是銳爵也可能都失去飛翔能力了。

這樣想著楚天又有些慶幸，幸虧先一步讓自己手下的鳥人們找地方躲了，要不然情況可就慘了。

正想著，已經在天空之城有了積聚的血水裏傳來了波動聲，楚天一抬頭，就看到一副絕色粉黛沐雨圖。

「你來做什麼？」楚天看著來人忍不住皺眉，百萬人的鮮血啊，就是與眼前這位絕色麗人有著一定的聯繫。

四周的血雨好像長了眼睛一般，在降落的時候自動避過了女人那裏，只是，她臉色並不好，蒼白得沒有一絲血色。

「這件事情……我想跟你說一下。」苦澀地笑了一下，赫蓮娜都不知道她爲什麼會這個樣子，這樣怕楚天誤會她，還親自過來解釋。

楚天不是好人，但想到百萬活生生的生命爲了一場根本不知所謂的戰爭而白白犧牲，他仍是感到無邊的惱怒，他閉上眼睛，不再看來人說道：「我想沒有這個必要，我知道的，戰爭，總要有一些付出。」

這樣的態度將感覺委屈的赫蓮娜刺激壞了，她忍不住叫道：「你真的明白嗎？你可知道上次的煮海之戰我們海族死了多少族人？五十億啊，五十億族中父老就被活生生煮熟了。」

楚天眉頭皺得更深了，他語氣稍微緩和說道：「在我的家鄉有一句話，斯人已逝，生者惘然，你們現在這麼做，無非是多添些無辜孤魂，那些死去的人又不會醒來，何必呢？」

話一出口，楚天自己微愣，他這是怎麼了？竟然說出這麼有寬容心的話來，這根本就是違逆了他的生活原則啊。

「我不知道，我們這些人從小就接受教育，要報仇雪恨，要記住當年的恥辱……」終於好像一個小女生般軟下了肩膀，赫蓮娜搖晃著腦袋任憑眼淚飛舞。

楚天將甩到他臉上的晶瑩淚珠用一根手指抹下來，放到嘴裏輕吮，味道不錯，很甘甜，與想像中海族人的眼淚完全由鹽巴做成不同。

看著這個遭受了接踵打擊的女孩，楚天暗歎一聲，這跟後世某些戰敗國的教育如出一轍啊。雙腿用力，直直站起，他走到赫蓮娜身邊將嬌軟的玉體擁入了懷裏。

不論如何堅強毒辣，她終究是個女人啊。

心中憐惜之意大起，又加上鼻息間一股清新女子香直沁心肺，他緩緩地撫著人魚公主的背柔聲說道：「好了，這件事情我並不怪你，只是一直感覺有些怪誕，三大族，到底是爲了什麼而爭鬥？統治面積？資源？這些你們都是沒有直接衝突？在天空之城上，我看到的歷史是你們族不甘於鳥族的統治才反叛的，而我想，你們族裏也有一套完全不同的說辭吧。」

這個問題是楚天逐漸明白的，當實力越強，對這個世界的瞭解漸漸也多了起來，如此，三族的歷史就出現了各族眼中的片面以及局限性。

從卡迪爾那裏，他已知道了整個星球的歷史，明明都是一個祖宗的人，卻非要搞出這麼多分類，累不累啊。

當這些思想在楚天的腦海裏波瀾起伏時，赫蓮娜已經非常女人地將眼淚抹到了他的衣服上，並推開了他。

楚天很無辜地擺擺手，又用無辜的眼神盯著女人，張張嘴想說什麼，卻被人魚公主搶斷了。

「你能不能答應我一個要求？」女人的眼神有些複雜，好似有些不敢相信。

楚天一挑眉毛，不再看女人，轉身做著後空翻說道：「說吧。」

有些奇怪楚天的舉動，赫蓮娜眼中微不可查地閃過一絲惱怒：「這個傢伙，難道自始至終對我都沒有感覺嗎？」心中想著，她俏臉上卻更加高傲地說道：「如果這場戰爭你獲勝了，將來你能夠放我的族人一馬。」

「這個女人腦袋被驢踢子踢了嗎？請求我還用這樣的口氣。」楚天做後空翻就是不想看這位美女盛氣凌人的樣子導致他不爽，但他六識和精神都太敏捷了，他腦中已經模仿出了女人的表情和語氣。

放棄了無功的活動，楚天一個後翻跳躍到赫蓮娜身前，盯了她一會兒後才笑著說道：「你在開玩笑嗎？你們是可以與鳥族幾大種族實力相當的人魚族，你們與逆冰鯨、龍首龜、海龍結盟，你們有最詭異的海妖兄弟，最新消息，你們海族還與獸蟲兩族有攻守同盟，我剛才還在想是否放你趕緊回去，以求在鳥族戰敗後能活得好些。」

楚天暗喻嘲諷的話讓赫蓮娜嬌軀一震，一對水晶藍眸裏瞬間蒙起層繚繞水霧，不過她個性堅強，強忍了半天硬是沒有讓金豆子落下來，而是聳了下小瑤鼻輕哼說道：「我只是說如果，放心，你不用放我走，若是我們海族贏了，我一定會讓父王饒你一命的。」

聽了這話楚天頓有哭笑不得之感，這個女人平時聰黠無比，怎麼這個時候卻跟個小孩子一樣。

心中想著，楚天張口想調侃人魚公主兩句，一聲呼喚卻由遠及近。

「卡迪爾，怎麼了？」卡迪爾身爲人鳥族，自然也是不懼這血雨的，楚天看著在雨中疾行的他立刻出口詢問。

「阿爾弗雷德他們來了，正在城主府正殿等著。」卡迪爾先是用異樣的眼神在二人之間遊走了一遍，直到楚天乾咳了一聲後他才趕緊抿著嘴說道。

「這麼快！」楚天當然明白卡迪爾誤會了，不過他也懶得解釋，現在最主要的是大事，身形一動，他已向城主府飄射而去，看著跟上來的兩人他驚叫了一聲，同時向四下看去，果然，四周的建築物大部分都已經恢復成當初才來時的模樣。

「魔法的世界，真是處處給人驚奇，來了這麼久居然還有這麼多秘密，如果這次搞定了三族大戰，我是否該去找尋下這個世界各種奇異之處，再次恢復我神奇大盜的身分？」楚天心中想著，身形已經來到城主府中央正殿前。

在腳臨台階前，楚天停下了身影，因爲殿內實力確實高勁，他並不能探查到裏面有幾個人，但這卻不妨礙他猜測到裏面人的身分。

最起碼有位王級，其他也是大族之長，這些人他絕對要給予足夠的尊重，故而他先是打理了身上，才緩步向殿內走去。

步伐穩健，楚天儘量維持大將之風，幾個眨眼之後，他終於看到了在北大陸隻手遮天，隨便打個噴嚏都能讓大陸顫三顫的人物。

正殿廣闊，但或負手而立或端茶而坐的七人卻給人逾萬人的感覺，幸虧楚天的精神連續經過天禽、奧斯汀、赫蓮娜、史伊爾多得、邪惡天禽的錘煉，要不然還真就露了怯了。

暗吸口氣，壓下這七人或許帶有試探性質的氣勢，楚天迅速地打量了一下這七位腳踏地頭頂天的人物。

距離大門最近的一張木椅上端坐著一紫袍中年人，他劍眉怒目，大大的鷹鉤鼻子，一雙嘴唇薄得讓人心寒，此時他已經將目光從自己修長白淨比女人還女人的手上收回，抬頭看向楚天，那對黑夜般的眸子裏閃過一絲精光，幾乎穿透人心。

「禿鷹族族長，頂階翎爵金尼古拉斯，一雙鷹爪神功犀利無比。」楚天心中瞬間就出現了此人的評價，這是天禽的老部下了。

與金尼古拉斯相錯一張椅子，對面而坐的是位紅髮中年人，他臉型粗獷，眉毛濃鬱，眼窩深凹，一對深紅色眸子裏偶爾閃過狂暴嗜殺的光芒，此時他站了起來，凝視楚天，眼中竟然有挑戰的意思。

「莽夫凱瑞湯姆，紅鳶族族長，頂階翎爵，在當年，一直以挑戰天禽為奮鬥目標。」楚天對此人一笑，目光再次轉向。

在凱瑞湯姆身後，一個大頭男人負手而立，他一身黑衣，好像黑夜的使者，渾身散發著陰暗的氣息，在楚天進門時他才轉過頭，至此楚小鳥才看清他的面容。

第一感覺就是黑，比他的衣服還黑，好像塗了一層墨汁，臉部的輪廓倒不是太明顯，好像一面牆一樣，只有那對比常人大了兩倍的眼睛，亮得讓人心驚。

「奪魂神眸維爾克魯斯，貓頭鷹一族族長，暗夜的使者，翎爵仲介實力，但若是在夜晚作戰，就是王級高手也不願與其對鬥。」楚天對於這位黑旋風式的人物看了好幾眼才看向其他人。

一個亮堂堂的後腦勺映入楚天眼裏，這個大光瓢一身粗俗的花布錦服，身高身寬相若，好像一個大肉球，因爲殿裏的座位沒有能裝下他的，他將兩把椅子並在一起，除去中間的扶手，坐在上面。

雖然楚天進來了，但這位肉球光頭卻沒有起身，而是繼續和其他三人聊著什麼。

「這個大胖子，也不知道吃的什麼，這麼多年過去，居然又長胖了。」對於胖子的座位楚天卻沒有一點不爽的感覺，從天禽的記憶裏他早就知道了此人的性情。

禿鷲族族長，最會算賬的頂階翎爵羅伯茨皮特。

與羅伯茨皮特說話的三個人，一位楚天已經非常熟悉了，正是阿爾弗雷德，不過他是站在一個金髮男人的身後。

與他並立而站的是位青髮男人，如阿爾弗雷德般在眉心有一點晶瑩，面容卻俊秀如女，與楚天曾經見過的帝菲伊阿斯有得一拚。

一想到這裏，楚天突然想起帝菲伊阿斯的情況，在他得知伊莎等人無事後他就派人將這位海龍族二王子救了下去，現在也不知道他怎麼樣了，雖然是敵人，但讓這樣一個花季少男掛了，他還是有些不願的。

當然，楚天的性取向是沒有問題的，他只是感覺帝菲伊阿斯還有點價值可以用一下。

胡思亂想著，阿爾弗雷德的聲音突然響了起來：「楚天，這是我家大帥瑞斯戴姆。」

這個男人，一頭金髮整齊地紮起，兩條眉毛如飛龍般直入髮鬢，下面一對金色眸子不怒而威，更爲主要的，他身上那股子殺伐之氣，大得震撼人心，看著他，彷彿就來到了修羅地獄般。

「這就是獅鷲族族長了，唯一的王級，最強的戰神，鴻蒙大帥瑞斯戴姆，他身後的青髮帥哥就是神秘右將軍基努皮特，中階翎爵。」楚天心中瞬間就熟悉了最後兩人的身分，他剛想開口打招呼，卻看到瑞斯戴姆眼中爆發出恒星爆炸一樣的精光，一股超強的壓力鋪天蓋地地向他壓來。

身體立刻僵直，楚天背上的汗毛都豎了起來，臉上卻是面色不變，仍然強撐著看著對面安坐的男人——瑞斯戴姆大帥！

此刻其他人也都將目光集中到了二人身上，他們大都神色複雜，只有阿爾弗雷德，顯得極其擔憂。

「怪不得當年天禽能一統鳥族的半壁江山，先不說他與奧斯汀、史伊爾多得三個人，就是瑞斯戴姆的實力也是正統王級，與血豹王菲勒斯特有得一拚。」楚天看起來確實撐得比較艱辛，但實際上卻並非如此，因爲邪惡天禽看不過去出來幫忙了。

「這群人反了，竟然敢欺負我的寄生體！」惱怒地想著，邪惡天禽竟然不顧他實力還沒有恢復，強硬地站在了楚天的意識之後，集聚的精神能量瞬息釋放。

所有人腦海裏都感覺一震，只見瑞斯戴姆的座位向後自動滑去，而其他人也感覺被一層氣勁撞了一下，身體不由自主晃了兩晃。

「噌！噌！噌！」所有的人都急忙站了起來，用驚疑不定的眼神看著楚天。

本來面色古銅的瑞斯戴姆也站了起來，他臉上掛起了一絲不健康的潮紅，在凝視了楚天良久後又看向了阿爾弗雷德，結果就看到後者同樣茫然震驚的神色。

並沒有立刻理這群想給自己下馬威的傢伙，楚天在腦海裏對邪惡天禽說道：「嘿哥們，夠意思，謝了。」

「你可以去死了，本王只是看不慣這群狗奴才這麼欺辱主上的肉身罷了。」已經回歸到神賜安全區的邪惡天禽惡狠狠地說道。

「呃……」一聽自己在人家眼裏只是肉身，楚天頓感無語，也是，跟這樣一位凶神，說什麼都顯得多餘，這樣想著，他也不再說什麼，而是眼神凌厲地掃了眼四周的七人。

深吸口氣，瑞斯戴姆再次用複雜難明的眼神看向了楚天，最終眉頭一舒，單膝下彎，跪地說道：「家臣瑞斯戴姆，拜見主上。」

一聽這話，所有的人都露出吃了耗子的表情，阿爾弗雷德卻是面色一鬆，緊隨跪了下去，而青髮花樣男子基努皮特在擰了下眉頭後，也略帶怪異之色地跪下。

看到這種情況後，楚天面色未變，而其他四位族長卻是傻眼了，彼此對望兩眼，最終有些不情不願地也跪了下去。

「禿鷹族金尼古拉斯，拜見天禽。」

「紅鳶族凱瑞湯姆，拜見天禽。」

「貓頭鷹族維爾克魯斯，拜見天禽。」

「禿鷲族羅伯茨皮特，拜見天禽。」

一直等四個人全數跪下去後，楚天才面色淡然地揮揮手，說道：「起來吧，大家都是盟友，何須多禮。」

楚天的話讓幾個人面色稍變，天地良心啊，他們可沒想過要這樣的！

同樣身爲頂階翎爵，楚天精神修爲卻極爲高明，剛才有瑞斯戴姆才無法探測大殿內的情形，此刻鴻蒙大帥一味歎服，萬不敢有逾越之色，他瞬間就已感受到了四人的心思。

暗自一笑，楚天也不點破四人的不服氣，自顧自從眾人中間穿過，走到正前城主寶座前大大咧咧地坐下。

瑞斯戴姆臉上一點異樣都沒有，他站直身子跟在楚天身後，好像一個盡職的保鏢，而阿爾弗雷德和基努皮特則像他的保鏢。

對於鴻蒙大帥的表現，楚天是十分瞭解原因，這個傢伙，本來就是天禽當年的第一護衛，後來爲天禽教化，才擁有了現在的成就，剛才邪惡天禽釋放的氣勢，已經徹底讓他信服自己是天禽的傳人，他如何能不恭敬。

在這個世界，仍有無數高手是堅奉原來忠義準則的，故而瑞斯戴姆對他恩人主人朋友父母的天禽十分尊崇，此刻天禽已歿，楚天作爲傳人，也當得起這種待遇。

其餘四人看這種情形呆了一會兒，也跟了上來。

楚天雖然自身並沒有經歷過這種事情，但他原被天禽附身，現在有邪惡天禽鵲巢鳩佔，他還是模仿得非常有帝王之氣的。

手輕輕一揮，示意幾個人找位置坐下。

瑞斯戴姆作爲一族之長，又是堂堂王級，當然也要坐，而且其他四個族長也看著他呢，故而他先坐在了楚天下首的椅子上，阿爾弗雷德兩位本想跟上的，但被他以目光阻止了，讓他們二人仍然站在楚天兩側，好像兩尊門神。

眼見如此楚天卻沒有說什麼，他只是盯著眾人，隨後才徐徐開口，與大家商議這次莫名聚會的主要議題。

而與此同時，不論是北大陸還是南大陸都是風聲鶴唳，各個種族主戰部隊調動頻繁，雖然沒有火花擦出來，但任誰也能猜到，這只是大戰前的平靜罷了。

北大陸的鳥族們，猛禽種族佔據的天弋城和原鴨嘴獸統治的昏鴉城都顯得比較正常，雖然已經開始出現封城宵禁等措施，但相對來說，卻並沒有兵戈已行的感覺，只有原海東青統治的棲鶻城卻顯得凌亂不堪，明面實力與地下勢力意見相左，在這個時候居然還出現了內鬥的情況。

獸族和北大陸的蟲族分成了兩大部分，一股向現在眾人已知的北大陸三大天空之城進發，據傳這股軍隊擁有兩千萬的兵力，其中不乏高手和秘技軍團，秘技軍團就好像藍八色鶇評論鳥族除卻靈禽力外運用其他力量的鳥人般，都是一些不被人所瞭解的種族，這種人是最可怕的，在大陸上有句話，不瞭解對方的底牌，心中才是最忐忑的。

另一部分則向北大陸的邊緣移動，看來是想進攻南大陸，畢竟，在南大陸絕對的控制下，獸族實在是太少了，甚至連搞遊擊戰都心有餘而力不足。

因為獸族很少族種能夠游泳，就是會游的也無法潛過超廣博的折翼海，所以海族也組織了幾百萬的吐泡魚，讓這些魚在南北大陸之間搭建一座泡泡橋。

這種吐泡魚是海族的工程兵之一，吐出來的泡泡可以浮在水面上長達十五天，其浮力也極其驚人，按照吐泡魚自身的實力，最差的剛成年魚也能浮動五百公斤的物體。

除了派出這股工程兵外，海族也是發了瘋，各個主戰種族竟然集合了三千多萬兵力，正在向南大陸集結。

蟲族則比較奇特了，因爲一直居住在地下世界，反而是最隱秘的種族，也是最讓人無法做出實力推測的戰力之一。

不愧爲當年天禽手下最能打軍團戰的人，培養出來的手下對於戰事的分析頭頭是道，聽著基努皮特對大陸局勢的分析，楚天暗暗點頭。

雖然實力已然不錯，但相對這些橫亙在大陸上上萬年的大族，楚天不論是人力還是資源都差得太遠，迄今爲止，他的直系部下也就一群天牛、新收的靈體部隊還有一群長尾雉而已，其他盟友朋友聊友等亂七八糟的還有仙鶴、鴨嘴獸、蝙蝠、紅頂鵰、始祖鳥、孔雀及其附庸種族等，不過這些都聯繫不夠緊密，很多都不能爲他臂膀，指揮不得。

如此，限制了楚天對這個世界各種消息的把握，某位偉人說，資訊就是金錢，楚天說，資訊就是生命！

除了楚天外的其他人，顯然都已經瞭解了這些東西，並沒有表現出過多的情緒，仍是各幹各事，除了戴斯瑞姆外，其他四族長眼中對楚天明顯有不以爲然的味道。

看到這種眼神，楚天心中當然不爽，但他知道只是憑他的本事，確實沒有讓這些人信服的資本，故而他也不好說什麼，而是看著基努皮特說道：「那南大陸的情況呢？」

第三章 阿難空間

基努皮特看向了阿爾弗雷德說道：「南大陸左將軍比較瞭解。」

阿爾弗雷德點點頭，看了眼場中人後才一臉嚴肅地講道：「南大陸不同於北大陸，它大部分受我們鳥族的統治，雖然地下世界有蟲族佔據，但卻一直被鳥族強力壓制，而地面上的蟲族和獸族則根本無法產生一點威脅，所以我們主要還是看鳥族的動向。」

聽了這些，楚天不由暗自一樂，這個一直給人硬漢感覺的左將軍也是個妙人兒啊，居然還會地球上股市走勢分析師的那一套東東。

阿爾弗雷德如何想得到楚天心中的揶揄，他繼續板著面孔說道，「南大陸首先要看五大天空之城，綠絲屏城因為自身的混亂，除非發生什麼奇蹟，否則絕對無法成為這場戰爭的主控手。鯤鵬、鳳凰、天鵝、雕與鶴將是南大陸的五大主力，不過這五個種族並非是鐵板一塊。」

阿爾弗雷德說到鳥族幾大統治種族時，眼中不可抑制地出現了殺氣，感覺到的楚天連忙問道：「他們有什麼間隙嗎？」

被楚天這樣一打斷，阿爾弗雷德終於控制了心神，他不好意思地說道：「最近奔雷功法已經達到突破的臨界點，再加上天地間殺伐之氣大增，心神總是有些不受控制。」

楚天點點頭，露出一個微笑，示意並不要緊，要他繼續說。

「首先神權和王權的明爭暗鬥已經愈演愈烈，而天鵝和雕族則分屬兩方，鶴族雖然實力強大，但數量實在不多，不過由於丹姿城中立的身分，反而是五城中最穩定的一方，這次南大陸應對這次獸族進攻的議會也是在丹姿城進行的。」阿爾弗雷德說到這裏停頓了一下，想了想後又說道：「這是必然的，面對兩塊大陸如此詭異莫測的形勢，他們必須先放下一切矛盾一致對外。」

這些楚天當然是明白的，不過他已經漸漸融入現在的角色中了，作爲一位大勢力的統治者，並不一定要夠聰明，但一定要夠神秘，現在，他正是在裝神秘。

「看來不需要我給他們提供消息了。」楚天心裏暗自決定，本來他以爲南大陸的鳥人們還不一定知道這次北大陸的行動呢，但一聽阿爾弗雷德的話他才感覺有點自大了，能在幾萬年中連續打敗海獸蟲三族的進攻，並差點將人家滅族，中間還經歷了天禽的叛變，幾個族哪個是弱智的！

這樣的想法在腦海裏盤旋著，楚天突然想到一點問題，他猛轉頭盯著阿爾弗雷德說道：「你是說獸族？」

楚天問題一出口，在場的所有人臉上都露出了些微笑容，他們好像很滿意地點了點頭，只可惜，幾人做得很隱秘，楚小鳥並沒有發現。

阿爾弗雷德臉上也掛起了笑容，用力地點了點頭。

楚天抬起手指敲打著眉心緩緩陰陰地說道：「這樣算來，鳳凰還有鯤鵬只是知道表面這點東西了？一些秘密……他們還是不瞭解的。」

口中喃喃自語著，楚天的心思早就轉開了，哼哼，這次可是個大竹杠啊！

在座的幾人看到楚天的表情時已經隱約感覺到一股陰颼颼的壓力，各自做出很奸商的表情，卻都沒有說什麼，他們都在等。

看到楚天剛才的表現後，幾個老傢伙心裏多少已經能夠接受他暫時做眾人的頭領了，與剛才被瑞斯戴姆帶頭施壓不同，這次他們是心中有些歎服，雖然實力還差點，本領小了點，長得醜了點，脾氣暴躁了點，但仔細一看，還是有培養價值和升值空間的。

要是知道了這些人的想法，楚天絕對會吐血三升，不過，他不知道，所以他仍然繼續酷酷地分析著戰局，從鳳凰和鯤鵬那裏敲一筆是肯定的，但抵禦獸海蟲三族的進攻以及安撫這五位革命派將領也是需要的，所以他不得不作出一系列的決定：「對於幾位族長前輩，都是實力強勁的人物，對於各個天空之城的事情就自己做主吧，不過，爲了方便起見，一些重要事物還需要作個統籌，小弟不才，暫時就先做這個統籌人了，相信大家沒有意見吧？」

自己作了主張，楚天卻並不擔心幾個人會翻臉，先不說有瑞斯戴姆這位王級在這裏撐場面，單是此刻的形勢，也輪不到幾個人搞內訌，有自己這麼一個傀儡當靶子，他們幾個高興還來不及呢。

「傀儡？嘿嘿，總有一天你們會明白這個『傀儡』的厲害。」楚天心裏陰惻惻地想著，下面的幾個人臉色變了幾變，又被瑞斯戴姆拿眼神瞪視了一會兒後終於點了下頭。

一看這個情況，早就感覺不爽的楚天立刻非常囂張地站了起來，他伸手拍著椅子的扶手說道：「既然你們認我做了大哥，那咱們就得立下規矩，小事情你們可以做主，但大事情，我說了算！若是誰違背了這個規矩，可別怪我楚天不給面子！」

楚天囂張無比的門面話讓在場的幾個人面面相覷，心中頓生複雜難明的情緒，這小子，腦袋被驢踢了嗎？居然對幾個隨便一腳就能將他碾死的爺們這般說話！

心中詫異地想著，但也只是短短一瞬，他們已經想明白了，只是一句場面話而已，左耳朵進了右耳朵出，又不會少兩塊兒肉，暫時忍了吧！

當然，幾位族長也沒想和楚天一般見識，人家哪個不是活了上萬年的老傢伙，能跟楚天這麼一個連十八代曾孫都算不上的小東西認真？

嘻嘻哈哈地應和敷衍，影響將來整個世界的第一場會議就這樣結束了。

看著幾個人連招呼都不打，已各自施展神通離開了大殿，這讓楚天感覺大惱無比。

還好，獅鷲還非常夠意思地留了下來。

瑞斯戴姆作為一位王級，心智之高早就達到了大智若愚、返璞歸真的地步，他此刻就好像高高在上的神靈，拿一對睿智的眼眸看著其他人的表演。

對於楚天，他確實是忠誠的，不為其他，只因為剛才楚小鳥身上爆發出的氣勢，那絕對是天禽的氣息，還是那個讓他感覺到戰慄的天禽氣息。

是的，瑞斯戴姆知道天禽身上的怪異之處，他也猜測天禽身體裏有兩個靈魂，而他們獅鷲一族，正是被邪惡天禽馴服的。

獅鷲，是個傳說中的鳥族分支，他們已經不單單是單獨的鳥族了，而是擁有了獸族的野性，他們只尊崇強者，而邪惡天禽，無疑是這個世界最強大的強者！

當年瑞斯戴姆就是被邪惡天禽降服的，他明白那個靈魂的犀利，故而他將來自靈魂深處敬服和忠誠獻給了完全繼承了「天禽遺志」的楚小鳥。

不過這些並不表示瑞斯戴姆會一味地維護此刻的楚天，他需要一些磨煉，那樣才能真正地成為新的天禽。

正是這樣的念頭，才讓獅鷲族長並沒有利用他王級的威嚴去強迫幾位族長臣服於楚天。

一直等所有的人都離開了，瑞斯戴姆才開口說道：「主上，你對新天空之城有什麼看法嗎？」

「看法？」楚天從城主寶座上走了下來，自問一聲後高聲叫道，「當然有，首先是這座天空之城的命名，我已經想好了，就叫聚寶之城，意取彙聚天下財寶，哇哈哈。」

瑞斯戴姆以及兩個跟在楚天身後的獅鷲都感覺心中狂出尼亞加拉大瀑布汗。

不給三隻獅鷲問話的機會，楚天笑到高潮時戛然收聲。

「雖然聚寶城是新發現的，但誰也不知道蟲獸聯軍會否進攻這裏，此刻四大族沒給我們些援軍，這就是希望再次驗證我的實力咯。」不理會三隻獅鷲好像憋了大便的模樣，楚天抬手拿食指敲擊著眉心邊思索邊說道。

一聽楚天的話，瑞斯戴姆眼中閃過一絲喜色，他說道：「主上英明。」

「王級也會拍馬屁？」楚天在心中問著，卻笑著說，「他們不援助聚寶城，獅鷲王一定不會不施援手吧？」

跟在身後的基努皮特細不可查地皺了下眉頭，瑞斯戴姆和阿爾弗雷德的身體也都稍僵了一下。

最終，三股目光全數集中到了瑞斯戴姆身上。

獅鷲王心下有些難以決斷，是，他對天禽，也就是現在的楚天擁有絕對的忠誠，可這次的決定，影響的不單單是他一個王級，還有他上千族人的生死。

楚天也知道這個問題的影響，他用很懇切的目光看著瑞斯戴姆，而在這目光之底，有一股強烈的自信在醞釀著。

瑞斯戴姆看到了楚天眼中的懇切，也看到了那股自信，他感覺心頭一震，身體裏好像有什麼東西直通天地，整個身體與四周的一切融爲一體，再無分隔。

楚天等人感覺很奇怪，他們只看到瑞斯戴姆的身影清晰了不少，但也模糊了不少，就好像一段高清晰的三維影像，人影是在眼前，但構成人影所有光波聲段卻從四周傳來。

宮殿裏的一切都發生了變化，好像一汪清水中的倒影般波動著，最終被打破，模糊得再也看不清，天地的影像和宮殿在人的眼前交相替換，互相摻雜。

最終，宮殿完全消失，楚天等人眼中看到的只有一望無際的青天和一眼望不到頭的廣袤大地。

天與地彷彿連在了一起，隨著天空中不斷聚集的烏雲和地面上不斷升起的黑霧，讓人再也分不清楚哪裏是天，哪裏是地，三隻鳥人就感覺他們來到了一個巨大的蛋殼中。

「這是怎麼回事？天空之城呢？」楚天眼睛瞪到極點，看著天地一色的四周，心中驚叫不已，他不明白，爲什麼突然之間，這四周的環境居然產生了這麼大的變化。

正當楚天疑惑不解時，一旁的基努皮特聲音低沉而激動地開口了：「族長大人要進階了。」

「進階？他不是已經是最頂階的王級了嗎？」楚天轉過頭看著比女生還俊俏的獅鷲問道。

「同樣的王級也有高低強弱之分。」先是用教育的口氣說了句，隨後基努皮特才說道，「王級是不同於所有爵級的一個境界，在這個等級分爲三等，一是新晉王級，我們口中的王級大部分就是指他們，而世界上的王級也大部分屬於這個級別；第二就是大成王級，這個級別已經是半神的存在，至少當年的幾位天才人物才達到了這個境界；第三個則是帝皇王級，這個級別已經相當於神了，揮手之間排山倒海，天崩地裂，都非難事。」

直感覺心中神智搖曳，揮手之間排山倒海天崩地裂，這得多強啊。正當他在想自己什麼時候達到帝皇王級時，基努皮特冷冷說道：「帝皇王級至今還沒有聽誰達到過，當年的天禽主上也只是剛摸到門檻而已。」

「咳——」楚天差點被他意淫的口水給嗆倒，不過他沒有再說什麼，因爲四周的環境已經大變！

「轟——轟——轟——」地面上產生了無數道冒著滾滾黑煙的裂縫，而天空之上，滾滾銀蛇奔騰而下，直落地面，瞬間將黑霧擊成無數碎片，不過隨後，黑霧又凝結在一起，好像活物一樣翻騰著。

「族長大人！」正當楚天被天地之間的鬥爭奪去心神時，阿爾弗雷德突然大叫起來，這讓他立刻抬頭向前方看去。

本來站在他們身前身影模糊不定的瑞斯戴姆此刻已經從原地消失，他憑空站在應該是天地最中間的半空，負手而立。

風咆哮著捲向他，卻只撩起他散落在耳側的幾根髮絲，連他的衣角都掀不起來。

不等楚天等人心生佩服之意，就看到一道有人大腿粗的銀蛇轟然之下，直打向瑞斯戴姆。

心猛地提到嗓子眼兒，楚天張開嘴想叫，卻在此刻感覺失了聲，一股奇特的能量控制了他的身體。

「你不要費什麼心思，這是阿難空間，除了逆天者，其他人根本無法做任何影響空間運行的事情，包括你想出口提醒瑞斯戴姆。」正當楚天心跳加重，一個陰鷙的聲音突兀地在他腦海裏生成。

是邪惡天禽！

楚天放棄了抗拒的力量，眼睛看著天空中的男人的同時問道：「阿難空間？」

「你獲得九重禽天變的時候難道不知道要過天劫一說嗎？正常來說，九重禽天變要比其他法門更加深奧，威力也更加強大，但同樣更加兇險，因爲修煉它到達第五變辟元耀虛變之後，每進一變都要經歷生與死的經歷，而到達第八重之前就要迎來天劫，按照正常來說，這是新晉王級進入大成王級時才要經歷的。」好像是想到了什麼，邪惡天禽的精神意識有些波動，楚天竟然從裏面聽到了除卻冷酷殺戮嗜血之外的其他一絲什麼。

「肯定是我搞錯了。」已經看到過邪惡天禽手段的楚天下意識地搖頭，意識裏問道，「天劫就是阿難空間？」

「不錯，這就是神可以操作的能力，瞬間開闢出一個空間來讓挑戰者受難，這樣就不會影響忠於他的子民。」邪惡天禽冷笑著說道。

「嗯？那個與我幹一樣工作的哥們有這麼大能耐？」楚天有些鬱悶，同樣是穿越的，怎麼差距就這麼大呢？

在楚天與邪惡天禽對話的同時，天空中的一切已經瞬息改變，地面上龜裂的縫隙裏噴湧出更加多的黑霧，似乎要籠罩整個世界，而天上的雷霆之聲彷彿在發酒瘋一樣瘋狂地敲動著雷杵，轟轟轟，不間斷地，粗細不同的銀蛇好像要撕裂天幕一樣，滾滾而下。

不過，他們大都與一開始轟擊到瑞斯特姆身上的那道人腿粗細閃電一樣，擊打在獅鷲王身上時，就被一層金色的光罩擋住了。

「是金鐘罩，我們一族最頂級的防禦心法，只存在於傳說中的神技，啊！偉大的族長。」看著彷彿蛋殼一樣的金鐘罩，阿爾弗雷德和基努皮特都鬼哭狼嚎起來，比老婆一口氣生了十二胎還要興奮的模樣。

楚天扭過頭做出不認識他們的樣子，繼續看著天地間的異象，也許，不久的將來，我就該迎接這些了，現在必須積累些經驗。

在楚天如意算盤打得劈啪響的時候，瑞斯戴姆的考驗終於終於來臨了。

「八重滅神劫才剛剛開始。」隨著邪惡天禽陰惻惻的聲音，天空之中的黑雲倏然變色，竟然變成了滾滾的鮮紅，彷彿是一層棉花被鮮血浸透了。

「咔嚓！」彷彿是爲了預兆邪惡天禽的實力，在轉變爲血紅色的雲層後，天空之中在巨響聲中劈下一道血龍。

巨大猙獰的龍口遙遙張開，讓看到的人心中都響起震懾人心的咆哮。

血龍奔騰而下，血口直吞向瑞斯戴姆。

視力很好，加上邪惡天禽幫忙的楚天，好像在這位一直表情淡定的獅鷲王臉上看到了慎重。

「金鐘罩？這麼霸氣的名字，實力應該也差不了，我相信你，瑞斯戴姆，加油。」楚天在心中暗暗地給獅鷲王打著氣，他現在絕對不希望這位王級有任何事情。

出乎意料！

瑞斯戴姆根本沒有再次凝聚金鐘罩，而是長嘯一聲，扶搖直上，身體好像離弦的箭一樣射向血龍之口。

「他瘋了嗎？」楚天目瞪口呆地在心中叫道。

「你知道什麼！要成萬萬人之上的王者，就要用抗拒一切的勇氣，包括神靈！哼哼，真是我的好手下，不辜負我沒抹去你神智的心意。」邪惡天禽對楚天很鄙視地教訓著。

楚天聽了前半句之後很不忿，但聽完後半句立刻好像被水澆熄的火把般耷拉了腦袋，這個傢伙，根本就是瘋子，何必跟他一般見識。

敢於抗拒一切的瑞斯戴姆渺小的身影直射比他大了幾百倍的血龍頭中。

只見他拳頭猛地揮出，一個放大了百倍的虛影拳頭就擊向了血龍的天靈蓋。

不管這一擊的效果，瑞斯戴姆的攻擊就好像狂風暴雨般連續擊出。

「天雷轟！」「萬仞斬」「風火輪」「鐳射金羽！」「萬字斬破！」「天外神仙」「唯我波動拳」「還我漂漂神爪」「天崩地裂七星八卦九宮十荒無上神功」……一大堆華麗無比、光彩絢麗的招式被瑞斯戴姆運用了出來，一開始的兇險情形完全被逆轉，直看得楚天差點把舌頭吞下去。

「瑞斯戴姆……也太猛了點吧。」看著被打得跟無頭蒼蠅一般的血龍，楚天暗自裏爲

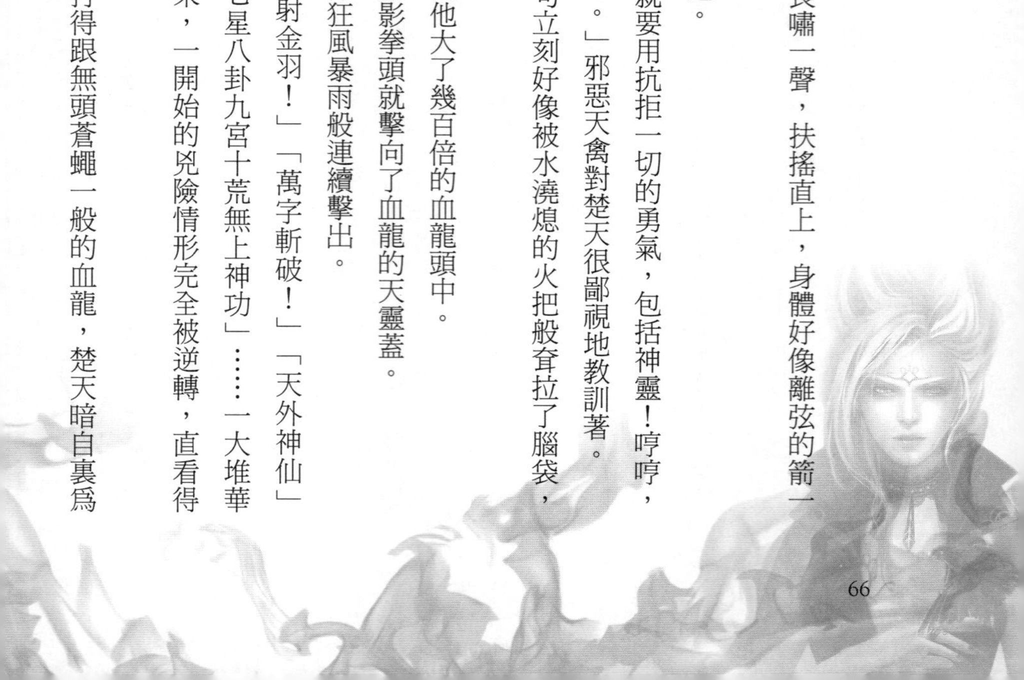

他悲哀著，這種體積，這種出場設計，放在哪裏那也得是個超級BOSS級的人物啊，現在也委實慘了點。

也許是楚天的憐憫被上蒼哪位閑神給聽到了，被壓制根本沒有發揮時機的血龍怒了！

「嚎——！」瘋狂地咆哮了一嗓子，血龍從五彩繽紛的光彩轟炸中衝了出來，以迅雷不及掩耳之勢衝到瑞斯戴姆身邊，根本沒有給他再次出招的機會，就張口把他吞了下去。

「呃……這也太惡搞了點吧！」楚天感覺後背都給汗浸濕了，怎麼這次打鬥這麼具有戲劇性呢？剛才瑞斯戴姆還一副穩操勝券的樣子，怎麼一下間就成了人家的腹中食飯後屎了？

阿爾弗雷德兩鳥顯然也被眼前的情景給弄愣了，等了幾秒他們才想起來要救人，但他們和楚天一樣，都被阿難空間的規則束縛著，根本無法移動。

兩張臉上擠出了拚命痛苦掙扎的表情，兩鳥身體劇烈地顫抖著，沒兩秒，抗拒空間力量的後遺症就出現了，鮮紅的血液順著他們的毛孔往外瘋狂的噴灑著。

楚天也在掙扎，瑞斯戴姆要是掛了，事情會複雜很多，所以他必須去救人。

「別白費力氣了，瑞斯戴姆不會那麼輕易死掉了。」邪惡天禽在這個時候再次開口了，楚天一聽了他的話立刻安靜下來。

「哼，你倒聽話嘛？」一感受到楚天的行爲，邪惡天禽有些驚奇地冷笑道。

「常言說的好，不聽老人言吃虧在眼前。您老人家的話，小子當然是聽的。」楚天陪著笑臉這樣在意識裏回覆，其實心中早就罵開了，「憑你的良心，你會安慰人？正因爲你不會安慰，所以我肯定你說的話是十足真金。」

楚天在說話的同時一心四用，分別用意識將邪惡天禽的預測告訴了阿爾弗雷德和基努皮特，而這兩個兄弟倒也乾脆，眼光惡狠狠地瞄向了楚小鳥，看那意思要是他說不出個所以然來，非得把他開膛破肚不可。

正當楚天一時不知道該怎麼回答時，老天已經給了眾人答案。

血龍好像得了急性闌尾炎一樣，在半空裏曲著肚子翻騰不已，好像火焰一樣的尾巴「嗡」地甩上天空，然後肚子又「吧唧」摔在地上。

天空中的血雲被打得支離破碎，地面上的黑霧好像騰起的蘑菇雲瘋狂翻滾著。

「這個傢伙……確實是犀利的殺傷武器！」心中作著中肯的評價，隨後楚天眼中已經被血紅的光芒完全籠罩。

血龍的肚子好像時空隧道裏孕婦的肚子般飛速鼓了起來，隨後就是比剛才的所有聲音都要響的「轟」聲。

長達千米的巨龍直接被撕裂成了無數碎片，帶著破空的「哧哧」聲四濺而去！

「難道你媽媽沒有告訴你，吃東西一定要先嚼爛了再咽下去嗎？」善變而無恥的楚天對於血龍的經歷很是感歎，「怪不得別人，要怪就怪你父母沒有教育好你。」

「你別抽風了，事情還沒完呢。」雖然不能準確地解讀楚天的這種精神資訊，但通過他的精神波動，邪惡天禽已然發現這小子放鬆了心情，他非常陰寒地叫道。

「還沒完？」正如邪惡天禽所想的，楚天確實以爲事情結束了，可以收工回家了，所以才有時間那樣廢話，故而一聽邪惡天禽的話，他立刻驚魂反問。

「八重滅神劫中血猛天龍可代四劫，分指血光罩頭、猛龍侵身、天水銷蝕、九寒解體。」邪惡天禽語氣很生猛，在楚天腦海裏就跟一個個炸雷樣，「不過還有四劫！」

「好猛的名字，可我也沒見到多厲害的東西啊。」楚天有些奇怪地說道。

「那是因爲瑞斯戴姆根本沒有給血猛天龍表現的機會，他的攻擊方式太準確了，不愧是我看中的部下。」邪惡天禽意識裏含著笑意說道。

「呃……」如果情況允許，楚天的臉絕對會變成這個樣子——囧！

「這個傢伙，居然也這麼自戀！」心中鄙視著，楚天卻再次抬起頭，緊張地看著四周的情況。

瑞斯戴姆的戰鬥讓楚天很有熱血沸騰的感覺，比他自己和人幹架還要興奮，再加上邪惡天禽的評價，他對獅鷲王的實力看得非常高，所以心中並沒有幾分擔心，反而抱著一副看好萊塢電影的念頭。

此時天空之中的情形再變，翻滾的赤色血雲形成了四個巨大無比的漩渦，它們瘋狂地旋轉著，彷彿要吞噬這世間的一切，不論是赤雲還是黑霧，都彷彿無根的浮萍，盤旋著向漩渦中心匯聚而去。

經過赤墨兩色的混合，四個漩渦竟然變成了七彩的顏色，好像地球上的萬花筒一般，七彩的顏色來回交融，不斷形成獨特的形狀。

「上帝曾經說過，越美麗的東西越加危險。」就連相當於觀眾的楚天都能感覺到這四根萬花筒中所蘊涵的巨大能量。

「聖——！」

四個漩渦在吞噬飽了後同時發威了，巨大的響聲直接暫時性地剝奪了人的聽覺，它們分別射出了一道七彩的旋轉柱。

七彩光柱形成一個巨大的斜十字，然後由中間交彙的地方，再次射出一個直徑上千米的巨大彩珠。

彩珠雷霆般砸向正下方的瑞斯戴姆，將途中包括空氣在內的一切統統消化，變作了它四周的劈啪電光。

「吼——」瑞斯戴姆張口咆哮著，渾身的肌肉彷彿充氣般凸顯起來，身上殘餘的衣服「嚓嚓嚓」碎裂成無數碎片飛射出去。

渾身赤裸的他彷彿地獄的魔神一樣，站在半空裏，地下裂縫中的黑氣隨著他的長嘯居然向他湧去。

黑霧翻湧中，瑞斯戴姆抬手一揮，一把長鎬形的巨大武器出現在他手中。

「嗡——」

好像發射出去的導彈，瑞斯戴姆駕馭著黑雲，手持長鎬，射向彩珠。

「給我滅！」電光火石間，已經來到衝來的光珠前，瑞斯戴姆張開大口惡狠狠地叫著，雙手已經舉起長鎬向上砸去。

不知道是否是錯覺，楚天感覺長鎬攻擊的那一端好像月亮一樣。

「代表月亮懲罰你，哼哼，是獅鷲一族傳說級的攻擊異能，據說只有帝皇王級才能施展，小瑞這次完全是借助神器鏟天鎬才能施展，不過，半年之內是無法再用了。」邪惡天禽就好像一個忠實的解說員般，再次跳了出來，在楚天腦海裏說道。

「代表月亮懲罰你？」楚天感覺腦門上出現了兩三個感歎號，這句怎麼這麼熟悉呢？

巨大的月牙轟擊在好像太陽般的七彩光球上，帶來了山崩地裂氣消雲散種種滅世之景。楚天心跳好像在打鼓一樣「通通通」響個不停，他可以肯定，他只要站在光球百米之內，光這下對碰的餘波就能要他半條命。

光球被月牙打得凹陷下去了一塊兒，本來環繞在它表面的電絲也好像接觸不良一樣，斷斷續續，七彩的顏色也不再那樣有規律，失去了美感，顯得特別雜亂。

「可以了！」楚天睫毛抬起，眼珠子瞪大看著天空之中定格的畫面心叫道。

「哇！」瑞斯戴姆大叫一聲，控制銹天鎬的雙手好像被什麼巨大的力量扭了幾十圈般，走了形，光球凹陷的地方猛地彈起，銹天鎬倒飛了出去。

光球再次瘋狂砸下，瑞斯戴姆卻在剛才的一擊中用盡了力氣，根本無法再反抗，只能被光球帶著狠狠地落向地面。

「轟——」暫時失去聽力的楚天潛意識裏響起一聲巨響，心差點都被震出來，眼前的景象卻是分辨不清，因爲他的視野已經完全被飛濺而起的黑土地和霧氣佔據。

無數土塊石塊被巨大的力量撕扯成碎片粉末，天地之中瀰漫著一股嗆鼻的氣息。

「完……完了？」天空中堆積的不知道多麼厚的雲層逐漸消散，楚天愣愣地喃喃張口說道。

制約空間的規則力量正在逐漸消失，八重滅神劫明顯是搞完了，楚天卻對這個結果不怎麼滿意。

「怎麼能這樣?你可是我很看好的護衛隊長啊。」楚天臉色僵硬地說著，只聽阿爾弗雷德和基努皮特大叫一聲「族長」，已經不顧眼前的飛沙走石，瘋狂地向光球落地的地方跑去。

楚天挑眉呆了下，隨後也向灰塵中央跑去。

地面，無數形狀不規則的土塊。

天空，好像沙塵暴一般籠罩著一層灰色的土粉。

不過這些都不能阻止楚天三鳥，他們幾乎是在眨眼間已經來到目的地。

「好大的坑！」這是楚天的第一感覺，就好像被吸乾水的太湖，他感覺這個時代要是有太空技術的話，勘察星球一定能夠看到這個坑。

不只大，幾乎深不見底，楚天看著苦笑，他不知道該怎麼尋找瑞斯戴姆的屍骸。

兩隻獅鷲痛叫著已經展翅向深坑底飛去。

正當楚天要下決定也飛下去時，坑底突然傳來一段意識波動。

「我……沒……事。」

這句精神波動讓楚天臉色先是愣愣，隨後立刻小跑著展翅飛了下去，結果幾乎和阿爾弗雷德兩鳥同時來到了一根焦黑的木炭前。

「嘿，代表月亮懲罰你破壞了七彩破神珠的內部結構，那混沌四劫已經被滅得差不多了，所以它根本傷不到我。」黑炭露出一口潔白的牙齒，斷斷續續地說道。

「根本傷不到！」看著渾身上下無一處完好，四肢被幹掉了三條半的獅鷲，楚天實在無法理解這句話的意思。

不過楚小鳥知道這時可不是想這些的時候，他趕忙將瑞斯戴姆背了起來向上飛去，同時，對著兩個好像失了主心骨不知所措的大將軍叫道：「愣著幹什麼，這個世界馬上就要崩塌了，如果你們不想隨著空間規則被淹沒的話，馬上回到一開始站立的位置。」

這是邪惡天禽說的，因爲是受戒空間，所以在完成使命後自然會消散崩塌，而被破壞的一切也會灰飛煙滅，只有回歸原樣，才能再次被空間法則傳送回去。

「這兩個傢伙，怎麼跟小朋友一樣，看起來挺精明的樣子，一見瑞斯戴姆半死就不知所措了，看來還需要調教啊。」看到兩隻獅鷲也飛了起來，楚天非常不爽地暗道，畢竟，這將來都是他的班底啊。

回到原來位置站好，楚天等人眼前的景象就如一開始般開始模糊，好像地震一樣波動著塌陷下去，最終被豪華的城主府替代。

再次感歎了一下這種力量的偉大，楚天迅速地安排瑟琳娜給瑞斯戴姆療傷。

同時兩隻獅鷲將軍也終於從渾渾噩噩中清醒過來，立刻通過傳送陣回到了天弋城，並召喚了幾十隻啄木鳥過來，與之同行的還有近千隻能征善戰的獅鷲戰士。

雖然感覺上有點受到掣肘，但楚天卻也並沒有太大不滿，這些獅鷲戰士將來可都是他的子民，即使現在不怎麼聽他的調遣。

阿爾弗雷德很感歉意，不過因爲瑞斯戴姆一回來就重度昏迷了，沒有他親口承認將獅鷲族再次歸於楚天麾下，左將軍大人也不好讓楚小鳥隨便插足管理。

這樣，新的天空之城聚寶城就形成了三股實力，一是楚天的原班人馬，就是他從南大陸帶來的幾個人還有八大星君，經過這一系列的事情，藍八色鶇決定幫他，而他也非常相信這八位俊男靚女。

二是混合在一起的鑽地鳥和長尾雉，這股力量好像幫工一樣，看似聽楚天的，但他相信，若是他出了任何意外，這些傢伙立刻撒腿跑；三就是從其他天空之城來的人了，除了近千黃金獅鷲外，也有少量禿鷹禿鷲等鳥人，雖然他們並沒有派遣援軍，但不可能不留下一些探子，監視楚天這個所謂的領頭人。

在戰力上，楚天從沒有將第二實力算上，所以他直接安排他們管理修繕聚寶城，為將來的大戰做些應急的準備，而他自己，則決定先回綠絲屏城，這個時候，那些人才是真正可以借助的。

作好了決定，楚天先去看了瑞斯戴姆，結果這個傢伙還沒有醒，所以他只是跟阿爾弗雷德說了一聲，並非常慎重地暫時將聚寶城的安危交給了獅鷲們，才率領原班人馬來到了傳送陣。

因為一系列的奔波，不論是金剛還是卡迪爾都有些疲乏，此刻一聽說要回人員充足的綠絲屏城，個個都興奮地不得了，就連冰女王赫蓮娜的嘴角都微微揚了起來。

第四章 蝙蝠上將

「我回來了。」一進入綠絲屏城的傳送陣，楚天立刻大叫起來。

本來守在傳送陣，特意等候楚天等人回歸的一隻綠孔雀本來以爲是什麼人入侵了，等看清楚來人的面容後，他才高叫著向外衝去。

「不知道我這個大英雄回來，是不是有什麼盛大而特別的歡迎儀式。」楚天並沒有急著出去，他等著人來接他。

人確實來了，還非常快，只見特洛嵐火急火燎地衝進來，拉著楚天就向外走。

「哎你幹嗎？別拉拉扯扯的，讓人看到，還以爲我們有什麼不正當的關係呢。」楚天甩了兩三下才甩開特洛嵐，擰著眉頭說道。

「你還有心思開玩笑，現在整個世界都亂套了。」特洛嵐一拍大腿，大聲地叫道。

楚天摸了摸光光的腦袋瓜，問道：「嗯？這個……我不是早就告訴過大明王了嗎？」

「不只是關於海獸蟲聯軍的事情，呃……是關於……哎呀，說不清楚，你快點跟我去明王殿，那裏有人正等你呢。」解釋了半天，特洛嵐最終又上來拉楚天。

雖然有些不滿足，但楚天也看出肯定是發生什麼事情了，他躲過特洛嵐的手，說道：「走，我跟你去。」

這是綠絲屏城大明王府對外會客的大殿，楚天雖然在綠絲屏城住了一段時間卻並沒有來過，一路上看到不少新奇的東西，卻都沒有時間細看，因爲特洛嵐已經催了近百次了。

「難道是鳥神親臨？外星人入侵？」楚天納悶，他都已經將三族的陰謀告訴大明王了，實在想不到還有什麼事情值得這麼著急。

一路疾行，三千多米的路程，眾人一分鐘不到已經來到明王殿。

不給楚天參觀的機會，特洛嵐拉起他就向裏面走，同時讓其他人暫時稍候。

因爲特洛嵐實在是太猛了，這次楚天並沒有反應過來立刻甩開他，直到進了殿中才想起來，不過卻被一個聲音打斷了他要行動的念頭。

「老大！」

熟悉的聲音讓楚天身體一僵，機械地抬頭，就看到兩隻黑長的觸角。

「獨眼。」楚天甩開特洛嵐衝了進去，雙手抓住天牛的肩膀嘴中嘖嘖叫著。

「老大，你不要這樣地看著我，我的臉會變成紅蘋果。」獨眼羞答答地說道。

「去死！」楚天一拳打在了獨眼的臉上叫道。

「哎喲！」獨眼誇張地大叫了一聲，裝模作樣地後退了好幾步。

楚天本來還想再打這位好久沒見的好兄弟兩下，卻感覺到渾身有些不自在，緩緩轉頭看去，發現大殿裏的其他人都以非常曖昧的眼光看著兩個人。

「嘿嘿，大家誤會了。」想到剛才兩個人的表現確實「纏綿」了一點兒，他張口剛想解釋，卻見所有人不約而同地點著頭，嘴巴成了「O」形。

「爺爺的，老子還懶得解釋了。」楚天暗自挑了挑眉，卻聽另一個熟悉的聲音響起。

「媽媽，你怎麼打獨眼叔叔，他受傷了。」

這樣的稱呼，不用猜已經想到是崽崽了，可惜這個小傢伙已經變得比楚天還男人。

要是平常，楚天肯定得爲這個聲音躊躇良久才決定該怎麼回話和動作，這次卻根本沒想這些，而是猛地大聲叫道：「獨眼你受傷了？怎麼回事？哪個渾蛋敢欺負老子的人。」

「咳！」被楚天那句「老子的人」搞得好不尷尬，天牛乾咳了兩聲後才皺著眉頭說道，「血虻沼澤已經完全亂套了，地面上的蟲族和獸族聯合在一起搞起了暴動，四周的鳥族村落和鎮子已經被消滅得乾乾淨淨。而我們山寨也被圍攻了。」

楚天眼睛裏閃爍著凶光，叫道：「圍攻？兄弟們怎麼樣？」

「兄弟們倒沒有多大損失，我見獸蟲暴動軍勢力實在太大，只好帶著兄弟們先一步轉移了。」天牛說到這裏臉上露出了悲痛慚愧的神色，屈膝單腿跪到地上說道，「老大，對不起，獨眼辜負了你的囑託，沒有守住山寨。」

「你說的什麼話！」楚天凶目瞪視著獨眼惡狠狠地說道，「山寨沒了就沒了，只要有命在，憑你老大我的實力，想要多少山寨沒有啊！」

楚天話惡狠狠的，但獨眼能感受到其中的情誼，他一對牛眼裏立刻成了一片汪澤。

「少給老子學娘們兒那一套，還不給我站起來！」楚天很想語氣再兇狠一點，但看著獨眼的樣子，他卻怎麼都凶不起來，實力已經完全不同的他已經探查了天牛的身體，全身經脈受損百分之八十以上，他腦海裏已經可以想像獨眼帶領天牛們守護山寨的情形了。

「爺爺的，在探聽到三族聯合的消息時，我怎麼就沒想到提醒他們呢。」楚天內心非常自責，卻聽獨眼站起來好像很感歎地說道：「族中的兄弟，說哭一場老大就不會懲罰我了，怎麼我還沒哭呢老大就先饒了我？難道是我太英俊？連上天都不忍傷害我？」

「獨眼——」楚天拉長了聲音，臉上掛著笑容看著天牛喊道。

「呃……嘿嘿，老大這次在外面這麼長時間，肯定豔遇不少吧。」天牛訕笑著邊說邊向後退。

「我要將你的觸角做成腰帶——」

「我觸角太硬，容易傷臀——啊——」

本來有些傷感的氛圍在楚天和獨眼的不對等對練中徹底結束，直到伯蘭絲將赫蓮娜他們領進來，兩個人才停了下來。

「在美眉面前，一定要注意形象。」看到來人，楚天表情嚴肅地整理著身上的衣服，對鼻青臉腫的獨眼問道，「山寨出事情的時候，丹姿城沒有什麼行動嗎？」

獨眼雖然看似老實，其實在楚天的帶動下早已經狡黠無比，他瞬間就明白楚小鳥話裏的另一層意思，放開捂著傷處的手，他很慎重地說道：「就是丹姿城派人來幫助，我們才得以突圍的，現在丹姿城和黑雕城的境況都不好，因爲目標明顯，他們才是這次暴動的最主要地點。」

「看來寒克萊大哥還是很夠意思的。」雖然綠絲屏城的暗湧表面上暫時已經平靜了，但烏心隔羽毛，誰知道還有沒有內鬼，所以楚天只是在心裏想寒克萊的名字。

手指敲著眉心，想了想，楚天又問道：「你們怎麼知道我在綠絲屏城的？」

「是一個叫伊格納茨的超級美女告訴我的，老大，這可是個真正的美女啊，跟我們一提到你就臉色發紅，你們是不是有一腿啊？」獨眼後面的話是悄悄湊到楚天耳邊，一臉猥瑣地說。

「伊格納茨？」楚天抬手將獨眼那張猥瑣的臉推開，嘴角輕揚著重複著這個名字，直到聽到幾聲大小不同的冷哼後才立刻恢復嚴肅的表情。

拿眼角看了下哼聲的幾個主人，都是這次北大陸尋寶行動的骨幹，他不敢說其他的，只能拿眼睛惡狠狠地瞪著多嘴的獨眼說道：「到底怎麼回事兒?給我詳細說說。」

說完話後楚天又用精神傳給天牛一副咬牙切齒的表情，並附贈聲音：「你要是敢再說錯話，我一定將你的觸角做成皮帶。」

天牛渾身打了個哆嗦，掃了眼才進來的幾個女人，不知道是不是錯覺，他感覺五個女人中最漂亮的那個眼睛好像猛地亮了一下，好像有什麼東西刺進了他的腦子裏。

晃了兩下腦袋，知道這幾位都不好惹，獨眼趕忙開始說起這次尋主的經歷。

「丹姿城因爲自己戰事吃緊，來幫助我們的只有四隻仙鶴，在幫助我們的過程中就都陣亡了。」一張大臉上出現了傷感之色，天牛繼續說道：「也正是他們的犧牲，才換來我們逃出重圍的結果，不過由於接觸時間太短，我們並沒有從他們那裏獲得什麼消息。」

「鶴族果然是不愧爲鳥族最講信義的一族。」赫蓮娜眼光閃爍著，插口道。

內心的神經好像被什麼波動了下，獨眼看著赫蓮娜打了個哆嗦，趕忙轉移視線繼續說道：「丹姿城和黑雕城都已經被蟲獸暴動軍包圍了，別說我們是天牛上不去，就是能上去都無法進入方圓百里內，迫於無奈我們只好另找他路。

「我記得當初老大離開山寨時說過要去聖鸞城，就帶著大家向北方進發。因爲本隊長的英勇機敏，我和三個兄弟在歷盡千辛萬苦後終於混進了聖鸞城內，但沒有聽到老大的所在，只是看到了老大被通緝的通告。

「一看這種情況，英明的我立刻作出偉大的決定——撤退，但老天很不給面子，在我們要出城的時候，被一群鳥鳳凰給抓住了。」

楚天這個時候皺起了眉頭，問道：「難道聖鸞城不知道南方地區暴動的消息嗎？怎麼這個時候了殛殺令仍在生效。」

「鳳凰，是這個世界上最固執的鳥。」因爲此時需要分析戰局，大明王再次控制了身體，他表情有些嘲諷地說道。

「他們會爲此付出代價的。」赫蓮娜嘴角露出女人不該有的冷酷道。

楚天揮揮手，笑著讓獨眼繼續說，對兩個人的話，他十分滿意。

獨眼伸出舌頭潤了潤嘴唇，才繼續說道：「不知道是從什麼地方得到了消息，那群鳥鳳凰居然知道了我們是老大的部下，他們以爲我們知道老大的行蹤，所以對我們使用了鳥族十大酷刑，但我們都堅貞不屈地什麼都沒說。」

話剛說到這裏，獨眼突然用另一種口氣說道：「其實我們就是想說也說不出來。」

「咦？」大殿裏好幾個人都對獨眼怪異的表現流露出了驚訝的神色，就連獨眼本人也是一臉訝異地抬手捂住了自己的嘴。

奇怪地看了獨眼一眼，楚天抬了抬下巴說道，「繼續說啊。」

「是。」獨眼用驚恐的眼神四下看了看，最終一臉無奈地繼續說道：「本來我們以為死定了，沒想到有位極其漂亮的女人來到牢獄裏，那些護衛說是什麼聖女代鳥神來佈施他的恩澤，就是送一些比較好的食物，並對受傷嚴重的人治療一下。我們三個一直是眾多犯人中受刑最重的，傷當然很重了，這位超級美女就單獨給我們治療，而在治療的過程中，她很慎重地問我們是不是楚天的部下。」

說了一大堆後好像忘記了剛才的怪異事情，獨眼又挺胸昂首地說道：「我尋思肯定是鳥鳳凰們因為看酷刑無法降服我們，就用上了美人計，本是不想回答她的，但想到鳳凰們早就知道了我們是誰，又感覺無法隱瞞，所以就好漢做事留記號地報出了名號。結果這位美女告訴我們她叫伊格納茨，說要悄悄送我們逃出去。」

臉上露出了佩服的表情，獨眼繼續說道：「伊格納茨不只漂亮，也十分睿智，她安排的計劃簡直天衣無縫，我們十分順利地出了神殿，但就在要出聖鸞城的時候，兩隻叫神武士的玩意鳥攔住了我們，正當我們感覺這事兒恐怕要搞砸的時候，伊格納茨竟然揮手就將那兩隻賤鳥給滅了。嘖嘖，那實力，真是讓人心生歎服啊。」

說著話，獨眼居然露出了回憶的表情，還掛著欣賞的笑容。

「咳……」楚天不得不臉色發青地乾咳著。

「呃，她一路把我們送下了聖鸞城，還告訴了我們老大您在綠絲屏城。」話語停頓了下，獨眼又用另一種口吻說道，「她還讓我們代她問老大您什麼時候回去接她。嘿老大，您是不是和她有什麼不清不楚的關係啊？」

「……」楚天腦門上青筋直跳，他偷偷看了大殿裏的女人，有的表情似笑非笑，有的面無表情……這讓他心跳瞬間加速。

「獨眼兒。」楚天齜著牙齒叫道，天牛卻是捂著嘴巴嗡嗡不清地叫道：「我也不想說啊，可不知道爲什麼，它就說了出來。」

楚天知道，這肯定是赫蓮娜搗的鬼，她在獨眼的精神裏留下了什麼暗門，讓天牛說出了心中的話。

怨不得別人，楚天也不好再說什麼，他現在一腦子汗想著回去後該怎麼解釋。抬手摟住大明王的肩膀，他大聲地說道：「我功成而回，等下怎麼也得辦場慶功宴吧，告訴你，今天咱們不醉不歸。」

大明王一個活了幾萬年的人，如何看不透眼前的事情，臉上掛著曖昧的笑容，也沒拆穿楚天，而是配合地點了點頭。

赫蓮娜讓人分不清喜怒的話語卻在這個時候響了起來：「事情還沒解決就想慶功，你還真是個有責任心的好老大啊。」話中的「責任心」被她加重了語氣。

「咳咳。」楚天差點被自己的口水噎倒，他臉色發苦地看了眼赫蓮娜，最終惡狠狠地瞪向了獨眼說道，「你們先住進綠絲屏城，等老大我處理完這裏的事情，你們就隨我去北大陸。」

想到那邊的情況，楚天忍不住喜上眉梢叫道：「那邊你們老大我搞了一座天空之城，等以後，你們天牛也能住在上面了。」

本來一臉委屈的獨眼聽到這裏瞪大了牛眼，興奮地叫道：「真的？太好了！」扭著屁股甩著觸角發泄了半天，天牛才在大家眼珠子要掉出來的時候恢復了正經的模樣問道：「那蟲族和獸族的聯合暴動？」

「先不管他，我看看是我有耐心，還是鳳凰有耐心。」楚天冷笑著說著，突然看到一隻綠孔雀侍衛急匆匆地走到了大門口，臉上掛著震驚的表情半伏在地上，聲音有些發顫地叫道：「報……大明王，一隻蝙蝠上將說要見楚先生。」

「蝙蝠？」大明王顯然也有些納悶，這些萬年前已經銷聲匿跡的物種怎麼冒出來了，還要找楚天？心中驚疑不定地猜想著，他轉頭看向了楚小鳥。

楚天一聽說蝙蝠就知道誰來了，給了大明王一個等下告訴你的眼神，他邊向外疾走邊說道：「快快快，請他們進來。」

楚天反客為主的行為並沒有得到綠孔雀侍衛的認同，人家撇了下嘴，看向了大明王。

帝雷鳴聳聳肩，點了點頭，綠孔雀侍衛這才快速反身，高聲叫道：「有請蝙蝠上將米開朗基羅。」

「你小子給我記住，等我做主的時候一定罰你去掃廁所！」楚天心中恨極，但沒容變臉，一隻黑色的嬌小身影已經出現在他的視線中。

是一個黑珍珠美人兒，個子不高，連一米五都不到，但鵝蛋形的臉蛋而和前凸後翹的身材都非常出類拔萃，尤其是那雙黑白分明的大眼睛，以及身上透露出的英武之氣讓楚天心中怦然一動，他在這個時候竟然做出了極度不應該出現的動作。

「好有風情的女子！」心中驚歎著楚天已經快步迎了上去，張開雙臂就想來個熱情的熊抱禮，但卻被人家一個閃身躲了過去。

抱空之後楚天才猛然醒覺他做了什麼，身形一僵，他已經感覺到幾股殺氣，嘿然一笑，他看著臉上抿著嘴笑的黑珍珠用精神探查了一番，心中連連叫奇，眼前的黑美人兒居然擁有天生的魅惑之力，這也是讓他失控的原因。

心中暗歎了一聲倒楣，楚天不敢去想身後幾個人的模樣，他苦笑著問黑珍珠道：「奧斯汀大哥呢？怎麼不見他？」

黑珍珠美人兒厚而紅潤的嘴唇蠕動了兩下，那股帶著戰場老將才有的決斷氣息的魅惑力很自然地放了出來，讓看到她的所有男人呼吸都不由一窒。

好像已經對眾人的反應習以為常，黑珍珠臉色恢復正常，左手抬起抵在高聳的胸上，輕輕彎腰，尊敬地說道，「鴨嘴獸王麾下蝙蝠上將翎爵伊麗莎白．奧忒拉覲見天禽。」

「你叫伊麗莎白？」楚天有些驚奇她怎麼有這樣一個名字。

「是的。」伊麗莎白又說道：「鴨嘴獸王大人就在城外，您是否要我立刻傳訊？」

「不，我親自去迎接奧斯汀大哥。」楚天攔下了伊麗莎白，說道，「你帶路。」

「是！」伊麗莎白的行為很軍人，她答應著後背就長出兩隻蝙蝠肉翅，飛到半空中。

「有意思。」心中暗暗評價著，楚天本是想讓其他人等候的，但看大家的臉色，他張張嘴，最終啥話也沒說跟了上去，赫蓮娜等人隨後跟上，大明王看了特洛嵐一眼，也率領他跟上去。

其實此刻帝雷鳴腦中已經掀起了軒然大波，居然是奧斯汀，他們那群傢伙又回來了嗎？那這個世界可真就熱鬧了。

伊麗莎白飛得很快，她就好像一台花樣訓練機一樣，可以玩很多驚險刺激的動作，這讓楚天看得目瞪口呆。

是要試探我嗎？楚天心中狐疑，兩對翅膀也高速運動開了，他是什麼人，曾經看過無數花樣飛行的人，一通華麗無比的動作，近距離貼近、一百八十度大盤旋、阿爾斯莫旋轉、羅斯特空對地大折射……一系列動作下來，伊麗莎白傻了，帝雷鳴傻了……所有的人都好像囫圇吞了個鴨蛋一樣，張大嘴巴合不上。

楚天個流氓趁著大家吃驚的時候還把飛行速度加至超光速，順手就在內媚的伊麗莎白臉蛋上摸了一把，瞬間把這位英武美人兒給摸清醒了。

「你……」一直公事公辦的臉上終於出現了一絲惱怒的羞紅，但看著楚天非常無辜的表情卻只能咬咬牙，因爲四周的人都沒有看清剛才的動作，她雖然是軍人，但也不好將這事於大庭廣眾之下叫出來，心中決定以後一定要報仇後，她狠狠地瞪了楚天一眼，再次領頭向天空之城外飛去。

楚天當然快速跟上，可他卻感覺後面有些不對勁兒，一回頭果然看到帝雷鳴正對他擠眉弄眼。

「這個活了上萬年的老不正經。」楚天心中罵著，撇過頭，決定不理他，卻不知道，就是因爲這次，他後面惹了多大的麻煩。

短短幾分鐘，眾人已經來到綠絲屏城外，楚天順眼向四周看了兩眼，卻根本沒有發現奧斯汀和他的那群蝙蝠手下的身影。

楚天不得不飛到伊麗莎白身邊有些狐疑地問道：「奧斯汀大哥他在哪裏？」

作爲軍人，伊麗莎白擁有非常敏銳的洞察力，她瞬間已經了然楚天心中的想法，嘴角一揚，露出個風情萬種的微笑，她輕聲說道：「怎麼，你怕我害你嗎？」

「怕，當然怕，我怕你吃我的時候吃到半個就沒了力氣。」楚天笑得很欠扁的樣子。

「那我就細嚼慢咽地吃你好不好？」伊麗莎白突然一掃剛才的剛硬氣質，本來就很濃烈的風騷魅惑瞬間擴張，再加上這句曖昧至極的話，楚天這個一直賊心膨脹賊膽收縮的傢伙，瞬間血液沸騰，連臉都紅了。

「好……」楚天嘴角掛著口水說著，卻聽伊麗莎白氣質一冷道：「你翅膀停止了。」

「啊……什麼？」楚天猛然轉頭看去，結果在慘叫聲中他向下墜去。

「哼！難道不知道我的外號叫『別惹我』嗎？」伊麗莎白一仰頭，繼續向前飛去。

可憐的楚天因爲被那股風情所惑，最終吃了無數黃沙，幸虧他提前布起了防護罩，若不然變成禿鷹肉醬應該沒有太大問題。

「娘們，你給我記住。」楚天拳頭捏緊，看著飛在天空的黑美人，最終「噗」一口把嘴裏的黃沙吐了出來，然後振翅跟了上去。

後面的路上幾個人都沒有再說話，直到抵達一片黑土地上空。

「鴨嘴獸王就在下面等著您的到來。」口氣職業化地說了一句，伊麗莎白好像箭一樣向地下鑽去，楚天眼睛猛地瞪大，她是找死嗎？居然用這麼猛的速度去撞擊地面，別說她這個級別的人，就是王級也不敢這麼玩兒啊。

這樣想著，他一個瞬閃，出現在伊麗莎白前方。

此刻伊麗莎白正處於高速飛射中，當她看到楚天突然出現的身影，想煞車已經來不及，只能眼睜睜看著自己撞進他的懷抱裏。

「咚！」強大的衝擊力讓來不及布結界的楚天感覺胸骨都被撞斷了，當他想要說沒事的時候，就感覺一個大嘴巴摑在了他的臉頰上。

聲音那個清脆那個響，都將楚天給震猛了，直到他感覺左臉頰跟吹皮球一樣鼓起來一大塊時，他才醒悟過來，用要吃人的眼神瞪著伊麗莎白。

伊麗莎白是很委屈的，她根本想不到她這個最完美的戰士會做出這麼失控的事情來，一時間又羞又怒的感覺侵襲了她的心房，讓她那張嚴肅的臉上出現小女兒的表情，豆大的淚滴吧嗒吧嗒就落下來，最後連在一起，形成一條條珍珠。

楚天傻了，捏緊的拳頭緩緩鬆開，最終來回掙扎了兩下，抬手幫伊麗莎白抹去了臉頰上晶瑩剔透的淚滴，有些憨地說道：「你打了我，我都沒哭，你哭個啥。」

肩膀一聳一聳的，伊麗莎白越想越委屈，自己的處子抱就這麼給人奪去了，她淚眼朦朧地說道：「誰讓你突然出現的，你是故意占人便宜，你這個流氓。」

「我靠，我比竇家那隻蛾還冤呢。」楚天臉色一衰，卻面對女人的眼淚攻勢怎麼都凶不起來，說道，「我真沒這個想法，我是看你突然發瘋撞向地面特別來救你的。」

「你不止流氓，還是個笨蛋，居然想出這麼無稽的理由來。」哭了半天，可能是眼淚流得差不多了，說起話來沒有剛才那麼斷斷續續的。

「你打我的肉體也就罷了，居然還侮辱我的靈魂。」楚天怒了，他眼珠子一瞪大聲叫道，「鬼才騙你，我要是對你有什麼不良企圖，就讓我離開這個世界。」

離開這個世界，那就是去異世界，說不定就能回地球。心中無恥地想著，楚天面上卻是一副決絕之色。

「真的？」繼續狐疑地問了一遍，然後被楚天決絕的神色感化，伊麗莎白噗哧笑了，她指著地面上漆黑如墨的荒土地說道，「你不知道這是什麼？」

「這……太過分了，還侮辱我的智商。」楚天感覺心肺裏一股氣在醞釀，但面對這個風情美人兒他怎麼都沒有發泄的念頭，只能嘶啞著聲音說道：「我當然知道，不就是一塊黑土地嗎？你當我傻。」

被楚天的模樣再次逗得笑了起來，花枝亂顫的伊麗莎白在楚小鳥癡呆的表情中說道：「這是地底世界獨有的擬泥術，普通的時候你在這塊土地上走、踏、跑都沒有問題，甚至普通的俯衝、砸都看不出這裏的異樣，但只要你的速度超過音速，就能突破這個結界，直接進入地下。」

楚天聽得一愣一愣的，他好半天才艱難地開口說道：「原來……是這樣啊。」

「當然是這樣了，要不然你以爲我像你這麼傻啊。」臉上破天荒地再次掛著微笑。伊麗莎白說著臉色突然有些紅了起來，一對嫵媚的大眸子裏也露出一絲異色，突然她的臉向楚天靠去。

「啵」沒等楚天反應過來，他的臉已經被伊麗莎白豐潤的嘴唇侵犯了，他猛地捂住被侵犯的位置，臉上露出不敢相信的神色。

「看在你好心的分上，當做我的謝禮了，我可是個窮人。」口中嬌笑連連，伊麗莎白從楚天懷裏掙脫出來，又向空中飛去。

楚天臉上掛著癡呆的笑容，摸著臉頰很陶醉，這是他來到這個世界有數的幾個吻之一，而且對象還是很有風情的美人。

伊麗莎白其實也很羞澀，但作爲軍人，她秉性裏一直有雷厲風行當做就做的風格，雖然相處只有短短時間，但她已經對楚天這個奇特的男人有了些好感。

有好感，就要抓住他！這是伊麗莎白的風格，也是她被手下稱爲雷電將軍的原因。

「傻子，快上來，等下飛下去的時候要達到超音速。」若是伊麗莎白的士兵在這裏絕對會傻眼，因爲他們一年見不了兩次的笑容，已經在這位黑美人臉上掛了很長一段時間。

伊麗莎白的聲音將楚天叫得回了魂，不過他眼睛裏的世界一恢復色彩，臉色立刻陰了起來，因爲他看到了赫蓮娜她們有些像包公的臉，當然，比包公好看多了。

心跳到了嗓子眼，楚天不知道爲什麼這麼怕，反正他腦子裏就在想這幾個女人看到了多少，並祈禱那位站在這個世界最頂端的同行，希望他沒讓幾個女人看到什麼。

心中雖然忐忑，但楚天卻強做鎮靜地飛到帝雷鳴身邊問道：「怎麼這麼慢？」

眼中掛著戲謔之色，帝雷鳴聳聳肩說道：「你知道的，我們孔雀並不是擅長飛的種族，其他人也不是。」

楚天的第一句問話根本沒有意義，他只是為現在的問題作鋪墊，他壓低聲音在帝雷鳴耳邊問道：「那你們剛才看到什麼沒有？」

「你有做什麼嗎？」帝雷鳴表情特別壞，還不時拿眼瞄一直盯著這裏的赫蓮娜等人。

「我當然沒有做什麼！」楚天胸膛一挺，說道。

「是嗎，那你臉上怎麼了？」帝雷鳴眼睛裏精光一閃說道。

「沒有吧。」楚天失聲叫了句，趕緊用手去抹剛才伊麗莎白吻到的地方，卻見帝雷鳴露出很欠扁的笑容說道：「沒有，是我看錯了。」

楚天恨不得從這老小子臉上咬下一塊肉來，因為他明顯感受到後面來自赫蓮娜等人冷冷的目光。

楚天不敢再做出任何惹人懷疑的事情，他只能瞪了帝雷鳴一眼，後者一副事不關己的樣子，目光直接越過楚天的頭頂，向地面上看去。

「咦！居然是地底世界獨有的擬泥術，這可是蚯蚓族的特有種族異能，難道奧斯汀就在這裏？他已經降服了蟲族嗎？」畢竟是萬年的老妖怪，帝雷鳴瞬間就看出了這片黑土地上的異樣。

「我哪裏知道。」楚天很沒好氣地說著，卻聽伊麗莎白開口說道：「是的，我們已經降服了一些蟲族，他們都是被地底世界統治階層壓迫的小部落。」

「奧斯汀果然是當年最懂政治軍事的王者，居然能夠在地下世界分化最團結的蟲族。」帝雷鳴眼中掛著笑意，搖晃著腦袋說道。

伊麗莎白的臉上異色一閃，顯然對帝雷鳴的分析大是驚異，楚天看到這裏突然醒覺，還沒介紹兩個人呢。

他趕忙飛到兩個人中間，凌空而立指指彼此介紹道：「這是開創孔雀盛世的一代天驕孔雀大明王帝雷鳴。」「這是鴨嘴獸王手下的伊麗莎白蝙蝠上將。」

帝雷鳴早就知道了伊麗莎白的身分，當然，就是不知道，憑藉他上萬年所鍛煉出來的心性，也絕對不會有一點吃驚的樣子，可蝙蝠上將就不同了，她一對妙眸瞬間瞪得老大，看著不遠處那個掛著有些輕浮微笑的英俊中年人一臉見鬼的表情。

「美女，你不用這樣看著我吧，好像我是什麼洪荒古獸一樣。」露出一副害羞的模樣，帝雷鳴聳聳肩說道。

「你不是已經死了嗎？」終於被帝雷鳴的話給叫醒，伊麗莎白開口就說出一句讓人想暈倒的話語。

「咳……那是造謠！」帝雷鳴陰著個臉不再看伊麗莎白。

楚天心中很得意，他也向空中飛去，卻聽帝雷鳴隨後說道：「你先別走，等下你要把我們一個個帶下去。」

「爲什麼？」楚天呆住，問道。

「你難道以爲我們這些並不擅長飛行的人能夠在空中加速到超音速！」帝雷鳴臉色板正地說道。

「呃……」楚天無語，不過後來想想倒也不錯，除了攜帶幾個大老爺們不怎麼爽外，那幾個美女也是能貼身享受的。

這樣想著他也沒有再說什麼，按照帝雷鳴的安排一個個把大家送了下去。

當然，因爲性別的不同，送的方式也是不一樣的，帝雷鳴幾個大老爺們拽著胳膊就向下飛，邊飛邊晃，讓特洛嵐這樣的人都高聲尖叫不已。

至於幾個美女，當然是溫香暖玉在懷，不過到了最後的赫蓮娜時卻出了點問題。

第五章 血光初現

看著這個比冰塊還寒冷的女孩，楚天半天不敢去碰她，最終還是伊麗莎白看不下去，站出來決定帶她。

楚天雖然感覺這樣有些丟面子，但一看赫蓮娜那張酷酷的臉，他什麼脾氣都沒有了，最終點頭同意。

把伊莎抱在懷裏，楚天帶著破空的「嗡嗡」聲直射地面，本著男人不壞女人不愛的態度，他這下比剛才送其他人還要猛，結果伊莎好像小貓一樣死死抱著他，讓他充分享受到了什麼叫軟挺酥麻。

「啊……」在伊莎閉眼尖叫聲中楚天再次穿過那層看似結實的地面，雖然已經好幾次了，但感受到那股破繭而出的快意，他仍是有些感歎這個世界的奇妙。

地下世界並沒有預料中的黑暗，這裏有很多會發出紫色或者綠色光芒的石頭，他們好像3D網遊中的礦石般，黑色的石頭上裂開一道道閃光的縫隙。

「這都是屎殼郎堆積的閃光石，被地下世界的種族作爲光源，這是萬年前蟲族大舉遷入地下世界時發明的一種東西，在地上世界被當做一種美食調料。」伊麗莎白看到大家驚奇的眼神，非常盡職地給大家解說著。

聽了她的話，其他人還沒什麼，楚天卻忍不住問道：「屎殼郎？食物調料？」

「是啊，這是各大酒店大部分菜系都要用的調料，可以增加菜肴的鮮香。」伊麗莎白語氣平常地解釋道。

「每道菜都有，我……啊……」一想到屎殼郎在地球時的生活，楚天立刻感覺胃裏一陣猛烈地收縮，躲到一邊乾嘔起來。

好心的伊莎還知道去安撫一下他，其他人則在伊麗莎白的帶領下繼續「參觀」著地下世界。

到處是水滴和硝灰層構成的石筍以及土堆，在好像霓虹燈鐳射燈的閃光石照耀下，這些凹凸玲瓏處顯得非常夢幻。

除了這些，楚天還很奇特地見到了不少植物，它們的葉子很小，而且極稀少，但楚天卻能感覺到上面蓬勃的生機。

「植物不是需要光合作用的嗎？怎麼在地下都能生長？」這個問題在場的所有人都不

可能給他解答，因爲自從來到這個世界他還沒有聽說過有地質學家、生物學家、植物學家之類的職業。

「真是，有這麼大好的資源都不懂利用，看來等事情平穩了我需要點化你們一下，說不定我就成了鳥神二代了。」楚天心中想著，就聽伊麗莎白說道：「前面就是我們暫時的營地了。」

所有的人瞬間從四周的景色上收回了目光，向前方看去，入目全是半圓的凸起，有大有小，一個一個，就好像某人臉上的青春痘般。

楚天對於這個東西是比較熟悉的，這極像居住在北極圈內的愛斯基摩人的冰屋，不過它們都是黑色的。

好像墳場般的一大片地域內，被設置了無數閃光石，讓這裏看起來也非常有美感，但楚天知道，這是第一視覺衝擊，他肯定，在這裏待半天就會厭煩。

通過這些七彩的光芒，大家看出這些彷彿都完全是由泥組成的，而伊麗莎白則再次開口解釋道：「這些都是螞蟻建設兵團在幾個小時內搭建的土屋，牠們是最好的建築師，別看外面很醜，但這是爲了隱秘才如此的，裏面其實非常漂亮。」

聽了伊麗莎白推崇的話，楚天狂暈，搞得這麼絢麗還說是爲了隱秘，根本就是怕人家找不到嗎。

正當楚天想把心中的想法說出來時，一聲粗獷的聲音在整個地下世界響了起來。

「哈哈，楚天老弟，老哥想死你了。」話還沒結束，一個高大的身影已經出現在楚天的視線裏，快速而彪悍，大有此人一出，他人速避的感覺。

不用說，擁有這種滔天霸氣的只有以物理戰力出名的鴨嘴獸一族族長奧斯汀了。

這麼久沒見這個妙人，楚天非常歡喜，張開雙臂也憑空飛起，最終二人熊抱在一起。

「咚咚咚」互相拍著背部，二人才鬆開手哈哈大笑著，可惜楚天笑得有些扭曲，他很埋怨，用那麼大力氣幹什麼，五臟六腑都彷彿移了位。

先是寒暄了一番，然後又介紹彼此，奧斯汀也適當地表現了一些驚訝，卻在楚天的目瞪口呆中與帝雷鳴勾肩搭背，一副極其相熟的樣子。

「哈哈，看什麼，我們當年可是一同在大陸上遊歷過。」笑著解釋著，奧斯汀也勾住楚天的肩膀，摟著兩位在當世的強者向最大的一間土屋走去。

安排大家落座，並安排好一切後奧斯汀才開始轉移話題，說出了這次突然來到綠絲屏城的原因。

「地下世界徹底亂了，也不知道這群瘋子到底怎麼了，大皇蛾、金蟬、滅神蛛等蟲族中的高等種族領著各自的族人開始在地下世界掃蕩，不忠於他們或者是棲居於地下世界的其他種族全數被格殺。

現在地下世界是戰火四起，整條地下河都被各族的鮮血染紅了。」不論是和楚天還是帝雷鳴，奧斯汀都不需要太過隱瞞，而且也沒有什麼好隱瞞的，相信過不了幾天，地下世界暴動的消息就會傳上地面，所以他很乾脆地把事情說了出來。

「那奧斯汀大哥沒有受什麼損失吧？」楚天確實很關心奧斯汀的勢力，畢竟這關乎他將來所得的利益。

「哈哈，這些小蟲子怎麼可能讓我受損失，只是暫時還不是和他們正面開戰的時候，所以我才領著手下撤出了混戰區，不過這一路上我倒是接收了不少逃出來的小蟲族。」奧斯汀表情上倒是沒有一點不爽，看來他真的沒有遇到什麼打擊。

楚天手指敲了敲眉心，他皺著眉頭說道：「相信奧斯汀大哥應該得到消息了，北大陸也徹底亂了，還有南大陸陸地上的殘存蟲族和獸族，以及蠢蠢欲動的海族，大陸的局勢絕對是要爆發一場超級大戰了，不知道奧斯汀大哥有什麼想法？」

奧斯汀並沒有因聽到這些消息而慎重，他反而露出很開心的表情說道：「亂吧，越亂越好，這樣我們才能渾水摸魚，進行幾萬年前沒有成功的事情。」

「事情沒有那麼簡單，根據本王得到的消息，海獸蟲三族已經聯合起來了，經過這麼多年的休養生息，三族隨便一個都擁有不容小覷的實力，何況三族聯合呢，要是我們袖手旁觀，我擔心將來我們要對付的不是鯤鵬和鳳凰了。」楚天臉在瑩瑩紫光的照耀下顯得十分慎重，他語氣沉重地說道。

抬手拍了拍楚天的肩膀，奧斯汀露出欣慰的神色說道：「哈哈，果然不愧是天禽的繼承人，看得清大勢。」

說到這裏他的面容一斂，恢復嚴肅之色說道：「正如你所說的，三族聯合起來的實力確實大過了鯤鵬和鳳凰，這只是本王從蟲族一族的發展推測出來的，說出來你們或許不相信，當年被鳥族視爲食物的小小蟲族如今已經有了三位王級，這還只是明面上的，暗地裏有沒有本王也不清楚。」

「嘶……」在場所有的鳥人都倒吸了口涼氣，三位王級，就算是號稱戰力最強高手最多的鯤鵬一族也不一定有這麼多王級吧。

和楚天境界差不多的幾個人卻並沒有露出驚訝的表情，他們都知道大部分人所知道的消息都是表面上的，每個大族哪個不隱藏著幾個王級這樣的核武器高手。

「聽奧斯汀大哥的意思，是想幫鯤鵬和鳳凰了？」楚天一對紫金色的眼睛看著奧斯汀問道。

「呵呵，這個事情我不做主，既然咱們聯盟了，那麼規矩還如當年，由你做掌舵人，大局勢和方向全要來拿決定。」奧斯汀很豪爽很大方地一揮手說道。

楚天微微一笑，知道奧斯汀其實還有著試探他的想法，看他適不適合在這麼敏感的時候來挑大樑，要是他作了什麼糊塗的決定，奧斯汀絕對不會聽他的。

考慮明白這些楚天卻並沒有任何不滿，這個世界沒有人不自私，何況奧斯汀還有手下族人等需要考慮。

臉色半絲不變，仍是笑呵呵的，楚天用手指在完全由泥鑄造成的桌子面上輕輕劃著說道：「我們肯定是要幫鳥族的，但什麼時候幫就有待權宜了，這個我暫時先不拿決定，畢竟還有其他人沒有到場。」

「其他人？」這段時間爲地下世界的事情忙得焦頭爛額的奧斯汀並不知道北大陸發生的事情，所以他有些驚奇地詢問道。

楚天點點頭，面容很平靜地說道：「是的，始祖鳥王史伊爾多得已經從異空間回到大陸，他此刻應該在飄渺城了。獅鷲王瑞斯戴姆、禿鷹族族長羅伯茨皮特、貓頭鷹族族長維爾克魯斯、紅鳶族族長凱瑞湯姆以及禿鷹族族長金尼古拉斯也都和我聯繫上了，他們願意和我們同進退。」

真是語不驚人死不休，楚天的一席話將在座的奧斯汀差點震得從凳子上摔下去，這些可都是鳥族裏的強戰種族啊，別的不說，有這些人最起碼可以與鯤鵬分庭抗禮了。

奧斯汀愣了幾秒才對楚天露出佩服的神色，感歎道：「天禽果然神鳥，居然能選中你作為他的繼承者，這下我們也能在這場戰爭中算上一大股勢力了。」

聽了奧斯汀的話楚天心中有些尷尬，他也就是嘴上說說，實際上這些大頭哪裏會聽他的。

「既然楚天老弟已經把這麼多事情都做完了，老哥我當然也得做點什麼，我決定就地起程，馬上率精銳回紛亂的北大陸，重新奪回昏鴉城。」一對眸子裏爆發出驚人的氣勢，奧斯汀從椅子上站了起來，望著北方說道。

「現在？」楚天十分吃驚，畢竟現在北大陸已經是戰火繽紛，相對來說，南大陸已經是和平的烏托邦了。

「正是因為這個時候，其他人才不會想到我奧斯汀會回到昏鴉城。」奧斯汀身形瞬間拔高，達到了一個讓人仰視的高度。

楚天聽到這裏已經知道勸阻不了，他只能祝奧斯汀順利收回昏鴉城，並讓他聯繫聚寶城的瑞斯戴姆和其他幾個盟友，好在出了什麼意外時能夠幫一把。

奧斯汀看來確實是迫切想回到故鄉，他幾乎一刻都等不了，也不說讓楚天等人吃地下世界的特色菜了，當著眾人的面就開始調兵遣將。

這下楚天也算見識到了奧斯汀的手段了，這個傢伙看似莽夫，實則對用兵非常有研究，他手下魚龍混雜，有黑暗的王者蝙蝠，有少數的鴨嘴親衛獸，有鳥族的零散部隊，更多的卻是白蟻、紅螞蟻、肉蚯蚓、魔鬼蝶、金牛蟋蟀等並不被本族容納的奇異昆蟲部隊，因爲這些種族並不適合正統作戰，奧斯汀居然將他們種族打亂，混合成一個個編隊。

這些編隊裏各個種族都有，卻擔當不同的職責，遠端、中程、近程、防禦、攻堅、偷襲……混雜在一起，組成諸如暗殺小編隊、偵查小編隊、進攻小編隊、掩護小編隊的組合。

看著這些楚天暗暗吃驚，這不就是特種兵模式嗎？

用見鬼的眼神盯了奧斯汀半天，楚天才最終肯定，這個傢伙確實不是穿越過來的。

特種兵模式在地球上可是剛開展不過五六十年而已，沒想到這位鴨嘴獸王居然也發明出了。

雖然還並不完善，但楚天相信，只要運用得當，他們將是這場戰爭中非常耀眼的一個部隊。

一共二百二十四個小編隊，總計兵員七萬人，面對這些看起來有些混亂的隊伍，楚天卻能感覺到澎湃的殺機，這些人，絕對都是經過殺戮洗禮的。

就在奧斯汀安排隊伍的時候，突然有一隻蝙蝠來稟報，說有一隊孔雀正在一隻鴕鳥的帶領下在擬泥術創造的黑土地上挖掘。

「大明王，是你的人吧？」奧斯汀走過來問道。

立刻閉眼用靈識探查了一下，帝雷鳴露出慎重的神色說道：「是伯蘭絲。」

「難道是綠絲屏城出什麼事情了嗎？」特洛嵐立刻露出了緊張的表情，他問道。

「還不知道，我想我們需要出去才知道，這地下世界當年被蟲族巫師們施下了法術，鳥族的靈識根本無法進行地下和地上的交流。」帝雷鳴搖了搖頭，眉毛蹙在一起說道。

楚天一看這種情況立刻對奧斯汀說道：「老哥，你先整合部隊，等下去到綠絲屏城，乘坐傳送陣去北大陸吧，我們先回城中了。」

奧斯汀點點頭，說道：「好的。」說完他想了想，最終開口說道，「就讓伊麗莎白跟著你吧，蝙蝠族有一種聲波傳訊，是可以突破巫師意識結界的，有什麼消息你可以讓她傳給我。」

楚天臉上一喜，看了眼正用嫵媚的大眼睛望著他的黑美人剛想接受，就聽身後傳來一聲冰冷的「哼」聲。

「哼個屁啊，你又不是我什麼人。」楚天心中罵著，臉色卻是一苦，這個赫蓮娜也不知道對幾個女人施了什麼法術，那些丫頭居然都唯她首是瞻。一想到被幾個女人糾纏的淒慘場景，楚天張口就要拒絕奧斯汀的「好意」，卻聽鴨嘴獸王同志不容拒絕地揮手道：「別婆婆媽媽的，事情就這麼定了，我們伊麗莎白可是我帳下有數的幾個高手之一。」

楚天雙手一攤，臉上露出「這不怪我」的表情，卻見幾個女人都是猛地撇過了頭。

心中大叫著「奧斯汀誤我啊」，楚天又突然看到了一雙眸子裏風情流轉的伊麗莎白，他終於明白什麼叫一半海水，一半火焰了。

安排這些奧斯汀也沒有送他們，而是讓他手下的鴨嘴獸親衛隊長霍斯代替，將眾人送了出去。

因爲擔心綠絲屏城，這次大家可沒有心思賞景了，所以很快就出了地面，本來楚天還以爲要碰到比較奇特的出地方式呢，卻沒想到霍斯說既然出兵，這個隱秘地點也就沒用了，直接讓跟來的近百隻蚯蚓撤去了擬泥術。

天空豁然開朗，然後沒等大家閉眼就看到幾個黑影向下砸來，心有靈犀的特洛嵐是第一個反應過來的，他雙腳用力蹦了起來，接住了一個黑影，而其他的就比較倒楣了，大部分都摔在了地下。

楚天雖然沒有接人，但比特洛嵐可忙多了，他要一個一個將跟在身邊的姑奶奶護住，免得她們被人砸到了。

無可否認，楚天這種討好的做法確實暫時緩和了幾個人的臉色，他也算大大地鬆了口氣。

帝雷鳴可不如楚天這麼不務正業，他第一時間打斷了特洛嵐和伯蘭絲的浪漫纏綿，劈頭就問發生了什麼事情。

一見帝雷鳴在身邊，兩隻鴕鳥哪還好意思含情脈脈地放電，他們立刻站直身子，由伯蘭絲開口說道：「丹姿城的使者到了綠絲屏城。」

「仙鶴們？」帝雷鳴眼中閃過一絲奇色，他看了後面的楚天一眼，心中有些不敢相信的猜測，不會又與這個傢伙有關吧。

畢竟此刻楚天表現出的能量已經比一般活了上萬年的老傢伙還要強大了。

楚天現在可沒心思管這些，他正在赫蓮娜大有深意的眼神下找地縫呢。

「肯定與這個傢伙沒有關係！」真是恨不得打自己一嘴巴，帝雷鳴立刻將剛才的想法排出腦海，讓伯蘭絲等人帶路，向來路飛去。

很快帝雷鳴等人就回到了大明王府，也見到了仙鶴的使者，結果在他要掉下巴的表情下，楚天再次與使者抱在了一起，比剛才與奧斯汀還要親熱。

「哈哈，寒克萊大哥，你怎麼來了？」楚天並沒有聽到剛才伯蘭絲的話，所以看到寒克萊對於他來說可是個驚喜，對於這隻仙鶴翅爵他可是非常有感情，畢竟當年經歷了太多的事情。

放開楚天，寒克萊非常紳士地與在場的諸人見過禮後才說道：「還不是爲了即將爆發的第三次種族大混戰。」

「嗯？你們仙鶴不是與鳳凰和鯤鵬都關係不錯嗎？」楚天有些奇怪，他可沒有奚落寒克萊的意思，他說的是實話，仙鶴的中立是世鳥皆知的，正因爲這種態度，再加上本身的實力，神王兩派從沒有放棄過對仙鶴的拉攏，通常有什麼好東西第一派給的就是丹姿城，如果丹姿城有請求，也會搶著答應。

正因爲這些楚天才奇怪，爲什麼仙鶴會不去找明面上實力大於他太多倍的神王兩派，而是來找他這個「小人物」。

「呵呵。」臉上堆出苦笑，寒克萊搖頭晃腦地說道，「這次大戰完全不同以往，鳥族根本不占主動，因爲鋒芒畢露，獸族和蟲族早就完全瞭解了鯤鵬和鳳凰的底細，此刻，聖鸞城和鯤鵬城外面都駐紮了近千萬蟲獸聯軍。」

「近千萬？」在場的所有人都被這個數字嚇了一跳，從哪裏冒出了這麼多蟲獸？

一直對楚天冷眼以對的赫蓮娜這個時候開口說道：「是龍首龜，牠們這些年一直在致力研究大規模傳送陣，以克制鳥族天空之城的相互傳送。」

「這些傢伙果然早就存在再次對抗鳥族的心思。」寒克萊滿臉寒威，深吸了口氣後才說道，「這個時候才知道已經完了。其實這些蟲獸傳送的地點根本是在丹姿城東方的瑞斯特蘭麼海灣，我們也是第一個發現這些大部隊蟲獸聯軍的，當時已經向鯤鵬城和聖鸞城示警，但這些只關注於內鬥的傢伙卻害怕再出兵後被對方偷襲，結果就拖了下來，直到現在被大軍包圍。」

仙鶴一族雖然一直沒有摻和進王權兩派的內爭，但這並不表示他們對鳥族沒有忠貞，這從寒克萊有些恨鐵不成鋼的表情就能看出來。

「那哈倫伯特的意思是？」開口的是一直靜靜聽著寒克萊敘述的帝雷鳴，他畢竟是楚天身後最堅定的後盾之一，某些事情也需要拿點主意，楚天，還是太年輕了。

到了這個生死存亡的時候，寒克萊不再玩什麼陰謀，他很簡單地將意圖說了出來：「族長大人讓我來當然不是請人去救援聖鸞城和鯤鵬城，丹姿城的意思很簡單，只想找個在這場戰爭中勝算最大的盟友，讓仙鶴一族生存下來。」

楚天與帝雷鳴對視一眼，皆看出彼此眼中的笑意，仙鶴啊，鳥族中戰力排行前十的超級大族，有了他們的加盟，這次戰爭的勝算大了很多。

「寒克萊兄，雖然我們是兄弟，但這樣的大事你是否能夠代表整個丹姿城。」楚天深吸了口氣，壓下心中的喜意，看著仙鶴問道。

仙鶴並沒有立刻回答保證什麼，他只是慎重地在衣服裏掏了掏，一個樣式古樸，鑲嵌著十三顆銀珠，雕刻了一隻大眼睛的盒子來。

這個盒子很奇怪，除了銀珠一閃一爍，暗合著人的心跳外，那隻巨大的黑色眼睛卻是陰陽魚的模樣，更為奇怪，看著它的時候給人感覺它也在看著人。

還有一點就是這盒子上的能量，是一股讓人捏不準形式的奇異能量，好像氣體煙霧一樣，凝成一絲絲一縷縷順著人的毛孔呼吸影響著人。

當看到這個盒子，帝雷鳴的瞳孔就是一縮，一直很會掩飾情緒的他這一刻竟然完全地暴露了心中的想法，可見他是多麼吃驚。

楚天不瞎，當然也將帝雷鳴的表情收入眼底，隨後他對寒克萊手裏的盒子抱有了很大的好奇，什麼東西，居然讓一位王者這個樣子。

寒克萊的表現可以媲美傳說中最虔誠的信徒，他用額頭碰觸盒子上眼睛的中心，口中念念有詞地嘟囔了半天，才跪伏在地上，對著盒子三跪九叩後才輕輕地打開了盒子。

這一番做作瞬間將所有人的好奇心調動起來，在楚天認爲寒克萊有做廣告商和推廣人的潛質想法中，盒子裏終於被掀了開來。

「咔嚓……！」天空中一個炸雷彷彿將天分裂成了幾半，烏雲滾滾，風狂嘯，整個天地間異象突生，而木盒中也在瞬間大放光華，一層琉璃般的七彩之色在整個大殿裏劃過，映進人的眸子裏，顯得無比夢幻。

楚天忍不住向前一步，終於看清了盒子裏的東西，那……竟然是一把拂塵！

兩尺多長的拂尾並非一塵不染的白色，而是一半雪色，一半墨色，凝成一束兩色相染卻又涇渭分明，看起來毫不怪異。

把手長約拂尾的三分之一，見識過不少天財地寶的楚天卻分辨不出這是什麼材質，非金非木更像是液態的，在上面雕刻著無數隻眼睛和陰陽魚，每一個都彷彿活的，在把手上移動著。

楚天一看到這把拂塵就感覺腦中一震，身體不由自主後退了兩步，好像有什麼力量敲打在他心坎上。

「這到底是什麼東西？」楚天心中震撼極了，他忍不住失聲叫了起來。

沒有人回答他，因爲所有的人都看傻了。

正當楚天想去推醒他們時，卻聽腦海裏有個聲音響起：「這是滅世屠神鞭，整個世界最強大的神器，超脫了鳥族獸族海族蟲族的界限，不知道是從什麼時代流傳下來的，比鳥神曾經用過的幾件神器還要囂張的東西，據說是一個比鳥神還厲害的白鬍子老人送給對他有過幫助的仙鶴一族的。哼，這麼多年了，仙鶴一族都沒有拿出來過，大家還都以爲那是傳說呢。」

這麼陰鷙狠辣的聲音這個世界獨一份兒，那當然就是囂張第一的邪惡天禽。

聽了他的話楚天簡直蒙了，白鬍子老人，這怎麼聽怎麼感覺像道士之流，再結合仙鶴在中國古典神話裏的位置，他實在是不敢相信，按照卡迪爾的說法，這個世界該是由一個來自高科技星球的同行引導進化的，怎麼又出來個老道士呢？

對於這個問題楚天想不通，所以他很乾脆地不再想了，而是將其他人叫醒。

這個時候寒克萊有些煩瑣的叩拜儀式也才算徹底結束，他看向了帝雷鳴，一臉鄭重地說道，「族長大人正在閉關，暫時來不了，爲了讓大家相信我族的誠意，族長大人特意讓我把族中的傳承之寶帶了過來。」

帝雷鳴怎麼說也是一代超級王者，他此時也壓住了心中的震撼，努力將目光從滅世屠神鞭上移開，他看向了楚天。

兩人此刻都已經確定了仙鶴族確實是要加入同盟，要不然也不會拿出這件在整個世界被神化了的神器。

「呵呵寒克萊兄，這件事情我就代表其他幾位族長應下了……」楚天話說到一半，就聽外面有人稟報，說鴨嘴獸帶人進城了，他摸了摸下巴說道：「正好，現在我們四個就先一步立下契約。」

帝雷鳴聽完立刻去後面整理契約，而楚天則和寒克萊帶著眾人出了大殿去迎接奧斯汀。

奧斯汀雖然急著回北大陸，但一聽說有最擅長單挑一群人的仙鶴族加盟，他卻立刻決定先把事情放一放。

但簽個契約不需要多久時間，等帝雷鳴拿出由府裏的祭司一類的人物通過借助鳥神原力製造的契約出來後，他們四個很乾脆地按下了血手印，這不同於當初與奧斯汀的結盟，這可正式多了。

因爲寒克萊自身身分不夠，他除了按下血手印外還將滅世屠神鞭與他一起留了下來作抵押，他也不怕傳承神器有人惦記，那上面有當年那位神仙留下的特殊印記，除非是仙鶴族人，其他族根本用不了。

爲了讓帝雷鳴等人放心，他還特意讓幾個大佬把玩了一番。

等做完這些，楚天等幾個人還將奧斯汀送上了路，隨後坐在大殿裏開始商議後面的計劃，因爲已經提前知道了這次大戰，帝雷鳴早就開始安排軍隊並在下面的鳥族中徵收實力達到喙衛的人上天空之城，所以這方面到沒什麼好擔心的。

以視力見長的雷達鳥也早就被派出去了，只要獸蟲或者是海族的人一進入綠絲屏城方圓百里公里之內他們就可瞬間知道消息。

因爲這些楚天等人並沒有什麼事情可做，最終楚天決定去聖鸞城和鯤鵬城看看，也算是見識一下獸蟲聯軍的厲害，按照他的說法，知己知彼方百戰百勝嘛。

其實真正的理由是比較擔心被幾個女人修理，他需要這個地方躲一躲。

「你不去看看吉娜，她也在閉關。」就當楚天想走時，特洛嵐將他拉到了一邊說道。

「閉關？」楚天其實也想這個純純柔柔的小鴿子，不過由於其他幾個女人的「威壓」，他一直膽戰心驚的，也不知道為啥，當年在地球上時也沒怕過什麼女人啊，誰知道來了這個世界卻被幾個人吃得死死的，尤其是一個還是他的俘虜。

其實楚天自己都不明白，他的心早就變了，變得成熟了，變得善良了，變得更加柔弱了，對於幾個女孩子，他都不想傷害，所以才不願意面對。

在地球是被女人傷害讓楚天將內心封閉了起來，可就是這樣的心當他再次打開時卻更加柔軟，對於這幾個悄然走進他內心的女孩子他不得不小心起來。

心中升起一絲絲愧疚，楚天耷拉著腦袋卻不知道說什麼，可跟著過來的伯蘭絲看到這裏卻不樂意了，她上來就給了楚天腦袋上一巴掌，凶巴巴地說道：「你個楚小鳥，一路上花心認識了這麼些鳥也就罷了，還想把小吉娜甩了，先不說小吉娜同不同意，我伯蘭絲這一關你就過不了。」

楚天大汗啊，這說的……好像自己是個異世陳世美似的。

對於打他頭的行為他是很惱怒的，但這對象是他心中一直有陰影的伯蘭絲，再加上人家也不算是惡意，他怎麼好還手，他只能鼓著腮幫子怒哼哼地看著鴕鳥，很不忿地在心中說：「男子漢大丈夫，不跟個鳥娘們一般見識。」

安慰了自己楚天才有些無奈地說道：「我這不是一回來就忙得焦頭爛額嗎？我怎麼可能不去看吉娜呢。」

「這些我不管你，我告訴你，如果你要是做什麼欺負吉娜的事情，我一定會讓你後悔的。」伯蘭絲看來對楚天帶回來這麼多明顯與他關係不怎麼正常的女人極其氣憤，怒氣哄哄地說著就想再打楚小鳥，卻被特洛嵐攔住了。

現在人家楚天怎麼說都是與大明王平起平坐的人物了，哪能讓伯蘭絲老這樣跟訓孫子一樣呼喝啊。特洛嵐看自己老婆越來越不像話，也不管晚上會不會睡地板了，直接拉住她對楚天說道：「大明王給吉娜灌輸了純正的天地靈氣，融合她原來身體裏沒有吸收的靈禽力，再加上那丫頭悟性極佳，現在已經向翅爵境界突破了，不過由於外力作用太大，她必須要閉關修身養性一段時間。你回來的不太趕巧，她現在正在閉關。」

楚天神情一呆，隨後才揪住特洛嵐的袖子火急火燎地說道，「你說什麼？大明王居然給吉娜灌輸天地元氣，他怎麼能這樣？吉娜那個小丫頭的身體怎麼可能受得了天地元氣的衝擊？不行，我找他算賬去。」

他確實是惱了，天地元氣這種王級高手才能運用的力量哪是普通人說吸收就吸收的，一般人只要碰到一天純正的天地元氣那就是爆體而亡的結果！

「哎哎哎……你聽我說完。」被楚天的突然發飆搞得好不尷尬，特洛嵐趕忙抓住楚天的胳膊說道：「大明王早已經做好完全的準備，用明王金水和萬千珞珈葉重新鑄造了吉娜的身體，她沒有事情，而且，這本來就是她自己要求的。」

「她自己要求的？」聽了特洛嵐前半句的話楚天臉色鬆了下來，可後半句又瞪大了眼睛，他念叨了幾遍最終猜到了原因。

這個丫頭跟了他這麼久，肯定是感覺成了累贅，所以想提升實力好幫助自己。

「唉，她怎麼那麼傻。」楚天感覺鼻子有些酸，多好的女孩啊，自己卻……

心中想著，楚天再也等不及，推開特洛嵐就向外跑，伯蘭絲卻不冷不熱地說道：「你知道吉娜在哪裏閉關嗎？」

「呃……」差點摔在地上，楚天急躁躁的身體立刻軟了下來，他走到伯蘭絲跟前賠著笑說道，「吉娜到底在哪裏閉關啊？」

對楚天現在的表現還算滿意，伯蘭絲沒有再爲難他，直接說出了吉娜閉關的地方。

楚天聽完不再說一句廢話，身形已經好像箭一般射了出去，只留下伯蘭絲沒有顏色的話語：「特洛嵐，你剛才好像拉我了。」

「呃……楚天這個路癡肯定找不到路，我還是去看看他吧。」特洛嵐臉色一變，然後好像恍然大悟般指了指楚天消失的方向自言自語著，身體已經快速衝去，卻被伯蘭絲一把就給拉住了。

「伯蘭絲……啊……」

第六章 聖鸞驚變

在他人詫異的眼神下，楚天也豁出去了，逕自衝到了吉娜閉關的小房間前。

帝雷鳴確實不錯，爲了保護吉娜在四周設置了不少結界以及護衛，就連楚天都被發現了，不過那些護衛都認識這位主兒，所以看清楚是他後都沒敢阻攔。

來的時候好像跟急著投胎一樣，等到了門前，楚天卻並沒有立刻推開那扇門，他猶豫了半天都沒有打開。

他真是感覺對不起吉娜，這次去北大陸沒有心思卻還是招惹了好幾個花季少女，雖然他知道是他太優秀了，但這並不是拈花惹草的理由！

「我無法阻止自己，更無法阻止別人喜歡我，吉娜，如果你恨我，就請你把我吃了吧。」心中也不知道想了些什麼亂七八糟的，反正在旁邊的護衛憋笑的時候，他狠狠地瞪了這幾個人一眼，然後才深吸口氣，「吱呀」推開了木門。

這是一個被白色青紗鋪滿的房間，它們被開門而起的輕風一帶就飛揚起來，顯得有些寒寂，有些孤單。

楚天心中一緊，彷彿感覺到什麼，理智裏卻知道這些東西只是爲了鍛煉吉娜的心性才做出來的，可，空氣裏的那絲傷感是怎麼回事？

楚天迅速將這個情緒壓到了心底，他相信，不管吉娜是否真的爲了他而感傷，他都有能力讓歡笑將這種情緒征服。

「既然是我所導致，那麼就由我來結果。」拳頭緊緊捏起，楚天向著白紗中間走去。

風撩而起，間隙逐成，透過這一個個髮絲般的空隙，楚天瞬間就看到了好像仙子般單腿獨立在一座木台上的女子。

木台形狀古意，雕著不少看著就感覺強大的鳥類，形狀也是一個整齊的八角形，每個角上點著一盞火紅的蠟燭，雖然是大白天裏，但這火苗仍雀躍不已，將四周照成了一種朦朧神秘的感覺。

更爲引人注目的當然是木台上的姑娘，她此刻的造型就跟飛天一樣，身體幾個關節扭曲著，雙手一高一低抬起，彷彿要奔上天空。

看著她，楚天有些呆滯，這種感覺好神聖，露出一股讓人不敢正視而想臣服的韻味。

「怎麼會？雖然吉娜是神殿培養出來的，但以前怎麼沒有感覺到這種神聖，而且這味道也跟神殿沒有關係啊？」楚天不敢相信地想著，吉娜也彷彿感受到了什麼，她的睫毛輕輕動了兩下，最終手勢慢慢回收，等如一般人那樣站好後她才慢慢地睜開了眼睛，結果臉上瞬間出現了驚喜不已的神色。

「楚大哥，你回來了。」口中叫著吉娜就想衝過來，待衝到楚天身前才醒覺這樣做不太好。

「傻丫頭。」楚天口中叫著，已經非常強勢地將姑娘抱進了懷抱裏。

吉娜潔白的臉蛋上立刻被兩朵紅雲佔據，她身體僵硬了好一會兒，才在楚天輕柔的責怪和問候聲中慢慢軟了下來，並逐漸變得火熱。

並沒有對楚天的責怪反駁什麼，吉娜只是非常輕聲地叫著「楚大哥」，此刻的她感覺心中好寧靜，好寧靜。

楚天說了半天，也說不下去了，只好就這樣抱著姑娘……直到外面的護衛非常不情願地來通知，說大家已經做好準備了。

想了想，楚天一咬牙，決定將吉娜也帶上，要不實在太不公平，至於會不會讓幾個方面軍吃醋，那他就管不了了，反正這種豔福一般人想享受還享受不了呢。

當楚天拖家帶口和眾多好友一起向聖鸞城進發時，作爲鳥族兩大最崇高的神聖和王權之城，聖鸞城以及鯤鵬城都發佈了紅色警報。

首先是聖鸞城，全民戰備，一些不爲世人所知的存在開始逐漸出現，這些人有在數萬年前隱藏起來的秘密部隊，也有神殿這些年才培養出來的超級部隊，他們都是大部分鳳凰族人都不知道的強悍兵種，本來按照鳳凰長老會的意思是決定用來和鯤鵬城打架的，沒想到卻被他們視爲螻蟻的蟲獸兩族給逼了出來。

站在神殿的最高層，金冠大祭司眼中光芒閃爍，他畢竟是沒有白來，至少已經瞭解了鳳凰一族最隱秘勢力的一部分，不過……現在瞭解了還有用嗎？

除了金冠大祭司外，鳳巢大祭司也是一臉陰沉，因爲長老會的人出來了，他的權力早被消弱到了極點，除了可以稱之爲炮灰的神武士和一些外族戰士外，他竟然對內部部隊沒有一點話語權，按照長老會的說法，就是他的過錯才導致楚天的逃離，如果能夠拉攏楚天，有了他身後的勢力，這次怎麼也不至於這麼被動。

想到氣急處，鳳巢一巴掌劈在身前的桌子上，嘩啦一聲，桌子碎成了五六半散在地上。

一張英俊的臉蛋變得扭曲，鳳巢咬牙切齒地說道：「楚天，你給我記住，我兒子的仇一定會讓你付出代價的。」說完之後他又仰頭大笑起來，「呵霍霍，長老會，哼哼，你們真的以爲我沒有能力抑制你們嗎？畢竟我怎麼也做了幾千年的名義上神殿的最高祭司，你們以爲我會沒有一點實力嗎？」

鳳巢一說完，他後面巨大的落地窗突然亮了起來，照射在地面上的陽光形成一股奇特的扭曲，然後一個白髮白衣的身影逐漸出現。

「鳳巢大祭司，已經聯繫到族長了，他們說還堅定地站在您的身邊。」聲音有些機械，聽不出男女，也聽不出有什麼情緒。

鳳巢大祭司點點頭，示意知道了，而他身後看不清面容的白衣人則在隨後再次扭曲著光芒離開了。

「這是白天鵝族的虛光幻影術，鳳巢大祭司要幹什麼，他難道在這種時候想要聯合天鵝一族叛亂嗎？」一直躲在門外的女孩驚恐地捂住了嘴巴，幸虧已經經歷過不少大事，要不然她肯定在剛才就叫出來了，腦中思緒輾轉，正當她想要不要告訴長老會的長老們時，她晶瑩的小耳朵突然動了動。

「有人來了！」心中一動，她優雅的身影已經逐漸消失，如果有人看到的話，一定會認出這是紅頂鶥族的高階隱術瞬息而沒，而她剛才站立的時候也運用了紅頂鶥超高階幻術無影無蹤。

一從鳳巢大祭司的房間外逃出來，權柄更加大的第一聖女卻並沒有感覺到輕鬆，她眉頭緊鎖，不知道碰巧知道的這個消息能給她帶來什麼。

「現在明顯世界大亂，他應該已經回來了，爲什麼還沒有來聯繫自己，自己要怎麼辦，先一步統治族人和各殿聖女嗎？」腦海裏一個念頭接一個念頭不斷出現，一時不知道該怎麼辦的她伸手端起一杯聖水就想喝下去，卻聽門外有人敲門並傳來恭敬的聲音。

「聖女，三長老請您去長老會。」

「好的，我這就去。」猛地從椅子坐了起來，聖女放下聖水眉頭蹙得更厲害了，卻不敢多等，將身上的衣服整理了下，她絕美的臉蛋上容光一整，已然一臉神聖的模樣。

開門而出，看到一隊擁有神武士身分的侍女正安靜地等著她。

眉毛一挑，她讓這些人在前面帶路。

長老會，這才是鳳凰一族統治勢力金字塔的最頂層，這七位長老隨便哪個拎出來，都可以滅掉鳳巢大祭司三次，當然這只是明面上的。

自從世界開始出現動亂不安的預兆時，一般不爲外人所知的長老會就開始插手神殿的事物，並讓自己直接聽命於他們，現在請自己去到底是爲什麼？

想到現在城內城外的緊張局勢，聖女心中有些明悟，她暗暗冷笑。

長老會並不坐落在聖鸞城，而是在聖鸞城上面的城上之城，那裏也是聖女才知曉的，真正鳳凰的居住之地，每一個居民都擁有銳爵以上實力的高手。

走到被雲層掩蓋的城中之城下方，一條金光閃閃好像有火焰升騰的道路就從上面鋪展下來，已經見過兩次的聖女並沒有露出驚訝的表情，她只是表情更加神聖地站了上去，而其他人則是停留在了下面，他們，是沒有資格進入上面的。

這裏的一切都是神聖無比卻又靜謐人心，各種各樣的梧桐木製造的房間，加上抖動羽毛的鳳凰，讓這裏散發著一股讓人心悸的熱力。

長老會所在地是一座恢宏的多立克柱式建築，並不是高不可攀，但上面所帶來的威壓卻讓人瞬間產生頂禮膜拜的感覺。

深吸口氣，聖女才邁著優雅的步伐步入了這座鳳凰族真正的權利中心。

「伊格納茨，你來了？」一進入大殿中，入目看到的是一排直角座位，兩邊分別有三個，頂角上有一個，這聲音，正是從頂角傳來的，聽在人耳朵裏彷彿敲打在人的靈魂中，讓人忍不住打個寒噤。

「鳳凰？寒噤？」感覺到自己身體的戰慄，伊格納茨心中有些嘲諷，不過她可不敢有一點情緒流露，而是恭敬地跪到地上，叫道，「伊格納茨叩見眾位長老。」

坐在頂端的大長老揮揮手，伊格納茨已經不由自主站了起來，他以不容人生出反抗意識的威嚴語氣說道：「現在你在神殿裏有沒有聽到什麼？」

一聽這句廢話伊格納茨心中笑了，這位大長老是有什麼事情要吩咐，要不然以他們在神殿的控制力度，還用問自己這個廢話問題嗎？

雖然事實是這樣，但伊格納茨還是詳細地將她知道的消息都說了出來，除了剛才聽到的鳳巢大祭司的話。

幾個老人都是點點頭，然後由坐在最末尾的七長老開口說道：「我們希望你在神殿發佈兩條消息，以安撫人心，讓大家不要慌亂，現在雖然有蟲獸聯軍在週邊，但都在我們控制之中。」

「是……」伊格納茨不敢多話，她只能恭敬地應著。

「去吧，安撫好人心，這是你這個聖女應該做的，你們紅頂鸛一族也需要提升一點地位了，這次天鵝族在接受徵召後居然遲遲未曾發兵，我想鴻翼城該是換一下統治者的時候了。」大長老聲音聽不出情緒波動，他聲音很輕，卻字字清晰。

伊格納茨渾身一哆嗦，沒想到鳳凰們就這樣宣判了天鵝族的死刑，那可是十大強族之一啊。

不敢再說什麼，伊格納茨躬身一鞠躬，慢慢地向後退去，自始至終她都沒有抬過頭，所以她並不知道這些老人的相貌，不過有一點她知道，那就是她不要做一些挑戰這些人權威的事情，這些人，都不是她能夠看的。

在整個鳥族，鳳凰是等級統治最爲森嚴的種族。

一直等伊格納茨退出大殿，六長老才開口說道：「這次事情真的太突然，以至於我們都沒有太多準備，現在神使大人又在閉關，那些直屬部隊我們根本無法調動……」

話並沒有挑明白，但在座的每一個都明白他的意思，大長老輕哼一聲，非常自信地說道：「你認為那些低級野蠻的獸族和蟲族就可以衝破聖鸞城嗎？我都認為不用觸動內鳳凰部隊，不過你們六個都在堅持。」

「並不是這樣的，獸蟲部隊這次並不像以前那麼簡單，我心中一直感覺很不安。」七大長老中唯一的女性，以占卜星羅推測預感為專長的星輝長老有些不安地說道。

「哼哼……」大長老還要說什麼，卻聽有人在殿外稟報。

「報告眾長老，獸蟲聯軍……開始進攻了！」

七個長老都是面色一變，不過他們瞬間又恢復了平靜無波的面容，其中的五長老忍不住說道：「他們竟然敢真的進攻聖鸞城。」

「這些小傢伙不聽話，該打打他們屁股咯。」大長老卻沒有太多波動，而是很自然地說著，隨後一揮手說道，「既然觸動內鳳凰戰隊，那就讓所有的種族都知道，鳳凰的威嚴，是不得侵犯的，否則……後果很嚴重！」

說完這些大長老又吩咐道：「去安排裁決所、審判所、征戰軍他們準備，這場戰爭我希望讓所有種族都見識到他們的光耀。」

「是！」幾個長老都站了起來應道，隨後身影一個個消失……

大戰開始時，楚天等人也終於進入了聖鸞城的範圍，此時四處戰火並起，畢竟除了被少數鳥族控制的天空之城外，大部分鳥族還是居住在地面上的，他們自然而然成了這場戰爭地一受害群體。

「看，那裏！」再次化身崑崑的大明王指著左側大叫道。

正打量著地形的楚天順著崑崑的手看去，眼中瞬間被怒火所代替，其他人，尤其是幾個女人更是露出不忍的目光。

「這群渾蛋。」埃勒貝拉是第一個受不了的，她飛身就想衝過去，卻被旁邊的藍八色鶇拽住了。

「先看看情況，咱們這次並不是來挑戰上千萬獸蟲聯軍的。」藍八色鶇眼睛好像雷達一樣掃著四周，謹慎地說道。

楚天聽了點了點頭，他看了漂浮在後面的堅尼豪斯一眼，後者立刻會意，釋放精神波動掃描四周，不一會兒他的眼睛恢復清明，對著楚天搖了搖頭。

一看這種情況，楚天也不再阻攔，那些小姑娘和滿腔正義的人們全數衝了過去，他當然也不例外，雖然他不認爲自己是被所謂正義燒壞腦子的憤青，但他也有良知，對於這種殘害普通鳥人的畜生，他認爲施用滿清十大酷刑都是心軟的表現。

正如楚天所想的，在眾人現在要到達的目的地，有幾十隻蟲子正對著一個鳥族部落實施獸行。

四起的火苗和濃煙讓部落看起來淒慘無比，加上女人的尖叫男人的慘叫小孩的哭叫，整個場面混亂而血腥，讓人血液瞬間沸騰起來。

楚天眼尖，他看到三隻應該是蜘蛛的蟲人正在讓三個孩子對打，他們哪個停手，那些如鐮刀般的蟲爪就會很不留情地刺進哪個的身體裏……

雖然距離不近，但楚天還是看出這三個孩子近似的相貌，他們……應該是親兄弟。

還有其他的蟲人，牠們用自己的口器夾住鳥人的兩端用來拔河，用毒液澆注鳥人的全身，給他們蛻皮……

可能是因爲心中太過憤怒，幾個女人此刻爆發出的實力驚人，她們居然比楚天還要先一步趕到村落裏，落在了地上。

整個蟲獸聯軍早已控制了附近的地域，這些蟲人根本沒有想到會有人前來，所以他們並沒有發現吉娜、伊莎等人。

「殺光、殺光這些醜陋的鳥人。」

「嘿嘿，幹掉，我喜歡。」

「我要吃鳥族女人最豐滿的地方。」

「鳥人小孩我喜歡。」

諸如這樣赤裸裸如野獸般的吼叫到處都是，幾個女人聽到後銀牙都咬碎了，而正在這個時候一個已經上半身完全成人的蠍子發現了她們，也正是這種情緒刺激了她們的神經，她們都沒有發覺，四周的空氣裏有一股不同於血腥和惡臭的味道。

「嘿嘿，怎麼又來了這麼多午餐……」蠍子人口水滴答得老長，叫囂著就想玩弄一下吉娜等人，但沒等他把第一句台詞說完，奧爾瑟雅已經抬手射出一道綠色的手箭。

直接貫穿了他的腦門，結果他就去和死神共進午餐了。

蠍子個頭高大，最起碼得有三米高五米長，轟然倒地的聲音難免把附近幾個正在搞「人體藝術」的蟲子給驚動了，他們一回頭，立刻滴下了涎水，只因爲吉娜等人保養得太好了，一把鄉村鳥姑怎麼有這麼白嫩。

幾隻蟲族也不管剛才蠍子是怎麼被死神邀請的了，牠們狂嘯兩聲向這裏衝了過來。

除了赫蓮娜和伊麗莎白因爲身分和見識的原因還保持著一定的清明外，其他幾個丫頭早都被四周鳥族殘缺的屍首和被鮮血染紅的地面刺激壞了，不管是平時善良得連螞蟻都不敢踩死的吉娜還是原來小蘿莉般的伊莎，她們都衝向了幾個蟲人。

光芒閃爍，幾個人用靈禽力製造的虛影兵器好像切菜瓜一樣就將前面的幾隻蟲子分了屍。

頓時，黑色綠色的血漿迸發了出來，被切碎的臟腑也從各自身體裏流出，灑在地上，散發出一股腥臭的氣息。

不過由於吉娜是第一次，她在砍殺了一個人後就已大汗淋漓，身體半軟乾嘔不已。其他幾個女人都被眾多蟲族纏住了，所以根本沒有空暇顧及她，而此時，兩隻八腳蜘蛛卻從地下鑽了出來……

這兩隻八角蜘蛛明顯不同於其他蟲人，牠們身體呈現一種詭異的綠色，上面佈滿奇怪的圖騰，雖然沒有半人化，但卻能感覺到其身上一股暴虐的殺氣。

還在遠方天空中打量地形的藍八色鶇看到了牠們，眼睛猛地收縮，竟然失聲叫了出來：「是詛咒蜘蛛，蟲族的戰爭兵器！」

戰爭兵器，稱得上這種名號的一般就是核彈這種級別的東西！

詛咒蜘蛛是蟲族薩迦融合所謂的天蟲原力，用蟲族幼嬰、五毒毒液餵食修煉而成，據說身體金剛不壞，力大無窮，除此之外還能獲得一種獨特的能力！

腦中想著這些的時候，藍八色鶇想要援救已經來不及，因爲詛咒蜘蛛已經看到了在牠們腳下的吉娜。

嘴巴「呵嘶」叫著張成三瓣，露出裏面的口器，一滴滴墨綠色的涎液從嘴角拉長，滴落，在地面上「剌……」地融出一個人頭大小的坑來。

它們閃爍著冷兵器光芒的前爪猛地抬起，隨後快速地向還沒反應過來的吉娜砸去。

眼看吉娜就要被分成三截，一旁正安撫同是蟲族的瑟琳娜的楚天終於反應過來，他長嘯一聲，身體瞬移閃向兩隻蜘蛛中間。

在左側的蜘蛛正呼嘯而落下的爪子猛然停住，隨後牠兩隻血色的眼球光芒一閃，巨大的身體居然騰空而起，其落下的位置，卻正好是楚天瞬移要出現的地方。

「空間詛咒蜘蛛！」這個時候藍八色鶇已經來到不遠處，他看到蜘蛛的行爲赫然色變，他沒想到居然出現了在蟲族傳說中才出現的擁有空間特殊能力詛咒蜘蛛出現。

楚天顯然也沒反應過來，他無法想像連一般王級都無法做到的事情——預知瞬移軌跡，居然在一隻連人形都無法幻化出來的蜘蛛身上出現了。

事情發生的太突然，等楚天再想要變身轉向的時候已經來不及了，迎接他的是詛咒蜘蛛的那張腥臭撲鼻的口器。

富含劇毒加腐蝕效力的臭氣差點把楚天熏暈過去，但他反應卻是不慢，身體鐵板橋後仰，腳部一動，一團月牙樣式的紫金色靈禽力已經好像刀般射向蜘蛛的肚皮。

「藏朗」，月牙靈禽力刀射在蜘蛛腹部發出金鐵交鳴的聲音，頓時碎成五六片倒飛而出。

「好厚的皮！」楚天口中罵著，身體終於利用這下給蜘蛛造成的攻擊站回了主動，心神一動，大日金烏已經出現在頭頂。

這是很讓人鬱悶的事情，剛來這個世界時以爲強大無比的靈禽力，到了現在居然成了最垃圾的力量，別說對付翎爵王級了，就是打某些奇特生命都無法造成太大傷害。

楚天腦中飛速地想過這個問題的同時，怒火卻早已經充斥了他的心靈，他一定要救吉娜，哪怕是付出生命！

大日金烏和幽靈碧羽梭上光芒大放，楚天在這一刻變作了地獄的魔神，他口中長嘯一聲，幽靈碧羽梭上化作了一杆長槍，直躥詛咒蜘蛛的口器裏，而大日金烏則瞬間變大，飛到詛咒蜘蛛上方，帶著「嗡嗡」的聲音猛然落下。

「一定還來得及。」當楚天在心中這樣叫著的時候，另一隻詛咒蜘蛛的爪子卻已經落到了吉娜身體上。

「不要！」楚天眼睛立刻佈滿血絲，他口中大叫著，想要援救卻已經來不及。

就在這時，吉娜的身上出現了一股好像電波般的光紋，從她身上一股股散發出來，第一道光波發出之時，在人眼裏就已碰到了蜘蛛，隨之消失，另一道光波又碰到牠的身上。

閃爍著冷光的爪子猛然停頓，蜘蛛血紅的眼睛一轉，巨大的頭顱左右搖晃了一下，彷佛要看清吉娜，最終慢慢地將爪子收了回去，彷佛一個迷茫醉酒的人般搖搖晃晃地向旁邊走去。

光波就如水紋一樣，碰到什麼阻擋都會消失不見，但威力卻讓人所有人露出不敢相信的神色。

除了那些死物如牆、樹木之外，所有的生命，不論是滿臉戾氣的蟲族還是痛苦哀號的鳥族，以及被鮮血衝散理智的其他幾個女人，都慢慢地停下了手，露出迷茫的神色。

相對來說，楚天這方面的人都只是站定不動一臉笑意，被屠殺的鳥族部落人則是滿臉祥和，至於蟲族則露出懺悔的表情，有的更是閉著眼睛用頭拚命的撞地。

楚天也感覺到了，他感覺心中突然多了一種大度一種寬容一種感恩……好像所有美妙的情緒都進入了他的心靈裏，就連對詛咒蜘蛛的恨意這一刻也消解了不少。

猛然醒覺，楚天發覺他是被什麼東西侵襲了心靈。

「是吉娜！」心中有些不敢相信，楚天望向了正閉著眼睛緩緩站起的小鴿子，她此刻閉關時出現的那種神聖氣質，不，是一種祥和寧靜的味道，好像檀香，讓人能夠放下一切，感受四周的清明。

楚天前方的蜘蛛也如剛才的同伴般，露出迷茫的樣子，搖搖晃晃地想走，楚天卻老實不客氣地趁這個時候用大日金烏化作絞肉機，從天而降落在了蜘蛛巨大的背上，一通亂絞，蜘蛛的背部和腹部就貫穿了一個爛嗤嗤的肉洞。

在大蜘蛛轟然倒地後，楚天耳朵裏突然響起帝雷鳴的聲音：「嗯，你還真是邪惡呢，居然在大慈大悲天下清明波下還能做出這種事情。」

「什麼大慈大悲天下清明波？」楚天回頭看著再次轉換身分的大明王有些驚奇地問。

「等下再說吧，你快些去把那些姑娘救回來吧，她們進入這片區域時已經中了蟲族的孽障毒，要不以她們愛乾淨善良的心態，你認爲她們會做出這樣的事情來?吉娜是第一次使用這種力量，她馬上就控制不了這麼多人了，很快所有的人都會恢復剛才的狀態。」帝雷鳴看著四周被幾個姑娘切成無數肉段的蟲族屍體，以及那噁心巴拉的腸胃脾臟，他臉上的笑意瞬間就冷卻了下去。

一聽帝雷鳴的話，楚天也沒心思問什麼了，他快速地移動，將微笑的眾女全數抱了回來，這個時候其他人也早飛了下來，不過也都露出一臉笑容，好像吃了蜜糖一樣。

在楚天一抱的時候，吉娜那奇特的姿勢就軟了下來，而四散的光波也隨之消失，頓時，所有的一切又變成了一開始的模樣，就好像剛才出現了時間暫停一樣。

眼看幾個女人又眼睛泛紅地想衝過去，帝雷鳴身形一動，已經在伊莎等人面前轉了一遍，楚天眼見，看到大明王用大拇指分別在她們的眉心點了一下。

本來擴熱的血色從各自的眼睛裏逐漸退卻，幾個女人有些迷茫地看著眾人，當看到地上無數的碎屍和蟲子內臟後她們的臉色瞬間變了。

楚天本來是想問問她們有沒有事情的，結果吉娜這個時候也醒了過來，不過還好，她的眼睛很正常，並沒有讓人看了心慌的血色。

趕緊將吉娜放下，然後對幾個女人一視同仁地露出關懷的笑容，楚天突然轉頭問帝雷鳴說道：「老帝，到底是怎麼回事？」

帝雷鳴說道：「這孽障毒是一般毒性蟲族本身所具有的毒素，一般蟲子少的時候並沒有作用，但當蟲子超過一定數量，並做一些如殺戮、毀滅等興奮的事情時，這種毒就會揮發出來，對蟲族本身有刺激血性半狂化的效果，但對其他種族則會迷失心智，變成只知道殺戮的惡魔。」

「這麼厲害？」楚天想到剛才的情形叫了出來。

「嗯，是的，這種毒無色無味，很難提防。」帝雷鳴臉上掛著回憶的表情，看來也是在遙想當年。

楚天敲了敲眉心，感覺這是個問題，要是和蟲族打仗豈非沒有辦法克制了，故而他問道：「那有沒有什麼辦法解毒呢？」

「有，那就是地下世界出產的閃光石，吃上一點點閃光石就能在半個月內不懼怕孽障毒的侵襲。」帝雷鳴微笑著說道。

楚天瞬間想起了伊麗莎白對閃光石的介紹，他感覺胃裏面一陣翻湧，趕忙轉移話題說道：「那吉娜剛才是？」

「呵呵，你可是不夠關心人啊，連人家的修煉功法都不知道。」帝雷鳴對楚天擠了一下眼睛說道。

「呃……」楚天感覺後面有幾道冷冷冷的目光射向了自己，他趕緊瞪了帝雷鳴一眼。

大明王趕忙乾咳了一聲道：「你知不知道各個種族除了自己族裏的本源力量外，還有其他特殊力量存在呢?比如我們鳥族，除了廣泛被人運用的靈禽力，還有其他力量。」

楚天點點頭，這些事情他都從藍八色鶇那裏聽說了。

帝雷鳴看了眼吉娜隨後說道：「在你去了北大陸後，我無意間發現吉娜竟然擁有稀少的神聖天婆身，而神聖天婆身最適合修煉的就是大神聖光明術，這是我萬年前偶然得到的，據說可以破除天下一切黑暗與邪惡，是世間最仁慈的法門，我感覺很適合吉娜。」

楚天點點頭，認爲事實正如帝雷鳴所說，他不希望吉娜這個善良的小丫頭遭遇過多血腥骯髒的事情。

搞清楚了一切，楚天也放下心來，轉過身用十分冷酷的眼神看著那些在他耳邊好像蒼蠅一樣聒噪不已的蟲子們。

不過沒等他出手，他突然聽到半空中傳來一聲充滿怒火的吼聲。

猛然抬頭，眾人眼中出現了一隻渾身黃色的鳥，他飛在空中大叫著，爪子上有什麼東西丟到了蟲族最聚集的地方。

「轟！」那片地方立刻發出一片火光和沉悶的爆炸聲，無數土屑石塊伴隨著蟲子碎爛的屍體飛濺出來。

這個場景楚天非常熟悉，這根本就是在地球上看一戰片時第一次飛機扔炮彈的情景！

揉了揉眼睛，楚天發現並沒有看錯，剛才爆炸的地方還有一些沒有熄滅的小火苗正刺刺作響，而天空中那隻鳥則轉身折飛回去。

地下沒有被炸到的蟲子這個時候也從震驚中清醒過來，頓時呼喊著向天空中的鳥人追去，蜘蛛們還不斷從嘴中噴出蛛絲想攻擊鳥人。

那些蜘蛛的絲線一到高空就會軟綿綿的，但這小鳥還是躲閃得十分吃力，七扭八拐地飛了一會兒就被一條蛛絲纏住了腿。

小鳥拚命地撲搧著翅膀，下面的蜘蛛也歪著頭將爪子插進土裏拽著，一時竟形成勢均力敵的情形。

「這個小傢伙力氣不小啊。」一旁的藍八色鶇悠哉遊哉地說道。

楚天斜著眼睛，淡淡說道：「看到小孩子被人欺負，居然還有心情說風涼話。」

「呵呵。」藍八色鶇甩了甩頭上的藍髮，很瀟灑地說道，「當然了，我老頭子又沒有像某人一樣，有那麼多充滿正義感的女好朋友。」

被藍八色鶇這麼一提醒，楚天才發現後面幾個女人都在若有若無地注視著他。

「這算怎麼回子事兒啊？連上帝他老人都管不到我做不做好人，你們……」想想這幾個丫頭跟自己的關係，楚天最終歎了口氣，身體一動已經飛射而出。

而此時，被蛛絲纏出的小鳥已堅持不住了，畢竟他只有一個人，而人家可是一大幫！

楚天速度賊快，他連靈禽力都沒有動用，他只是在途經那根雪白的蛛絲時拿指甲在上面輕輕一劃，本來堅韌無比的蛛絲就好像紙做的一樣斷裂開來。

黃色的小鳥這個時候還在鼓著吃奶的力氣往外飛，結果楚天這麼一弄立刻跟炮彈一樣翻滾著飛了出去，幸虧楚天早就預料到這個情況，他在這孩子要摔在地上前將他抓住了。

「謝謝。」小東西應該是黃鸝的一種，雖然是個男的，但說話還是好聽無比。

楚天為了小傢伙的鎮定暗暗點頭，他將黃鸝放在地上就向後面追上來的蟲子殺去。

「不要，他們那麼多人，你就一個人，怎麼……」小傢伙心地不錯，看到楚天「衝動」的行為立刻想阻止他，不過話沒說完就張大嘴巴合不上了。

楚天什麼級別的人，剛才也就是因為事出突然，要不然兩隻詛咒蜘蛛絕不可能攔他那麼久，要是什麼小東西就能擋他一擋，那他怎麼可能和當世少數的強者對決聯盟？

這些小蟲子相比剛才的詛咒蜘蛛更是差了不是一星半點，他靈禽力化作一柄三米長青龍偃月刀，好像雜耍一樣翻飛不已，那些蟲子就跟西瓜一樣被他劈成無數塊，期間還沒有一點血漿濺在他的身上。

第七章 戰火烽煙

楚天當然不會太過顧及這噁心的一幕，不過看著他張大嘴巴的小黃鳥卻作出了反應。

「哇……」大聲叫著，小黃鳥就向楚天猛衝了過去。

楚天以爲他是受驚嚇過度發瘋了，卻見小黃鳥不顧地上綠色黃色的黏液，「吧嗒」跪在地上磕著響頭說道：「您就是傳說中的鳥神吧，求您收小吉姆爲徒。」

「咦？我被人當做鳥神了。」楚天心中一樂，問道，「爲什麼想做我的徒弟啊？」

「我要殺獸蟲，爲族人報仇。」小吉姆不負楚天所望，說出了史上最爛的一個理由。

「你說這麼個破理由真是太沒勁了，說想泡個大美女，想賺無數錢財，想當個大地主，這樣的想法多有意思啊。」楚天心中無恥地想著，卻看到吉娜等人正陪同帝雷鳴走了過來，他趕忙面色一整說道，「其實你不用拜我爲師的，因爲如果只是殺獸蟲的話，你已經擁有了最強大能力。」

奧爾瑟雅聽到楚天的話，不屑地撇撇嘴說道：「你不想教小吉姆就直說，何必騙人，真是壞人。」

「我壞人？」楚天瞪大了眼睛指著自己鼻子說道，見大傢伙不約而同的點著頭，他立刻放下手在心中想著，「你們眼力不錯，我還就是壞人。」

這個想法當然是不敢說出來的，楚天怕遭雷劈，他只是微笑著看了眼帝雷鳴，眼見他也盯著小吉姆眼中有些放光，暗叫大明王確實是成精的人物，他才解釋道：「你們剛才沒有看到小吉姆對那些蟲子的攻擊嗎？」

「我們又不瞎，當然看到了。你不會就是說那個吧，那種笨拙的方式只能對付掉幾隻蟲子，有什麼大用處啊。」奧爾瑟雅臉上掛著嘲笑的表情說道。

楚天非常不客氣地用鄙視的眼神掃了這個流氓小姑娘一眼，隨後才說道，「小吉姆一個人做出的攻擊，已經殺死幾隻蟲子了，若是有五百的小吉姆呢，五千個，甚至五萬個，再說小吉姆鳥小力薄，控制力不足，要是都換成飛翔能力超高的鷹族或者鷲族呢？」

本來楚天講到「五百」的時候奧爾瑟雅還想張嘴說什麼，但等楚天說完，她立刻沒話說了，只是有些不敢相信地看著小吉姆。

在場的人都不傻，聽了楚天的話他們瞬間明白了小吉姆這種作戰方式的犀利之處。

伊麗莎白是第一個受不了這種誘惑的，她跑到小吉姆身邊，雙手抓住他的肩膀狂熱地問道：「小弟弟，你剛才扔的是什麼東西啊？」

吉姆是個土生土長的部落人，他哪裏見到過伊麗莎白這樣充滿風情的女子，再加上又可能是到了青春期，張了張嘴，他硬是緊張地說不出話來。

見吉姆不說話，伊麗莎白手上忍不住加大的力道，將小傢伙給捏疼。

一旁的楚天看到伊麗莎白的無心之過，上前將她拉開，說道：「你急什麼急，看你凶巴巴的樣子把小孩子都嚇到了。」

「你……」被楚天的話氣得呼吸一滯，剛想說什麼，這傢伙早就跑到吉姆身邊哄小孩兒去了。

畢竟是救命恩人，加上想拜師，雖然楚天長相惡魔了點，但吉姆還是非常聽話的把知道的事情說了出來。

「奇怪的液體混合黑沙子製造出來的東西？」聽了小吉姆的解釋，楚天感覺比較驚奇了，這種混合炸藥的工作可不是說成就成的，沒準就是魂飛魄散的結果，他不知道是小吉姆運氣好還是真有科學天賦。

這樣一想他開口問道：「小吉姆，你是偶然製造出來的嗎？」

「不，是湯姆哥哥製造的，他還會製造很多奇奇怪怪的東西，可惜這次蟲獸們來得太突然了，要不然他們絕對衝不到部落裏……嗚嗚……爸爸媽媽爺爺奶奶伯伯阿姨叔叔姑姑他們也都不會死了。」本來一臉得意，可後來看到四周狼狽的情況，吉姆立刻哭了起來。

「這麼厲害！」楚天吃驚了，他不相信一個連電視都沒看過的孩子會撒謊，所以他很相信吉姆的話，這個叫湯姆的到底是何方神聖，居然能夠憑藉發明的東西就讓一個村子抵擋幾百個蟲族戰士的攻擊。

剛才楚天可是打量過了，這個部落連一個像樣的喙衛都沒有，根本屬於標準的原始土著。

楚天的好奇心瞬間被調集起來了，而其他稍懂軍事或者觀察力強的人也都攛掇著趕快去找這個湯姆哥哥。

「小吉姆，你想不想殺蟲獸報仇啊？」楚天連忙將吉姆毛茸茸鳥臉上淚水擦去，然後用誘惑的語氣問道。

「想！」小傢伙很有英雄氣概，挺直了胸膛說道。

「那好，你快帶我們去找你湯姆哥哥，等找到了我們就帶你去打蟲獸。」楚天露出狐狸尾巴說道。

「可是……湯姆哥哥不喜歡外人打擾他。」小吉姆臉上露出爲難的神色說道。

「搞得這麼神秘，不會……也是個同行吧！」楚天心中咯噔一下，隨後大手一揮，對吉姆說道，「只要你帶我們去找你湯姆哥哥，我就收你爲徒。」

這句話比什麼都管用，吉姆立刻狂點著小腦袋，一對小眼睛都幾乎笑沒了。

暗自尋思自己是不是上當了，楚天卻在伊麗莎白的催促下，夾著小吉姆，在他的指引下向東方飛去。

按照吉姆的指引，楚天等人發現他們的目的地是一片由無數參天古樹組成的洪荒叢林，這片叢林極其濃密，在天空看去就彷彿一個巨大的綠色墳包，除了從中間穿過的那條河道時隱時現外，根本再看不到一點縫隙。

「那個湯姆就是住在這裏面？」楚天問話的時候表情有些奇怪，按照吉姆的說法，這個神秘湯姆根本不見外人也不怎麼出來，可他肯定這片叢林裏是很少能夠見到陽光的，居住在這裏到底是怎麼一個樣子？魯賓遜？

很快他的答案就揭曉了，結果這個答案換回來他幾乎要暈倒的表情。

「這是……米奇特Z-137毫米口徑遠端加農炮的炮管，怎麼會？」一走進叢林裏，楚天看著躺在草地上的大傢伙就傻眼了，他再次揉揉自己的眼睛，確定自己沒有神經錯亂。

「這是什麼東西？」可愛美少女埃勒貝拉有些驚奇的叫聲徹底打破了楚天的安慰，他顫巍巍地抬手撫摸著透著絲絲冰涼的超級火器半天說不出話來。

不過跟在他身邊的吉姆卻是用十分驚奇的眼神看著他問道：「師父，你怎麼知道這個東西叫那個什麼炮的？湯姆哥哥說了好幾次，我都沒有記住這個蹩腳的名字。」

「呵呵……」楚天癡呆地笑了兩聲，他能不知道嗎？當年這可是地球上最先進的加農炮之一，一直對軍事裝備極其喜歡的他還特意花大價錢收購了一台作爲私人收藏。

看了幾下，楚天發現這個可以震驚整個世界的戰爭武器已經徹底損壞，就連炮管都已經膛線扭曲，以這個世界現在已知的科技是絕對無法修復的。

剛想到這裏，楚天才猛然醒覺吉姆說的話，他瞪大眼睛轉頭大聲地問道：「你剛才說什麼？」

小傢伙被嚇得一哆嗦，楚天現在的表情實在太猙獰，他都快哭了，哆嗦著嘴唇說道：「我說……這位姐姐好漂亮……嗚……我再也不敢對師父的女人抱有想法啦……嗚嗚。」

「呃……」現場所有的人都陷入短路狀態，其中伊麗莎白臉色微紅，又用她風情萬種的大眼睛在楚天心上戳了一下，搞得某人心直癢癢，但另外幾個女人卻瞬間給他潑了盆冷水，就差過來給他某個蠢蠢欲動的部位一腳了。

「咳。」楚天乾咳一聲，雙手在臉上一過，已經恢復了笑臉，他看著還瑟瑟發抖的小吉姆溫柔地問道，「我不是問這句，是前面那句。」

仍然怯生生地看了楚天一眼，隨後小吉姆才用非常小的聲音說道：「我說師父很厲害，居然知道這個炮的名字，湯姆哥哥說了好幾次，小吉姆都沒記住。」

「靠，不用裝可愛裝可憐吧。」楚天白了吉姆一眼，眉頭卻蹙在了一起，看來這個湯姆還真是個同行了，他就納悶了，這個世界有這麼吃香嗎？這麼多穿越者都往這裏來。

心中感歎，畢竟有可能是老鄉，楚天也勉強提起精神讓吉姆帶路向森林深處走去。

越往裏走楚天越吃驚，這到底是怎麼回事？難道是直接大地域轉移嗎？還是地球人入侵到這個星球了，怎麼這麼多戰爭兵器。

是啊，這裏就跟一個戰場似的，不少迫擊炮、鐳射跑、鐳射炮……或者單兵武器都灑落在可沒人膝的草叢裏，除了用高科技塗料塗染的高級武器外，其他的一些都出現了掉色或者腐蝕的跡象，這讓楚天知道這些玩意兒都扔在這裏有些年頭了。

本來除了震驚之外，楚天還有一份竊喜，畢竟有了這些東西，他在這次戰爭中就將佔據一個新的高度，無論是幫誰或者打誰都要輕鬆上不少，可當他詳細的看了這些東西後卻失望了，這裏的武器不知道是被什麼強大的力量蹂躪過，不要說變形損壞，有些合金武器居然都出現了融化的現象。

楚天除了震驚還是震驚，而其他人就不同了，他們只是用好奇的目光東摸摸西看看。

「噓，前面就是湯姆哥哥的家，你們都小點聲。」小吉姆的聲音將所有的思緒打斷，他翅膀放在喙前輕輕地說道。

「對啊，找到這個可能是同行的傢伙不就什麼都明白了嗎。」被吉姆這話一提醒，楚天立刻找到了事情的源頭，所以他快速跟到了吉姆的身邊，向前方走去，透過濃密的樹叢隱約可以看到一座座由樹木搭建的木屋。

看大家都不再說話，小吉姆好像大人一樣點點頭，然後好像突然想起什麼急忙說道：「你們等下都跟著我，湯姆哥哥說這裏有什麼雷之類的東西，要是不知道路的人絕對有來無回。」

楚天掃了眼四周的草地，對吉姆說：「地雷！」

「嗯，就是這個地雷，師父真是強悍，居然什麼都知道。」吉姆用崇拜的目光看著楚天說道。

在對話的時候眾人已經來到小木屋不遠處，結果又是小小驚訝了下，這片叢林裏居然建造了十幾處大小不一的木屋。

「難道這裏居住著不止一個人？」這個疑問在眾人的心頭不約而同地出現，伊莎是第一個問出來的。

「就湯姆哥哥一個人住啊，其他房間都是他搞的一些奇怪發明，有很多好玩的呢。」吉姆有些羨慕，對於他來說，一個人能住這麼大一片房子是很神氣的事情。

楚天沒有開口，他只是看著這些房間，心中波瀾不斷，這麼大一片地方，不知道這位同行製造了什麼東西。

因爲楚天的沉默，其他人沒有再說什麼，他們很快來到了湯姆居住的房間前。

吉姆上前拍拍門，大聲地叫道：「湯姆哥哥，你在嗎？」

「嗯，是回來取炸彈嗎？那東西效果怎麼樣？」隨著有些蒼老的聲音，就是匆忙如急雨的腳步聲，然後門「吱呀」被打開了。

果然是一個魯賓遜，不過要比那位荒島強人行爲藝術多了，他身高只有一米左右，花白的鬍子卻達到了九十九釐米，頭髮更是遠超金毛獅王太多，已達到做天然披風的級別。

因爲這兩樣東西，他的面容和穿著看得並不是太清楚，不過眼尖的楚天卻隱約透過他的鬍子縫隙看到他胸前的兩點……

「這個傢伙……居然裸體！」楚天將眼睛睜得大大的……異世界第一裸人啊！

不過沒等他看清，他就聽「嗡」的一聲，然後有什麼東西撞在了他的面門上。

「我的娘啊！」楚天頭趕忙後仰，他感覺有兩道熱流從鼻子裏躥了出來。

「真是終日打雁，今朝被雁啄。」楚天想不到他堂堂一個翎爵級高手居然有這麼一天。

等楚天在一旁被吉娜和伊莎兩個人伺候著清理鼻血的時候，帝雷鳴已經替代了他的位置在門前叫人，本來按照這廝的想法是直接「咔嚓」一腳把門踹開，進去抓人就成了，但被吉姆死死攔住，說什麼踢門特別危險。

楚天結合以往的經驗和今天的經歷也阻止了帝雷鳴，畢竟情況還沒摸清，要是碰到什麼門後地雷或者拉線手雷之類的小機關，那可就吃不了兜著走了。

「沒想到這位王級居然這麼衝動！」楚天對此很奇怪，實際上帝雷鳴也是隱約感覺到這裏巨大的價值，所以有些心急，作爲他這種活了萬年的王級，那種超級第六感是非常強大的。

喊了半天也沒見屋裏傳來什麼聲音，正當帝雷鳴又開始鼓噪是不是直接把門踹開時，門「吱呀」又打開了，結果所有的人都好像被施了定身咒，保持著原來的動作看向門內。

「喲呵……美女們你們好嗎？」一聲在地球上楚天經常用的沙灘話舞廳搭訕話語從門裏傳出，不過這個聲音有些蒼老罷了。

「我靠！」已經決定使用文明用語的楚天終於忍不住爆了粗口，他從吉娜和伊莎兩個人中間穿過，走到小矮人身邊伸手摸了摸他的衣服，最終說道：「很不錯的嘻哈西服，好東西啊。」

「別擋著我看美女，你個禿頂醜男。」根本沒顧及楚天說的是好話，小矮人非常不客氣加嘴巴極損的說道。

「禿頂醜男……」楚天爲這個稱呼感覺到無邊的憤怒，他只是個禿頭哪裏是禿頂了，他只是長得不怎麼好看而已，哪裏當得上「醜男」這個充滿侮辱性的詞語。

對楚天的憤怒除了少數幾個人笑了外，其他人仍是傻傻地看著已經走出來的小矮人。

這個傢伙不止換了一套可能是這世上獨一無二的微縮版嘻哈西服，還把頭髮和鬍子用繩子髮卡之類的綁住了，而且看他比剛才第一眼白了兩倍的皮膚還能猜到他應該洗了一個很划算的澡，最後鼻尖聞到一股若有若無的香味兒，那也應該是小矮人身上散發出來的。

若是楚天現在不是差點被氣暈過去的話，他一定會告訴大家，這個小矮人抹了最起碼一瓶香水……

「美女們，請問我湯姆能不能知道你們的名字，這將是我一生最大榮幸。」小矮人走到幾個美女身邊很紳士地一彎腰，取下他頭上與衣服配套的紳士帽說道。

「王八蛋，侮辱我也就算了，還敢泡我的女人。泡我的女人也就算了，還當著我的面泡……簡直就沒把我放在眼裏。」楚天臉都黑了，他眼睛裏幾乎噴出火來，當時就想轉身將小矮人一腳踢飛，然後再打得生活不能自理，不過沒等他把這個念頭實際化，已經有人幫他出氣了。

「呵呵，你好有意思哦。」幫楚天出氣的就是可愛的無敵美少女埃勒貝拉，她一把就拽住了湯姆綁住下端的鬍子邊拽邊說道，「這鬍子好長啊，是不是假的。」

如果說這下小矮人湯姆還能在滿是皺紋的臉上維持紳士表情的話，那麼後來奧爾瑟雅的加入則讓他有了見到披著美女外表的惡魔的感覺。

奧爾瑟雅仗著自己個子高，直接揪住了湯姆的頭髮，然後就把他拽了起來，而埃勒貝拉一見有人搶自己的玩具那可就不幹了，即使是同窗好友也不行，所以她在下面蹲著抓住了小矮人的鬍子。

兩個人就這樣玩起了拔河遊戲，充當拔河繩的湯姆立刻發出殺豬一樣的叫聲。

經過了這麼一番鬧劇楚天氣也出了，而被吉娜等人解救下來的湯姆也不敢再去招惹這幾個花季惡魔型少女，在領眾人進他的小屋前他還一直嘟囔：「難道腦子裏的事情都不是真的，可我做的這些試驗效果都不錯啊。」

進入木屋裏楚天等人再次震撼了一把，這裏哪叫一個亂啊，那叫一個髒啊，幾個女人首先發出了抗議，受不了這裏，所以在她們的帶領下，眾人都坐到了屋子外面的草地上。

楚天自認爲最瞭解情況，當然第一個開口，他悄聲問道，「你是從地球來的？」

「地球？嗯……我好像有些熟悉，但記不是太清了，我腦子裏東西多，記憶經常串門，所以老是忘記些東西。」老湯姆揪了揪頭上白花花的長髮說道。

「果然是！」楚天心中已經肯定了，他繼續問道：「那你是什麼人？」

「我是……我是卡它爾部落的酋長……的兒子的親戚，一個在地底世界生活的小鳥人。」湯姆本來說話有些結巴，後來才突然很肯定地說道。

「鳥人？你不是地球人？」楚天有些驚奇，幾乎要站了起來。

用一雙大眼睛瞪了楚天一眼，湯姆有些鄙視地說道：「我當然是最高貴的鳥人了，要不然你以爲我是獸人、海人、還是卑鄙的蟲族人，我真懷疑你腦袋是不是有問題。」

聽到這裏一旁的吉姆開口了，他點著頭說道：「是的，我可以證明，湯姆哥哥以前是居住在地底的，我的祖父曾經見過他，後來才搬到森林裏來居住的。」

一聽吉姆的話，幾個女人都笑了起來，剛才還沒覺得，現在才發覺看起來只有十幾歲的吉姆叫最起碼幾百歲的湯姆哥哥是多麼搞笑。

吉姆並不笨，他很快就知道大家爲什麼笑了，他眼中露出尷尬的神情說道：「這是湯姆……哥哥讓我這麼叫的。」

一聽吉姆把問題推到自己身上，湯姆也不以爲意，反而理直氣壯地說道：「這個有什麼，每個人都希望自己年輕點嘛，而且我也不算老，最起碼我有一顆年輕的心。」

聽了這句話再加上自己的猜測，楚天有些奇怪，湯姆怎麼可能是鳥人？難道是不想暴露身分？可剛才看他的表情並沒有驚訝的樣子啊？難道他是傳說中的影帝？

心中猜測著楚天決定先報明身分，他對湯姆小聲地說道，「我也是從地球來的，還是中國人。」

「地球……我好像真有印象，中國……也想到過，不過，太久沒翻閱那些記憶所以記不太清了。」湯姆皺著眉頭說著，突然醒覺，瞪視著楚天說道：「你怎麼老問我？現在是在我的地盤上，應該我問你才是。」

「呃……」眾人共同無語。

聊了好半天，花費了不亞於與王級對決的力氣，楚天終於算是弄清了到底是怎麼回事，也證明了，這位小矮人，確實不是他的同行。

原來，在三百多年前的晚上，這片還是草原的土地上突然出現了一副世界末日的情景，本來晴朗無雲的天空突然出現了片好像惡魔之嘴的大黑窟窿，然後就有無數奇形怪狀的東西好像大雪片一樣劈哩啪啦落了下來。

如此大的動靜將居住在這片荒原地下的湯姆驚醒了，他被這副景象嚇得差點尿褲子的，直到黑窟窿沒有了他才從地洞裏出來，結果就發現草原上生出了一片巨大的叢林，而草地上也落了些怪模怪樣的東西。

他是懷著好奇的心打量這些東西的，卻在搜索的過程中碰到了一個人，當時他還嚇了一大跳，可發現那人已經渾身是血，明顯要死翹翹後他就想發些死人財，結果沒想到，一碰到這個人，就好像有什麼東西鑽進了他的腦袋裏，他承受不了那種痛楚，神經明智地下達了昏迷的命令。

等湯姆醒來後就發現他腦袋裏多了一些奇怪的東西，比如他身上這件衣服的製造方式，比如那種炸彈的發明方法，比如四周這些東西奇怪的名稱，比如他和幾個人打招呼的方式……

這些話裏面湯姆有很多是不願意說的，但面對埃勒貝拉和奧爾瑟雅的逼迫，他只能將所有的底細都報了出來，甚至他小時候尿過幾次這種事情。

聽完這些楚天才摸著下巴點了點頭，情況肯定是地球上科學家致力研究的時空黑洞出現了，並且還是在某個軍事基地或者是戰場上出現的，結果就把那裏所有的東西給搞了過來，也包括某些人。

因爲時空中各種力量的橫行，人大部分都給汽化光了，各種兵器也都變成了破銅爛鐵，只有某位強悍的哥們擁有小強一樣的生命和韋小寶那樣的運氣，所以在穿越時空時沒有被幹掉。

但當他來到這個世界時小強的生命已經到達尾聲、韋小寶的運氣也給耗盡，所以他掛了。

至於爲什麼湯姆會吸收掉這個人的記憶，楚天認爲鬼才知道，而這個人怎麼又懂這麼多，他覺得是上帝開的玩笑。

當然，這上面的一切都是他所猜測的，至於到底是不是這個情況，等他把眼前的事情終結，並騰下一定時間後，他不介意去探索一番。

在楚天腦海裏想些亂七八糟的東西時，小吉姆也開口了，他伸著手指說道：「這件事情我是知道的，我是聽我爺爺說的，據說當時附近的村子部落都看到這個異象了，並對這片突然生成的森林感覺好奇，不少勇士都來這裏探索，不過他們一進入週邊就發現好像有什麼東西阻擋了他們，誰都進不來。

「故而到了後來這裏就被劃分成了禁地，部落裏的人說是鳥神的家，我一直想見見鳥神，所以有次就偷偷地來到了週邊，沒想到卻進來了。」

被兩個魔女折磨得不輕的湯姆這個時候也開口道：「這個事情我知道，在那一天這裏形成森林後在外面就有了一層奇怪的隔膜，我也出不去，直到三年前，這個隔膜才突然消失了。」

「看來是時空力量殘留形成的，消失應該是力量耗盡的原因。」楚天是這樣解釋的，不過他還有一點很奇怪，那就是湯姆的外貌。

等楚天提出問題後，湯姆有些惱怒地抓下來一把草，恨恨說道：「我也不知道什麼原因，反正我平時就是這種樣子，直到打架的時候才會變成家雀，要不然我怎麼會被家裏當成異類，獨自在這裏生活。」

「這個情況怎麼跟自己這麼像，難道擁有特殊能力的都這個樣子？」楚天驚奇，卻聽帝雷鳴說道：「這種情況我知道，就跟獸族有時會生出沒有智商的獸人一樣，有些特殊情況，鳥族也會生出平時是人，戰時成鳥的族人。」

楚天了然地點點頭，看著湯姆提出想見見他發明的要求。

「不行！」湯姆拒絕得非常乾脆。

這回楚天還沒反駁，帝雷鳴、伊麗莎白甚至明顯是爲了好玩的奧爾瑟雅和埃勒貝拉都站了起來，氣勢洶洶地看著湯姆。

「咕嘟」猛吞了口口水，湯姆嘿笑著說道：「不行……那怎麼可能啊，嘿嘿，你們隨我來吧。」

說著話從地上蹦了起來，小手在腦門上一抹，自言自語道：「這群傢伙說他們是惡魔都是誇獎他們。」

隨著湯姆一扇扇打開那些木屋的門，楚天除了驚喜就是驚喜，不止是他，在場的所有人都露出震驚興奮的神色，幾個非鳥族人則是神色十分複雜，不知道這些東西落在楚天等人手裏會給這個世界帶來什麼樣的變化。

等看完所有的房間，楚天一把抓住湯姆的肩膀將他抬到與自己平視，眼睛露著火熱的神色說道：「怎麼樣？跟著我幹，我可以給你很多錢，你想像不到的金錢。」

「切……」湯姆撇頭一噓，然後用鄙視的目光看著楚天說道，「你這種人真是低俗，就知道錢錢錢，你知不知道錢並非萬能的。」

「但沒有錢是萬萬不能的啊。」楚天將這句話的後半句說了出來。

「是啊，所以錢只要夠花就成了，要那麼多幹什麼，死不帶走，生不帶來的。」湯姆好像很感慨地說道。

「我咧……」楚天心中十分鄙視這種說法，不過現在是求人家，他當然不能說什麼了，倔驢子得順著毛撫摸，要不然絕對得挨踢。

故而楚天不得不再次開口說道：「呵呵，說的對，金錢確實俗。那麼我可以告訴你，只要你跟我幹，我可以給你座天空之城，讓你做一城之主，這可是鳥族十大種族才有的殊榮啊，你想想，你有了這權利就可以將所有看不起你的族人踩在腳下……」

不等楚天說完，湯姆已經一揮手打斷了他，搖晃著腦袋：「冤冤相報何時了，我不想睬他們，也不想擁有什麼權利，享受什麼就得付出什麼，這是必然的。」

「呃……」楚天眼角非常不自然地跳動著，他牙齒咬得咯咯作響，額角也冒出了一道道青筋。

「說完了嗎？如果說完了請放我下來，我還要去研究我的發明呢。」好像沒有感覺到楚天的猙獰，湯姆十分瀟灑地說道。

一聽湯姆的話，楚天立刻沒了脾氣，他想了下，將小矮人放下，嘴巴湊到他的耳邊說道：「好吧，只要你跟我幹，我就給你介紹十個鳥族美女。」

「嘶……」倒吸了口口水，湯姆雙眼放光地說道，「你說真的？」

楚天點點頭。

「你說怎麼幹吧，我湯姆一定聽你的。」小矮人一抹袖子滿臉興奮地說道。

「這頭色狼。」楚天十分中肯地作出對湯姆的評價，然後就想邀請他去綠絲屏城。

「這個……我不是不能去，不過這些東西……」湯姆有些爲難地看著後面，美女確實是對他最大的誘惑，不過這些他辛辛苦苦發明的東西他也是十分寶貝的。

「哈哈放心，就是你想扔我都不會扔下的。」楚天笑著看了眼後面，然後說道，「讓大明王幾個人先護送你去綠絲屏城，寒克萊大哥送你去趟丹姿城，領些背背鳥來，將這些東西打包送回綠絲屏城，我和剩下的人在這裏看守，等大家一起會合。」

楚天畢竟是這次聯盟的盟主，他的安排很快就開始實施，不過在送湯姆的時候出現了點問題，那就是他堅決不要赤日星君和月盈星君送。

看到這種情況，楚天微微一笑，最終用五行星君換下這對活寶。最終帝雷鳴領隊，五大星君和堅尼豪斯、卡迪爾以及特洛嵐夫婦跟隨，護送湯姆；寒克萊和藍八色鶇去丹姿城，剩下的楚天和幾個女人則駐守這裏。

分道揚鑣後，楚天的日子卻並不好過，人家說三個女人一台戲，何況有這麼多女性呢，他簡直是生活在水深火熱之中，幾乎是盼星星盼月亮地祈求著其他人的歸來。

第一隊回來的是帝雷鳴他們，畢竟綠絲屏城比較近，後一天寒克萊兩鳥也回來了。

如此一直耽誤了十來天，事情才算是辦妥，而此時，聖鸞城和鯤鵬城的戰爭已經進入了最高潮的時候。

聖鸞城。

蟲族的畫皮者運用複製海族的魔法在天空之城外面搭建了無數元素橋，注入水橋、冰橋、氣橋甚至彩虹橋等等，把聖鸞城搞成了一個巨大的七彩蒙古包般。

而所有的獸蟲則通過這些橋，瘋狂而不要命地向天空之城衝擊。

奧古忒斯是守城軍內鳳凰第一軍團的負責人，此刻他正看著桌上的戰力分佈圖庫皺著眉頭，看了半天卻最終一把癱坐在椅子上，拍著額頭說道：「還是看不懂啊……指揮這種戰爭，我根本不專業啊。」

正說著，突然有人在外面報告。

「進來。」奧古忒斯立刻身體坐得板正，一臉威嚴地說道。

「是。」響亮的聲音之後，一個左半臉紋著一個血紅十字，長相與奧古忒斯有些相似的青年人走了進來，他說道，「報告第一軍團長，作戰部已經分析出戰況應對模式了。」

「真的！」從椅子上站了起來，隨後奧古忒斯才發現自己失態，他乾咳了一聲說道，

「快讓他們拿進來並讓各分團負責人前來。」

「是！」行了一個軍禮，血紅十字青年走了出去。

直到青年的身影消失，奧古忒斯才擠出莫名的笑意自言自語道：「事情看起來很麻煩啊，當初長老會的分析根本就與實際挨不到邊，獸蟲聯軍擁有很多隱秘武器，這些都是克制我們的，而我又不同大軍團作戰，難道真要奧奈菲斯出馬。」

奧奈菲斯就是剛才的血紅十字青年，他是奧古忒斯的弟弟，下任家長的第一競爭者，不過本身戰力並不強，這才導致他一直在家中不怎麼受歡迎，但奧古忒斯卻知道一個秘密，那就是這個弟弟擁有超強的戰爭指揮天分，他對幾個中型鳥族分種的滅絕戰爭就是由這位弟弟作出的作戰計劃。

現在奧古忒斯很矛盾，按照正常來說是該讓奧奈菲斯來指揮的，可這次不同以往，以前弟弟只是做個幕後指揮者，並沒有其他人知道，這次要是讓他指揮，肯定會被外人知曉他的軍事天分。

這將對他競選家長非常不利，而且依照現在大陸的局勢，奧奈菲斯這種軍事指揮家會有很大的上升空間。

就在奧古忒斯在大義和小義之間徘徊不已時，聖鸞城的明面防護武裝已經到達了非常

危險的境地。

這支部隊除了神殿的神武士和天鬥士外，還有一些其他普通居民自發組成的衛城軍，畢竟在天空之城居住都是需要一些實力的，這些人因爲人數眾多，所得到的戰果並不比神殿部隊差。

除此之外，還有鳳凰族明面上的五大附庸種族，最後的一千支雕梟、十萬黃金雕、五萬翅蝶鳥、三萬雷空鳥、三十萬鳳鳥。

這個梯隊的戰鬥由鳳巢大祭司和金冠大祭司聯合指揮，此刻他們兩個正暴跳如雷。

「你看你的指揮，都是你害得，我的天鬥士都……」

「你別反咬一口，要不是你，神武士怎麼可能損失那麼慘重……」

第八章 鳳凰裁決

兩位生死冤家在這種時候還不忘私利，而萬千在外血戰的戰士卻已經血水相溶。

一隻神武士高張著雙臂，翅膀上的金環化作一道金光射向一隻蠍子，在將蠍子整個對穿時，另一旁的大黃蜂卻將他的尾針刺進了神武士的喉嚨。

「你給我去死！」一旁的天鬥士看到了，手中長槍頓時爆發出一股黃光，將黃蜂斬成兩半，但一隻蟑螂卻竄到了他的身邊，那對大牙眼看就要咬到天鬥士的脖子，不過卻感覺腰上一疼，當他回頭看去時，天鬥士已經反應過來。

將長槍刺進了蟑螂的胸膛，天鬥士才一轉頭，結果就看到剛才還沒有死絕的神武士正死死地咬在蟑螂腰上，墨綠色的血液溢滿了他的口腔。

「謝謝。」天鬥士輕說一聲將神武士抱了下來，卻因爲這下而被一隻蛤蟆的毒舌刺中了心窩，兩個本來是冤家的士兵就這樣抱在一起被淹沒在不斷倒下的屍體中……

除了慘烈的攻堅戰，鳥族並沒有忘記自己最大的長處，他們化身空中戰神，通過制空權不斷地向地面投擲著各種羽器，一些境界高的還時不時用靈禽力搞一兩個術法出來，扔在密集的獸蟲聯軍中，頓時死傷一大片。

但這次蟲獸兩族好像瘋了，他們不畏懼死亡，當鳥族投擲下羽器後他們立刻用身體去接，然後發瘋似的送給大軍後面的煉金師手裏，讓煉金師當場融化，從此割斷羽器與其主人的聯繫。

「這到底是怎麼回事？是因爲這天上的紅雨嗎？」空中黃金雕第一萬人隊的的隊長小洛馬斯心中有些驚歎，他從沒有見過這麼瘋狂的士兵，好像根本沒把命當做自己的。

其實這麼多天了，這場透露著血腥味的紅雨一直在下，它們從天空降落，卻瞬間被地面吸收，如果單看地上，根本看不出下雨的痕跡。

需要說的是，相比北大陸，南大陸要小上很多，而且這裏是聖鸞城，所以起到的作用更加小，加上聖鸞城本身帶的加持效果，這些鳥人才能在天空飛翔這麼久。

不遠處的一座高山上，幾個黑影正坐在山頂上看向這裏，他們還時不時發出討論的聲音。

「老帝，你猜那些鳳凰還能飛行多久？」楚天看著天空中遮天蔽日的眾多鳥人忍不住開口問。

「大概還能堅持半天吧，畢竟聖鸞城的加持不是好玩的，若非這場血雨，這些鳥人最起碼可以憑藉聖鸞城的加持達到現在三倍的戰力。」帝雷鳴扔掉手中的稻草說道。

「我看也差不多，除非達到翎爵或者王級，否則在血雨裏太耗費靈禽力了，我們來的時候爲了保護他們，我一直感覺靈禽力流逝十分快速。」楚天搖晃著腦袋說道。

「哼哼，三族聯合策劃了這麼久，耗費了這麼多力氣搞出來的東西，要是簡單了他們三族也不會這樣挑戰鳥族了。」帝雷鳴冷笑兩聲說道。

楚天摸了摸大光頭，又看了眼下面說道：「這血雨確實很強大，我猜那些蟲獸聯軍這般豁命也是因爲血雨的原因吧。」

一旁一直插不上嘴的藍八色鶇這個時候點點頭說道：「是的，我感覺到血雨裏有股邪穢的提升法門，應該是夾雜了蟲族的秘法。」

「唉，別管他了，反正我們現在是找經驗來的，慢慢看吧。」楚天一副事不關己的樣子，卻聽後面有人不冷不熱地說道：「你也不怕看到鳥族的鮮血做噩夢。」

一聽這冰寒而高貴的聲音楚天哪裏還不知道人家的身分，他暗歎一聲，哪裏敢招惹，只好當做沒有聽見，盯著聖鸞城。

本來只是一群小兵的打打殺殺他都已經看膩了，可就在這個時候高潮出現了！

天空突然劈出一道百米粗的閃電，正好打在天空的鳥人身上，「嘩啦啦」好像下雨一樣，被麻痹的鳥族掉下去了一大堆。

這些鳥族一掉到蟲獸聯軍那裏還有好，什麼刀槍棍棒鍋碗瓢盆，能用的全用上，瞬間，這些鳥人就被打成了鳥肉醬。

「是王級！」感應到空氣裏能量的湧動，帝雷鳴站了起來，看著獸蟲聯軍的後方說道。

楚天也站了起來，真正的重頭戲終於出場了，他如何不興奮。

相對來說，被攻擊的聖鸞城大兵們就沒有這麼好的心情了，尤其是空中部隊的幾個指揮官，小洛馬斯是最心疼的，他的部隊是受創最嚴重。

此刻目眥盡裂的他正要再次下令屠殺下面將自己族人做成肉醬的蟲獸聯軍時，突然感覺到空中有股奇特的能量波動。

「不好，又是王級天雷，給我撤……」扯開嗓子喊著，小洛馬斯就驅趕自己的族人，不過已經晚了，又一道天雷劈過，他的身體失去了平衡……

看著天空中自己一方的士兵一個個掉落，然後窩囊至極地死去，站在城頭的士兵們感覺心裏都在滴血，也不知道是誰喊道：「兄弟們，跟這些兔崽子們拚了！」一些戰士竟然躍出城頭，向蟲獸聯軍本陣殺去。

當然，他們這樣做無異於自殺，但當他們身體裏迸發出或鮮紅或金黃或深紫的血液時，所有的鳥族戰士都將心綁在了一起，讓蟲獸聯軍感覺到了更大的阻力。

血液已經將曾經神聖的地域染成了血紅，在與血雨同在的太陽光的照耀下，反射出一股淒美的悲愴感。

不過無論天空之城的鳥人們多麼英勇，他們人數畢竟太少了，所有的部隊相加也不過百萬之眾，而蟲獸聯軍，則是他們的十倍！

正當屍體將聖鸞城的城牆漫過，逐漸有蟲獸衝上城頭的時候，在內鳳凰的作戰指揮部裏，奧古忒斯終於作出決定，暫時由他指揮，不過要動用天空之城的毀滅級武器。

「讓控制室的準備，啓動滅絕炮和死亡光波線。」敲了下桌子，奧古忒斯說道。

「可是，這些都只有一次使用機會。」一個滿頭白髮的老人站了起來說道。

「就是這一次，消滅大部分蟲獸後我們裁決所就將出動。」奧古忒斯渾身散發著自信說道。

聽了他的話，站在他身後的奧奈菲斯眼中閃過一絲嘲諷，不過他卻沒有阻止。

長老會已經讓奧古忒斯暫時主持戰前所有的對策，所以其他人根本沒有權力阻止，也不敢，在應下後就迅速地出了指揮部。

此刻有蟲獸已經佔據了聖鸞城北城牆的大半段，正當他們歡呼時，城牆上突然出現了無數圓圓的洞口，裏面散發著一股陰寒刺骨的氣息，而在聖鸞城下方也翻出了一門巨大的炮筒，那炮管之粗，已經超出了楚天的想像。

在遠方看著的他忍不住倒吸了口涼氣。

「有什麼好驚訝的，每座天空之城都有自己的終極防禦，不過依靠現在的能量，只能運用一次而已。」帝雷鳴在一旁斜睨了他一眼說道。

兩人對話剛說完，已經露出猙獰之頭的各種終極武器已經齊齊發威。

因爲巨大的能量支出，整座天空之城都顫抖了下，無數璀璨的電紋一樣的光波從牆壁上射出，打在蟲獸聯軍中間頓時出現了好像割麥苗一樣的效果，那人真是成片的死啊。

而且死法還極端殘忍，根本不見血，就如同時間瞬間過去萬年一樣，人迅速變老，變乾，最終枯萎，化作一堆白骨。

四面攻上城牆的蟲獸聯軍頓時掉落下來，那些建造的攻城橋也瞬間被摧毀，「轟轟轟」劇烈的爆炸伴隨著慘叫幾乎將天都掀了起來。

如果說這已經是最殘忍的，那麼聖鸞城下面那具超級大炮的發動則已經無法用言語形容了。

一條好像可以籠罩整個世界的黑色光線激射而出，途經的一切，瞬間灰飛化，其目的地正是蟲獸聯軍的最後方，那裏就是剛才閃電徵兆最先出現的地方，也就是說，蟲族的王級在那裏！

王級可以抵擋這種攻擊嗎？這是楚天的問題。

帝雷鳴的回答很明白，新晉王級絕對不行。

當楚天以爲蟲族肯定要丟下幾個王級時，帝雷鳴卻給他指了指地下。

「你是說，蟲族其實是在下面指揮的？」楚天露出不敢相信的神色說道。

「何止，我猜測在地下他們還有一隻強大的伏兵，你看看這些蟲獸聯軍，雖然人數眾多，但卻被百萬鳥族阻擋這麼久，你以爲兩個種族聯合後會有這麼不堪嗎？」帝雷鳴冷笑著，不只是在笑聖鸞城鳳凰們的無知自大，還是笑蟲族的卑鄙。

「我們一直被鳥族認爲是最不堪的，今天，我們就要證明給他們看，我們獸蟲兩族聯合起來的力量，絕對可以攻陷這座神聖之城。」在深及幾千米的地下，一個渾身包裹在黑袍子裏，卻散發著王級波動的人正高聲咆哮著。

「那魯，入王級這麼多年了，沒想到你還是這種脾氣，如果鳥族那麼容易打的話，我們也不會被他們欺壓這麼多年了，也不會有煮海之戰，也不會有雷鵬殛世，你們蟲族也不會退守地下世界了！」說話的人聲音很粗，他長相也很粗，但渾身皮膚卻白得幾乎發光。

「哼，鳥族一直是被上天恩寵的種族，你們看外面的那些終極武器，我們蟲族有嗎？還是你們獸族有？或者是海族！不過今天，我想該打破這個不公平的存在了，這個世界

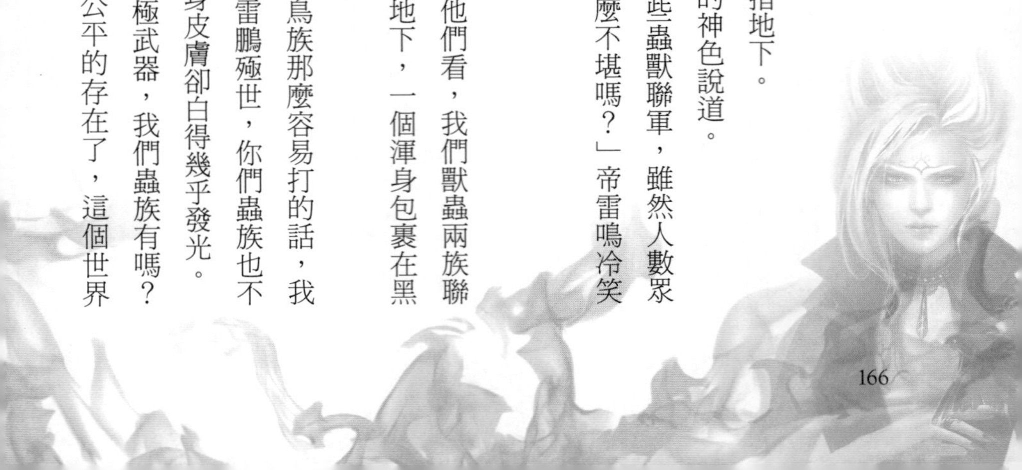

上，將再也不存在天空之城！」說話的人站了起來，他背後背著一雙黃色的角翅，在翅膀的末端有一雙好像活著的眼睛花紋。

「好了，終極兵器使用了，該我們真正的上場了。」三個人同時叫了起來，頓時大地裏散發出一股強大的威能，直衝地面。

本來正清掃剩餘蟲獸聯軍殘兵的鳳凰裁決所衛士們突然感覺渾身一陣發冷，然後他們就看到地面上無數濕潤的鮮土被翻了出來，一隻隻身上畫著各種符文的蟲子先一步爬了出來，後面還有很多已經完全半人化的蟲兵以及獸人。

「渾蛋，他們竟然還藏了一手！」站在城頭的奧古忒斯臉色瞬變，不過等不及他說什麼，那些蟲子和獸族們已經開始了攻擊。

一方全盛之態，一方戒備全無，兩相對碰，結果可想而知，頓時，就有不少裁決所衛士墜落天空。

這些被藍八色鶇稱為戰爭機器的詛咒蜘蛛以及其他圖騰兵種確實強悍，在楚天看來他們就是一群反器材部隊，什麼會噴出一百多米長火苗的飛蛾、噴射出爆炸孢子的飛蠶、身體可同時發出十幾道死亡光線的跳蚤……讓楚天再次見識了這個世界的神奇和變態。

不過這些人雖然強，但裁決所的內鳳凰們也不是吃素的，畢竟，他們每個都是身經百戰的精英。

應付過一開始的慌亂，他們逐漸三五成群相互爲依持展開了作戰，更爲讓人大開眼界的卻是他們聚集在一起後發揮的力量不是簡簡單單相加那般，而是超出人想像的力量。

依據人數的多寡，他們使用出的術法也是不同，比如六人成六芒星之勢憑空而站的，他們手持雙手大劍，口中念念有詞，等他們將手中劍猛地揮下地面時，一個巨大的六芒星時光柱直沖地面，瞬間無數蟲獸化作齏粉。

五個人的可以發出無數銀白色的光羽，這些光羽遇到蟲獸立刻鑽入他們的身體裏，結果他們一個個就爆體而亡。

四個人的則是形成一柄巨大的飛劍，所到之處所向披靡，將一切都攔腰折斷。

但因爲這些人都必須念咒，中間總要耽誤，所以就會有其他人護法，而這些護法是遭受打擊最多的，也是隕落最多的。

如此雖然裁決所衛士攻擊極其犀利，但還是越來越少，而蟲獸聯軍們則好像無邊無際一樣，不斷會有新兵衝出地面加入隊伍。

「你們給我死開！」正當裁決所衛士逐漸回防時，一聲巨大的吼聲幾乎震裂了他們的耳膜，只見天空中一道黑影劃過，無數衛士吐血仰頭栽向地面。

「哇啊啊……你們這群賊鳥竟然敢殺我這麼多族人，都給我去死！」口中喊著，已經停下的黑影裏露出一個人來，他雙手一劃，一個巨大的旋轉光球就直衝城頭裁決所衛士集聚最多的地方。

光球與空氣摩擦發出「刺刺」的聲音，當眾鳥想要跑時，卻感覺邁不動雙腿了。

眼看蘊涵無上威能的力量的光球就要砸在城牆上，聖鸞城突然爆發出一層潔白的銀色護罩。

光球打在護罩上，護罩向皮球一樣凹陷了一塊，卻在隨後又將光球彈了回去。

「呵呵，絕滅溜溜球，看來你是隱翅蟲了，真是沒想到，你們這個小種族居然又出現了一位王者。」一聲音縹緲清淡，彷彿來自四面八方，讓人猜不透說話之人在哪裏。

不過隱翅蟲一雙漆黑的眼睛只是死死地盯著聖鸞城中，他雖然也無法探知說話者在哪裏，但他感覺，那人是鳳凰！

鳳凰的王者終於要出來了嗎？是鳳巢大祭司？還是一些隱藏的人物？雖然蟲族一直是精通刺探和情報搜集，不過那也只是相對來說，對於天空之城他們就知道得不太多，更何況天空之城上的天空之城呢。

內鳳凰，他們也是瞭解一部分而已，不過他們確實作了比較慎重的猜測，那就是鳳凰族明面上的王者還有其他精英力量並非他們的全部。

就在隱翅蟲的猜測中，一位穿著白色長袍，走路都顫巍巍的老人走上了城頭，隨意地那麼一站。

王級，還是大成王級！

這是所有王級立刻所能感受到的，楚天因爲情況特殊的原因，也感覺到了這一點。

「大長老……」本來在城牆和天空上逐漸萎靡的裁決所戰士這個時候眼中都恢復了光彩，長老會終於來人了，還是實力最強的大長老艾斯莫爾！

隨著艾斯莫爾的出現，在他身後又飛出無數明顯實力強過裁決所衛士的士兵，他們就是負責城上之城安全的鳳凰族最強兵種審判所成員以及東征軍和北伐軍。

一走上城頭，艾斯莫爾先是大有深意地看了奧古忒斯一眼，然後淡淡地開口道：「這裏所有的軍隊，現在交給奧奈菲斯指揮。」

渾身打了個寒噤，奧古忒斯感覺後背都被汗給浸濕了，他懷疑長老會是不是知道什麼了，要不然怎麼會這麼說。

長老會當然知道了，他們在鳳凰族是無所不能無所不知的，不過這次艾斯莫爾心中卻沒有以往的自信了，在城中之城裏，神使正在渡劫，大成頂階進帝皇王級，而因爲環境所致，神使渡劫的地方卻出現了一點問題，剛才他們七個老傢伙都在幫助神使，所以才導致聖鸞城出現了岌岌可危的境況。

而現在，也只是神使大人感覺沒有王級支撐聖鸞城，說不定真被卑微的蟲獸們打下來了，所以才讓自己領著內鳳凰的絕對王牌出來。

「希望不要出問題。」分出一絲心神「看」了眼天空之城上方滾滾的白雲，那裏就是城中之城的所在。

「你是哪位？」雖然心神大受壓制，但隱翅蟲王者卻仍然強壓下身體裏血液的騷動陰聲問道。

「呵呵，小傢伙你還小，當然不認識我了，在萬年前你們蟲族叫我燎原鳳凰。」艾斯莫爾聲音裏十分平靜，就好像他面對的不是殺了他百萬兒郎的敵人，而是面對一個不怎麼相熟的朋友般。

「燎原鳳凰艾斯莫爾！你居然還沒死！」隱翅蟲那雙黑眼瞪大漆亮，失聲叫了出來。

「不把某些不聽話的畜生滅絕，我怎麼可能死！」艾斯莫爾語氣裏透露出一股殺氣。

隱翅蟲額頭出現了一層細密的汗珠，沒想到傳說中的鳳凰居然還活著，燎原鳳凰可是當年煮海之戰的領導者鳳巢大祭司手下第一戰將，這麼多年了，他為什麼還活著？蟲族的老王者都已經死掉了，為什麼他們還活著？難道上天真的很眷顧他們？

一個個疑問撕扯著隱翅蟲王者的心，在這種巨大的壓力下，他本來就不完整的心出現了一道裂痕，最終他受不了了，大叫一聲，化作一道黑影電射向艾斯莫爾。

鳳凰大長老心中一喜，這種王級高手對決已經不簡簡單單是實力上的對碰了，還有心態上的，現在隱翅蟲新晉王者第一個受不了動手，還是這種方式，這和自殺已經沒有太大區別。

眼看隱翅蟲就要衝到艾斯莫爾跟前，地下突然傳來一聲滾雷般的叫聲：「那魯！」

黑影瞬間煞車，隨後在半空中停了幾秒，最終又折身而返。

心中暗叫著可惜，艾斯莫爾卻身體微微繃起，聽這聲叫喊，這人的實力應該也是大成王級。

什麼時候蟲獸族裏出現了這種高手？難道是北大陸的五大獸王出現了！

在震驚中艾斯莫爾終於看到說話人的樣子。

那是一個渾身散發著一股白玉光芒的粗獷男人，按照楚天的說法絕對是神農架野人，還是那種雄性激素分泌過剩的類型。

但就是這個渾身鬍子拉碴的男人，艾斯莫爾卻是眼睛猛縮。

「這是寒犀族的，但卻不是寒犀王本人，而是一個新的大成王級寒犀！」帝雷鳴在山頂上眼中透露著慎重說道。

「寒犀王本人也是大成王級嗎？」楚天有些吃驚地問道。

「哼哼，在煮海之戰時就已經是大成王級了，希望這麼多年他沒有再次進階。」帝雷鳴真是語不驚人死不休，在場所有的人都被他的話給唬了一跳。

相比眾人，艾斯莫爾心中也是暗暗一凜，作爲老人兒，他當然認識當年的死對頭寒犀王，所以他也知道這是個新嫩。

這麼短時間內居然又創出了一個大成王級，獸族到底還有多少隱藏實力？

「艾斯莫爾前輩，你難道想用你一個人來挑戰我們兩個嗎？還是你們鳳凰族沒人了？如果你不想喪生在我們這些後輩身上的話，我想你最好趕緊將其他人叫出來。」雖然長得太男人了點，但這位寒犀大成王者心境不錯，他貌似很尊老地說道。

「呵呵，對付你們這些小娃娃若是我還叫人，那麼豈非有以大欺小的嫌疑。」艾斯莫爾如此說著，心中卻是暗暗發苦，他可明白這是大話。

「那就不要怪我了！」口中叫著，已經和那魯進行完意識交流的寒犀身體化作一道白光，頓時消失不見，而那魯則再次變作一道黑影卻沒有直接攻擊艾斯莫爾，而是不斷圍著他打轉。

「咦，不是說王級對決先出手必然落下風嗎？」幾個不明白情況的小丫頭看著天空中的情況忍不住開口叫道。

「那是指一對一的情況下，現在二對一，有一個還能與鳳凰打個小平手，他們當然不用在乎上風下風了。」楚天聳聳肩解釋著，一旁的帝雷鳴暗暗點頭。

「快看，這應該就是隱翅蟲一族的決定身法，天賜萬身。」帝雷鳴突然開口說道。

眾人將目光集中，果然看到那魯的身影變了，一道變兩道，兩道變三道，最終化作了幾百道黑影幾乎將艾斯莫爾包裹起來。

「不單是天賜萬身，我還能感覺到他在用毒。」藍八色鶇神情十分不屑。

「嗯，隱翅蟲是蟲族中用毒最強的種族，他們的威乎毒據說連王級都可以對付，這次我們應該就可以見識一下這個『據說』到底真不真實了。」帝雷鳴點點頭說道，卻見寒犀也開始了攻擊。

此時天上雖然紅雨依舊，但並存的太陽卻也精力無比旺盛，這一刻竟然爆發出刺眼的光芒，普通人已經下意識地閉上了眼睛。

「反光冰晶術！寒犀動手了。」在赫蓮娜的輕呼聲中，無數反光的光劍飛一般射向了艾斯莫爾。

「繚亂火花！」老人也是口中大叫著，只見一股巨大的火紅蘑菇雲沖天而起，瞬間燒融了那些光劍。

「毒果然起作用了，要不然以艾斯莫爾的實力，繚亂火花絕對會連那魯的身影都給打退。」帝雷鳴繼續充當解說員。

「不過說來奇怪，爲什麼艾斯莫爾這種時候還不叫出其他鳳凰，他不會真以爲他有能力對付兩個王級吧？」藍八色鶇疑惑道。

「我想……」

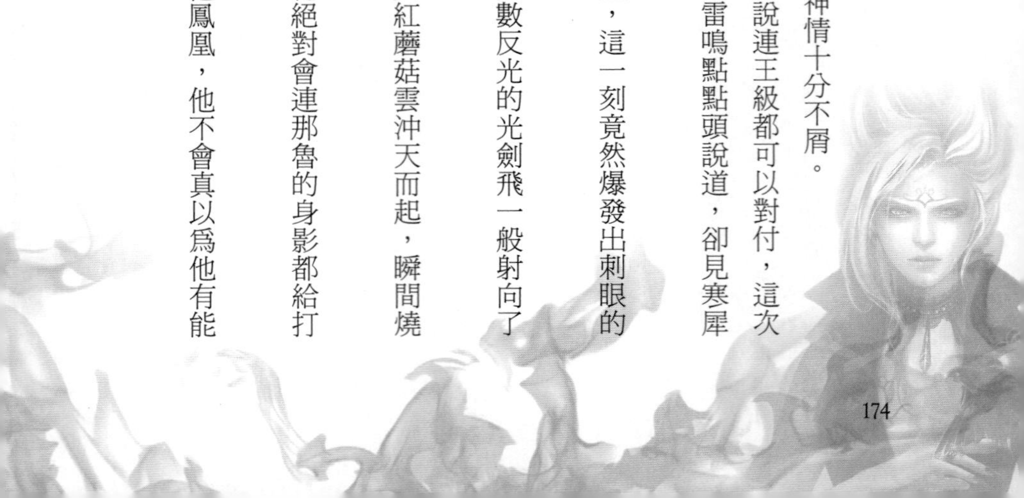

在帝雷鳴說話的時候，三位王級又已經動用了不少大招，「焚天火，地藏雷火，天球烽火術……」「冰封三千里，寒冰天川，大冰山……」「魂飛魄散，天毒侵身，萬宗滅……」三人玩了很多花哨的招式，讓楚天等人看得目不暇接，就連下面大戰的人也是偶爾受不了誘惑看一眼這些一生都可能看不到的超強招式，然後他們就死而瞑目了。

最後三個人先後動用了領域力量，艾斯莫爾那邊是火焰滔天，雲朵都被映得通紅，只是看著就感覺渾身暖洋洋的。

寒犀那裏則是千里冰封萬裏雪飄，鵝毛大的雪片幾乎佔據了整個空間。

最後的那魯則是一個黑色的世界，各種骷髏毒物漫天飛舞，搞得比十八層地獄還十八層地獄。

三個人的領域佔據了聖鸞城城門前的空間，而下面打仗的士兵可就爽了，一會兒去寒犀那裏淋場雪，然後跑到鳳凰那裏變成桑拿，一些想找刺激的則鑽到那魯那裏，整個場面那叫一個混亂啊。

「這……這叫打仗？」五行星君有些發傻地看著這場鬧劇。

「打仗嗎？總是會出現一些比較詭異的現象，你就看著吧。」楚天點點頭說道。

卻聽帝雷鳴又開口說道：「馬上就結束了，在兩個王級領域的壓迫下，艾斯莫爾堅持不了多久了，他的領域已經出現了裂縫，你們看他領域的邊緣。」

幾個人看向火焰領域的邊緣，確實發現被其他兩大領域侵蝕的現象。

「看來聖鸞城是完了，我們要不要出手啊？」楚天摸了摸大光頭問道。

「……」幾個人張嘴想說話，異象突生！

只見聖鸞城上方雲層裏發出一聲震動世界的巨響，所有的白雲瞬間被擊散，一道道七彩的光芒瞬間激射而出，好像探照燈一樣，卻在射到三大王級的領域時擊穿了這些領域。頓時三個王級都渾身一顫，有些不敢相信地看向了剛才被雲層淹沒的地方，只是艾斯莫爾神情裏明顯有三分激動，兩分喜意。

只見厚厚的雲層中露出了一座透露著神聖氣息的縮小版聖鸞城，光芒正是從最中間最高的建築裏發出來的。

「這……這難道是帝皇級王級出世！」帝雷鳴臉上露出不敢相信驚訝無比的神色，看著天空之城喃喃自語。

沒有人回答他，因爲所有的人都沒有見過這種狀況。

當七彩光柱一道道逐漸隱去的時候，從那建築裏飛出了六個同樣穿著白長袍的老人，還有一個……一個不知道怎麼形容的人。

他彷彿是這世界的一部分，是風，是雲，是這片天空，雖然他也同六位老人那般踏空而來，但所有人心中都生出他並不在那裏的感覺，他在那裏？他在任何地方，比如身邊！

「這是煮海的鳳巢大祭司，他……居然還活著，還突破了傳說中不可突破的王級瓶頸！」帝雷鳴臉上掛著不知道是什麼滋味的表情，自語道。

這句話沒說完，幾個明顯都達到王級的傢伙就來到了艾斯莫爾的領域裏，真正的鳳巢大祭司沒有動，其他六個也只是揮揮手跺跺腳，火焰領域頓時爆發，直接打碎了另外兩個領域。

「噗……」再也忍不住，蟲族和獸族的王者都噴出了一口鮮血，他們努力後飛。

當然，幾個鳳凰之王都沒有心思追他們，要不然他們絕對跑不了。

不過那魯和寒犀都沒有跑，他們只是脫離了幾個王者的威壓範圍，然後彼此對望一眼，同時抬手，身體做出了一種詭異的扭動，好像蟲子在跳肚皮舞。

而就在眾人感覺奇怪時，在聖鸞城的另一端，又浮起一個人，他背後的一對翅膀十分吸引人的眼球，那是一對金黃的蝴蝶翅膀，卻在末端有兩隻好像活著的眼睛。

所有的人都沒有注意到他，只見他雙手一推，一團瑩瑩幽綠的小光球就飛了出去，然後他也如那魯兩人那樣跳起了肚皮舞。

一直閉著眼睛的神使猛地睜開了眼睛，那對金黃色彷彿由火焰組成的眼睛裏爆發出兩道太陽還灼目的目光，然後沉聲說道：「是屠王之陣！他們居然找到了這等神術，快點殺了他們。」

在神使有些分不清男女十分中性的尖叫聲中，他的雙手已經彈出兩朵赤白色的火花，激射向了那魯二人。

但，已經晚了！

只見那魯二人將雙手拍在一起，口中同時喝道：「屠……神……之……陣……！」

天地間景象爲之一變，一層流水般的光芒籠罩了整座聖鸞城，它們好像某種生命，黏附到了幾個王級鳳凰身上，鳳凰身體裏就有一股股無色的奇怪物體散發出來，被吸進這些流光裏。

楚天忍不住詢問道：「什麼是屠王之陣，這些揮手間可天崩地裂滄海桑田的王者怎麼好像很怕的樣子？」

帝雷鳴也露出有些驚恐的樣子，他看著明顯神情萎靡了很多的那魯兩人聲音顫抖地說道：「沒想到，他們居然找到了鳥神遺留的陣法。」

「你到底怎麼了？」楚天感覺帝雷鳴現在的樣子實在是太丟臉了，所以他忍不住拍了大明王的肩膀一下，結果那健碩的身子就顫抖了一下。

雖然是這樣，不過帝雷鳴終於恢復了常態，他深吸口氣，緩緩說道：「在上古的時候一直流傳著一個傳說。」

「傳說中，鳥人、獸人、蟲族、海族本是沒有王者的，因爲鳥神不想讓他的信徒裏出現可以挑戰他的人，不過有了規矩，總會有人破壞，一些逆天的人居然想法設法打破了這種禁制。

「湊巧的是，鳥神那段時間好像並沒有看著他的子民，結果因爲相互的流傳，大陸上如雨後春筍般出現了很多王級，當發現自己擁有的力量幾乎可以改變這個世界時，這些王級有了野心，他們竟然真的生出了挑戰鳥神的想法。」

「多少個王級？傳說中沒有具體說明，但只是說王級的人將天空都覆蓋了，他們就這樣衝上了鳥神的宮殿。」

「鳥神很強大，但在幾乎沒有窮盡的王者廝殺下也出現了損傷，而就在這些王者以爲可以殺掉鳥神時，鳥神突然施用了一個陣法。」

楚天聽到這裏哪裏還不明白，他接口道：「難道就是屠王之陣？」

帝雷鳴點點頭，再次開口道：「那麼多王者，在這個陣法的消弱下幾乎全滅，而逃出來的也破了膽，再也生不出挑戰鳥神的想法。」

「這麼逆天的東西怎麼會出現在他們手上？」楚天幾乎要把自己的舌頭咬下來，他看著那魯兩個人問道。

「你聽我說完。」帝雷鳴抬手揮了一下，隨後繼續說道，「雖然鳥神將挑戰他神威的人都消滅了，不過鳥神應該也受了些創傷，所以他消失了，而正當所有人都以爲這屠神的陣法消失後，在神王之戰後萬年，一群叫做恐鳥的鳥人得到了一塊奇怪的木板，這塊木板上刻著一種陣法，這就是屠王之陣。」

喘了口氣，帝雷鳴才又說道：「這些恐鳥最強的也只有銳爵級別，可就因爲這個陣法，他們居然消滅了近萬位王級，但因爲屠王之陣需要非常強大的力量付出，恐鳥們實力不夠，結果一個種族都被陣法反噬的力量近乎滅絕掉。」

「嘶……」如果說剛才只是震驚，那麼現在已經是震驚得無以復加，所有的人都在瞬間想像到那種場景，一些垃圾鳥，將一群王級打得哭爹喊娘。

「因爲貪圖屠王之陣，一些鳥族抓住了恐鳥的殘存族人，要他們交出陣法，可他們說在他們使用過一次陣法後那木板就自己消失了，怎麼找都找不到。抓人的鳥族以爲是他們說謊，用了很多酷刑，可直到徹底滅絕也沒有人再探聽到屠王之陣的消息。」

楚天臉色並不好，他盯著戰場，表情十分呆板地說道：「那麼這是第三次出現了。」

「楚大哥，你沒事吧。」楚天現在的樣子比平時他發怒的時候還要讓人不安，小吉娜走到他的身邊，關心地問道。

「沒事，當然沒事。」楚天膀子一甩說道：「我高興還來不及呢，這屠王之陣用一次就會消失，說不定什麼時候落到我的手裏……。」

第九章 縹緲屠王

看著楚天發瘋的樣子，幾個人都露出不認識他的表情，倒是藍八色鶇揉著頭上的藍髮說道：「既然有這種東西，爲什麼他們不等鳥族大部分王者聚集到一起之後再使用呢？現在用，畢竟只能消滅一個鳳凰，鳥族十大部族哪個沒有隱藏的王級高手。」

沒有人可以回答他，不過就在北大陸，也有人問了與之相似的問題，那就是在狁狻的府邸，羆象中的新一代王者問出了他心中的疑問。

當他話一出口，其他幾個王者立刻嘴角含笑彼此看了一下，然後才由羆象的族長開口說道：「卡布維奇，一些事情你是不知道的，我們在很早前就得到屠王之陣的木板了，爲什麼要等這麼久才發動進攻呢？其實很簡單，因爲單憑屠王之陣我們沒有信心一舉打敗鳥族，而致使這種情況的原因就是屠王之陣已經殘缺了。」

「殘缺了？」不只是卡布維奇，其他幾個族裏的新晉王者也露出了震驚的表情。

「當然，我們得到的只是屠王之陣的一部分，它的威力已經大大地打了折扣，對付十人以下的王者已經是極限了。」犰狻王這個時候面上含笑說道。

「不過，讓這十位王者喪失戰鬥力應該沒有問題。」猞猁王一黑一白兩隻眼睛露出冷酷的光芒說道。

事情是這樣嗎?並不是的，在上古時期，所有的王者都停留在新晉一級，大成極少，更別說已經有與神單挑實力的帝皇級了。

而現在鳳凰這裏有三位大成，一位帝皇，所以屠王之陣並沒有收到預期的效果。

只見神使長嘯著變作了一個熊熊火人，而這些火從他身上脫離，竟然又變成無數火人，他們好像無邊無盡一樣分裂出去攻擊那魯他們。

並在同時形成一個滿身冒火的鳳凰包裹住了他和七位長老，天上地下都有旋風一樣的能量聚集到他的身上。

帝雷鳴識貨，他再次認出了這是天地人合一的境況，也就是說，整個天地都是鳳巢大祭司的彈藥庫，他可以隨意揮霍。

不過其他七位長老畢竟不是他，而他也是剛進級帝皇，還不能將天地的力量運用自如，結果還是讓幾個長老吸走了無數元氣。

一直在週邊看著情況變化的三位蟲族王者，這個時候也察覺到不對勁，他們對望一眼，都看到彼此眼中的震驚，而此時按照屠王之陣碎片上的記載，屠王之陣的時間已經快過去了。

三個人眼中露出一絲決絕，他們各自調出了本源元氣，寒犀渾身冒出無數水晶一樣的冰柱，那魯身體則被一具巨大而猙獰的甲殼蟲外殼籠罩，最後被帝雷鳴認出的大皇蛾則用雙翅包裹住了他自己，變成了一個巨大的白卵，卵的上方是他翅膀上那兩隻奇怪的眼睛。

神使看到了這一幕，他心中苦笑，卻無法再做什麼，雖然他已經是帝皇級，但面對這擁有無上威力、可殺戮上萬王級的陣法，他此刻已經付出了全部的心力和精神。

兩位蟲族王者，一位獸族王者，三個在做好一切後就變成離弦的箭射向了屠王之陣中，這個陣可以將人定住，不論你的境界有多高，他們也是一樣，不過依靠高速飛射形成的慣性，他們終於衝到了幾位鳳凰王者站立的地方，然後……選擇了自爆。

一位王族的自爆，威力的強悍已經超過了楚天所看到的一切戰法，他只感覺眼睛瞬間失明，整個天地都籠罩在極強悍的赤白光中，吞噬了一切。

帝雷鳴瞬間布起了防護罩，可就是這樣，在場的所有人仍感覺一股讓靈魂都顫抖的力量侵襲了身體。

感覺過了很長的時間，帝雷鳴才讓大家睜開了眼睛，結果就發現自己站立的位置已經不是剛才的那座高山，而是一塊殘破的平原上。

「我們被爆炸的力量推出來了，前面就是剛才我們站立的山。」帝雷鳴神情冷酷，指了下前方說道。

順著帝雷鳴的手指看去，所有的人都倒吸了口涼氣，剛才那座海拔最起碼三千米一樣的高山已經徹底被夷平，變成了一堆白色的石灰粉，被風一吹，塵土飛揚。

「王級自爆，比核彈頭還厲害。」楚天有些懷疑湯姆的發明能否影響大勢了，這些人實在太強悍了，而這種不要命的打法也讓楚小鳥心中一陣發緊，王級，一個修煉不知道多少年才能達到的級別，這些人竟然就這麼捨棄了，這真是太瘋狂了。

被爆炸推出來了最起碼百十里地，就連自認視力極佳的楚天都看不到一點聖鸞城的影子，無奈之下眾人又拾掇拾掇向聖鸞城靠近。

結果，四周的景象真如核爆炸一樣，到處是焦黑的溝壑，地面上任何高過土地的生物也被徹底摧毀，樹木在燒灼冒著黑煙，小動物的屍體表層是一些好像沙子的黑顆粒，吉姆不小心碰了一下，那具屍體就「沙沙沙」化成了一堆黑粉。

「哇！」這小傢伙哪裏見過這種場面，好像猴子一樣跳起來就竄到了楚天的脖子上，好像樹袋熊一樣抱著他死都不下來。

「小孩子……我忍！」楚天心中想著，卻快速將吉姆拽了下來，送給後面的特洛嵐。

「喂，咱們快點吧。」趁特洛嵐發傻時，楚天說了一句，已經好像風一樣快速飛走。

如此，一行人很快就來到了距離聖鸞城不遠的地方。

向前看去，聖鸞城因爲防護罩的原因並沒有受到太多打擊，但週邊的士兵們就沒有這麼好運了，不論是蟲族、獸族還是鳥族，他們都成了一截焦炭，橫七豎八地倒在狼藉不堪的平原之上。

而八位王級，最終也只剩下五個，三個新晉王級被人家換走了。

看著這一幕，楚天合計著，最終搔了搔腦袋蹦出一句話來：「這算是打平了吧？」

對於楚天這種沒心沒肺的表現，幾個人誰都沒有理睬他，他卻在隨後叫道：「有人朝這邊來了。」

瞬間，眾人從震撼的場面中回過神來，特洛嵐和伯蘭絲向後方一掃，瞬間臉色大變，他們走到帝雷鳴跟前說道：「大明王，是綠絲屏城的人，還有一位我看不透深淺的高手。」

「我知道了，也是一位老朋友。」帝雷鳴一擺手說道。

而楚天此刻腦中也彷彿有了什麼感悟一樣，他臉上露出喜色，看著後方，不一會兒，幾個黑點已經出現在他的視線裏。

「哇哈哈，沒想到帝兄也在這裏。」來人爽朗地笑著，先與帝雷鳴熊擁抱了一個，然後就想抱楚天，楚天還記掛以前的事情，所以非常不客氣地拒絕了。

「史伊爾多得，你不在縹緲城整頓，怎麼跑到南大陸來了？」看著自己的盟友，楚天也不客氣，畢竟他也算對始祖鳥一族有救命之恩，直接把話就問了出來。

史伊爾多得臉色微變，然後搖晃著腦袋沒有說話。

跟在他身後的紐斯特蘭弗看到這種情況站了出來，說道：「我們到了縹緲城了，可惜遇到了海族的大抵抗，到現在還沒有重新控制縹緲城。」

「原來是這樣。」楚天了然地點點頭，臉上露出一個笑容，等著兩位始祖鳥開口。

帝雷鳴也是老油子，他看到這種情況立刻和帶兩位始祖鳥大王來的孔雀族人說些亂七八糟的情況去了。

兩個始祖鳥沉默了半天，最終史伊爾多得豁出去了他那張老臉，走到楚天面前說道：「你想來也猜到了，我們是來搬救兵的，你放心，我史伊爾多得是個有恩必還的人，這次欠你多大的人情，將來我一定十倍百倍還你。」

楚天一抬手阻止史伊爾多得的話，然後走到他身邊勾住他的肩膀貌似心痛地說道：「老史啊，你這不是戳我的心窩子嗎？咱們什麼關係呀，居然還用還……咳，別跟我說什麼十倍百倍，那不是就是千倍了嗎？我告訴你，就一百倍，多了我跟你急。」

在史伊爾多得十分幽怨的眼神和紐斯特蘭弗要暴走的表情下，楚天十分「痛快」的答應了他們的要求，然後又跟帝雷鳴拉鋸戰般進行了「分贓」，最終決定派一部分孔雀，並率領一大幫高手去助陣。

反正聖鸞城的戰事是暫時結束了，而鯤鵬城那裏想來也不可能有這麼精彩，所以他們合計了一番，決定立刻出發。

史伊爾多得當然不會嫌棄這個決定太快，他現在可是「倍思鄉」，幾個人一拍即合，率著一大堆人馬又火急火燎地殺回綠絲屏城。

此刻楚天手下真正可用的人馬並不多，所以他將承擔狙擊對方高手的責任，而這次可不像原來那樣，好像旅遊一樣拖家帶口的，這次他決定只帶高手。

在史伊爾多得的緊催猛帶下，眾人比去時快了三分之一的時間到達了綠絲屏城，因爲城裏一直保持高度戒備，所以這次調兵倒也簡單，不過由於兵力被抽調，帝雷鳴不得不留下保障綠絲屏城的安全，帶領孔雀部隊的是特洛嵐、伯蘭絲兩個人。

五萬白孔雀部隊、七萬綠孔雀、九萬金黃鸝、十二萬鴕鳥再加上五萬的雜牌軍整整三十八萬軍隊，號稱四十萬，就浩浩蕩蕩地出發了。

縹緲城。

作爲無數海族貴族的居住地，這裏的防禦相對幾大海族王族王宮的守衛也不遑多讓，而且五大王族還各自有護衛隊在這裏，其他不說，光是海族腮長級將士就達到了三十萬的恐怖數字，再加上投降的海鳥族貴族護衛以及賤民炮灰，有近兩百萬兵力！

此刻，原縹緲城城主府，現在的海族四大王族統轄管理大廳，一些海族的貴胄們都齊聚在這裏，商討著對付始祖鳥回歸的方法。

「有什麼好怕的，我們有兩百萬兵力，雖然縹緲城的終極防衛系統我們還不能運用，但就是用人壓，也能壓死這些骨頭鳥。」說話的是一個虬鬚大漢，一口好像鯰魚一樣的觸鬚不斷跳動，他是逆冰鯨族當今王者的弟弟牛特伊首罡米安，雖然實力不高，卻是一群人中少數幾個大權在握的人。

「壓？他們會不會聽我們的話壓呢，要知道這裏面有一百多萬是鳥族的人，他們會對自己的同胞下手嗎？而且還是他們曾經的統治者。」一個長相儒雅的中年人摸著頷下的一捋山羊鬚，冷哼著說道，通過他背部那個巨大的龜殼，已經知道了他的身分，他正是龍首龜王的大兒子埃克西莫斯忒爾。

「我凶他媽媽，要是這些兔崽子不聽我們的話，那我就見一個殺一個，見一雙殺一雙。」一聲粗魯至極的聲音自旁邊正不斷嚼著什麼肉類的肌肉大漢口中說出，他是海龍王大將軍——雖然力量沒有達到王級，但憑藉肉身強悍程度卻可以比擬王級的海斯莫特埃，一個嗜殺成性的人。

「嘟嘟嘟」坐在最上方一個妖豔無比，看到就恨不得吞進口中的女人叩擊著桌面，露出傾國傾城的一笑說道：「不要整天只是打打殺殺的，事情沒有那麼簡單，我們現在被這群始祖鳥封鎖，與海裏面聯繫不上，實在是太危險，要是再把城裏的鳥人搞得暴動嘩變，那麼我們就一點勝算都沒有了。」

聽了這個女人的話，即使是兩個看起來挺粗魯的男人都不敢反駁，而且還不敢看她，因爲她是人魚的並肩姐妹種族——海妖的當代王者美莎庫奇娃。

「那你說要怎麼辦？」還是龍首龜中年比較沉穩，他看著女人妖媚的面孔說道。

對這個一直好像不懼怕自己的男人展顏一笑，美莎庫奇娃說道：「給鳥族希望，只要他們抵抗住了這次的進攻，我們就給他們自由，讓他們和普通海族一樣獲得平民權。」

「什麼？讓那群卑微的鳥族和我們高貴的海族平等！」海斯莫特埃從椅子上站了起來，一巴掌拍在前面的桌子上，頓時，桌面上出現了一個大窟窿。

「你給我再吼一句，我立刻將你送出去。」頓時前方美人的眸子一瞪，美莎庫奇娃冷冷地說道。

頓時好像泄了氣的皮球，海斯莫特埃又耷拉著腦袋坐了下去，他可知道這位海妖女王說的送絕對不是客客氣氣的，以她的性格最好的情況也得剝層皮。

眼見海斯莫特埃服氣了，海妖女王才說道：「不單如此，在這段時間我們還要給他們最好的飲食，最好的醫療，將他們的家人照顧得好好的。」

一聽這個，海斯莫特埃又想說什麼，但被美莎庫奇娃妙眸一瞪，又把張開的嘴閉上。

「依靠他們進行防禦，我們的正規部隊進行撲滅，牽制始祖鳥，而同時派遣精英部隊突圍，爭取將縹緲城被圍的消息送進折翼海裏，只要族內派出了援軍，到時兩面夾擊，那些骷髏鳥還有什麼好蹦躂的。」美莎庫奇娃說到這裏，一對水汪汪的眼睛一轉，妖豔的嘴輕輕一揚又說道：「等到將始祖鳥消滅後，我們可以再撤回鳥族和海族平等的決定嘛。」

一聽到這裏，本來不爽的海斯莫特埃和牛特伊首罡米安都眼睛一亮，看向美莎庫奇娃的眼睛裏都露出崇拜的眼神。而埃克西莫斯忒爾則是暗暗心驚，雖然早就知道這位海妖女王心狠手辣，反覆無常，但這次還是大大地吃了一驚，讚歎其不愧爲海妖多年來最「完美」的結晶。

在海族商討縹緲城戰爭的時候，楚天也在與史伊爾多得說這件事情。

「縹緲城應該也有與聖鸞城相似的終極防禦武器吧，按照那東西的威力，就算只齊開一次，也能將我們這些人消滅對半，你有沒有什麼對策啊？」楚天敲打著額頭，確實爲這件事情苦惱。

「呵呵，這個我如何不知道，但事情並非如此，不知道天禽有沒有跟你說過，我是當年幾個盟友中最謹慎的一個，在當年起兵時我就已經做好了戰敗準備，其中第一項準備就是在縹緲城終極武器上做手腳，平時沒有關係，但只要我一靠近縹緲城萬里之內，縹緲城的終極防禦武器就會失效，只有用我的氣息才能第二次啓動。」史伊爾多得臉上露出得意的神色說道。

「呃……果然狡猾，那還有呢，縹緲城我雖然沒有去過，但按照正常來說，應該還有不少海鳥族吧，他們可都是你的原部下，這次你沒打算重新召回嗎？」楚天一說到這裏就想到了那個小姑娘——伊美爾，清純無比的仙子，不知道她過的怎麼樣。

「這種事我怎麼可能想不到，但海族絕對也想得到，我想那些族長都應該被軟禁看管，除非大戰結束，他們不會有可能與我見面，甚至是彼此見面。」史伊爾多得歎了口氣，搖晃了下腦袋說道。

楚天點點頭，認爲史伊爾多得分析得非常對，他隨後又問道：「這樣啊，那你打算怎麼進攻縹緲城呢？」

「既然能控制終極防禦武器，你認爲我難道不會在城中留下後門嗎？呵呵，本來一開始我就想動用的，但裏面兵力太多，我不敢保證利用後門就能控制佔據縹緲城，所以才等了這麼久去搬救兵。」史伊爾多得臉上保持著微微的笑容，但楚天卻看到他這張小臉下無比卑鄙的心。

「這個傢伙果然夠壞的，居然弄出這麼多小漏洞，看來我是不能讓他上我的聚寶城了。」楚天瞬間就打定了主意，同時，縹緲城的輪廓已經出現在他的眼眶裏。

不愧是被稱之爲「最美麗的寶石」的天空之城，縹緲城在蔚藍的大海上好像一顆墨綠色的寶石，加上那些隱隱環繞的輕霧，讓人一看就想住在上面。

「我們的部隊就在下面的島嶼上，我帶大家過去。」史伊爾多得指了下縹緲城所在的寶石島，隨後飛翔而去。

楚天等人當然也是迅速跟上，不過他們倒沒有想要去勞軍，只是吃了這麼多天的海鮮實在是膩歪了，所以去軍隊裏搭個夥，而他們的人物與史伊爾多得的始祖鳥軍團也完全沒有關係，不，只有一點關係，按照商定，他們要先一步潛入縹緲城，等始祖鳥軍團和孔雀軍團發動進攻時，來個裏應外合。

當然，還有一個目的就是看能不能聯繫上海鳥族的負責人，勸他們投降。

因爲這些楚天他們只是在那個佔據高地的軍營裏耽誤了半天，然後就趁黑夜降臨向縹緲城摸去。

由綠絲屏城特有的岩雷鳥施用了幻身術，眾人卻還是小心翼翼。

現在是在戰備期間，縹緲城的四座城牆和城門都被燈火照得通明，而通往城中的通道也被人牢牢看守，楚天是讓堅尼豪斯和遊俠奧爾瑟雅查探了半天，才在東側的一小片地域找到了一個燈光死角。

「我們不能飛，大家都貼著牆壁爬上去，上不去的由埃勒貝拉種一棵可貼牆生長的植物，借助植物的力量攀上去。」來到高達五六百米的城牆之下，楚天幾個人貼著牆壁，他用精神意識安排道。

所有的人都不是分不清輕重的小孩，所以他們很快就按照安排行動開了，其中楚天和堅尼豪斯是最簡單的，他們一個可以直接浮空，一個可以隱身，所以最先「爬」了上去。

一隻海族金線魚的士兵正在巡邏，卻感覺後面有什麼東西在窺視，他猛然轉身，就看到一個巨大的光頭，他張嘴想叫，光頭卻好像鬼魅一樣猛然竄到了他的跟前，抬手捂住了他的嘴巴，閃著森冷光芒的指甲在他的脖子上一劃，「呲……」的噴水聲立刻進入了他的耳膜裏，不過，這也是他聽到的最後的聲音了。

另一側的堅尼豪斯更加方便，他大搖大擺地從一隻長槍魚面前走過，然後才轉身捂住了人家的嘴巴，將鋒利的爪子捅進了長槍魚的後心。「嗚……」長槍魚魚腿狂蹬了兩下，喉嚨裏發出灌水一樣的聲音，最終僵直了身體。

就如電視裏的特種兵般，楚天兩人迅速地清理掉了附近的巡邏兵，然後才讓下面的人上來。

「大家分頭行動，我在你們的腦子裏已經種入了精神感應樞紐，有什麼問題呼喚我三次我就可以聽到了。」擁有了精神力這麼久，楚天一直沒有停止對它的研究，結合地球上的知識，這好像結點網路般的通信方式就是他研究的一種運用方法，本來以爲沒有什麼用的，沒想到在這次卻用上了。

幾個人都點點頭示意知道，然後就好像夜鶯一樣隱入了黑暗中，連楚天都發現不了。

等所有人走完了楚天才想起了什麼，他向城下一看，看到埃勒貝拉確實沒有收拾那棵很像爬山虎的植物，暗罵這丫頭粗心，他又將殘局收拾了，才如大家一樣隱入了黑暗裏。

因爲只是從帝菲伊阿斯和赫蓮娜口中探聽到了一點點縹緲城的消息，還是很久以前的，楚天等人根本無法作出正確的分析，所以這次並沒有具體地安排任務，只是讓大家隨意活動，但目的只有幾個，擾亂敵人、分化敵人、破壞戰略設施和隱蔽刺探消息。

楚天當然有自己的打算，他是要刺殺縹緲城中的海族高手，然後最爲主要的，卻是要找到伊美爾。

「我不是爲了自己，我只是爲了找到可以勸降的對象而已。」楚天這樣在心中安慰自己感覺並不算假公濟私後，才化作萬千海族中比較普通的一員，不過大街上早就實行了宵禁，根本看不到一隻海族，他剛想大搖大擺就又縮到了角落裏。

等一隊咔嚓咔嚓穿著重甲的海族士兵從小道裏走過後，楚天才又走了出來，探頭探腦地看了兩眼，發現再沒有人時他才貼著牆角好像賊一樣向前方走去。

這是一片大城區，並不是特別富麗堂皇，卻很有小家碧玉的舒適感，感覺上有些像中國古代的蘇州園林。

楚天正在想離開這裏找些高大的房子潛入時，卻聽後面傳來一聲呼喝：「我絕對看到了，有一隻黑色的尾巴，不知道是什麼魚。」

「你肯定是喝多了，實行宵禁好幾天了，怎麼可能有魚敢冒著殺頭的危險出來。」

「這種時候我怎麼可能喝酒，我不會看錯的。」

「好，那咱們就去看看。」

聽了這段對話還有越來越近的腳步聲，楚天低頭看了一下幻身術製造出來的墨魚尾巴嘴角抽動著。

「忘記自己現在的樣子了，剛才躲的時候肯定把這兩隻魚尾露在外面了。」心中爲自己的失誤深深地悲哀，楚天卻感覺這個時候不是暴露身分的時候，誰知道殺這隊士兵會不會引出其他人，若是變成在北大陸聚寶城時的情況那可就好玩了。

如此一想，楚天四周看了兩眼，找到一座兩米多高的牆，一縱身，翻了過去。

緊貼在牆角，聽著這隊人的腳步再次消失，楚天正鬆了口氣，卻聽有人在他後面叫道：「你是什麼人？」

「好嬌媚誘惑的聲音。」楚天先是習慣性地對這個聲音品評陶醉了一番，然後才想到現在的身分，他趕忙一個後空翻，根據聲音辨位，落到了嬌媚聲音主人的後面，一雙手卡在了這人的脖子上，說道：「別動。」

「人家不會動的。」被制住後這人並沒有過於緊張，而是繼續嬌媚地說道。

「好白好滑好水的皮膚，好誘惑的體香。」手中捏住那截如白天鵝般優雅纖長的脖頸，楚天頓時有這兩種感覺侵襲了身心，他不由自主地頭部前傾，想看一下這個擁有一頭紫色夢幻長髮的女人到底長得什麼樣子。

本來虛捏著人家脖頸的手無意識地滑落，與之同樣滑落的還有楚天的口水。

這是一張完美到極致的臉蛋，除了精緻無可挑剔的眉眼兒外，五官其他部位也是達到了讓上蒼都怦然心動的地步，不過這並非最吸引人的，就好像一件完美的藝術品，如果沒有靈動感或者說是生機的話，那麼它也只能說是美而已，如果有了靈魂，那麼就是超脫。

眼前的女人正是超脫，她的美麗超脫了世俗，達到了可以讓神靈生起色欲的境地，那種渾然天成的妖豔混雜這一種野性，讓人瞬間就產生了征服的想法。

楚天一看到這個女人就有了立刻抱住她的衝動，不過精神力不是白修煉的，他在猛吸了好幾口氣後終於止下這股欲望，不過卻沒有再去要挾女人。

當然，主要原因是這個女人並沒有要吶喊的樣子，她只是一雙妙眸盯著楚天，隨後才露出個嬌媚的笑容說道：「你怎麼到我家來了？」

「嘶……」真是個迷死人不償命的小妖精，倒吸了口涼氣，心中感歎著，楚天自認瀟灑地一甩頭，說道：「長夜漫漫，無心睡眠，出門前來卻好像上天指引，不知不覺來到小姐的仙居之所，實在是緣分，緣分哪。」

「……」美女張嘴想說什麼，楚天卻怕她拒絕又說道：「今晚月明雲稀，正是賞月的好日子，不知道神仙一樣的姐姐能不能、有沒有興趣讓小弟做個護花使者，陪姐姐月下吟歌呢？」

「……」美女再次想開口，但又被楚天打斷了：「姐姐不用說，小弟都明白的，女人嘛，尤其是漂亮到極點的美女總是有那麼幾分矜持的，小弟明白姐姐心中的想法，走，我陪姐姐賞月去……」

語畢，楚天已經非常不客氣地抓起女人柔若無骨的小手向小小庭院中小小的亭子行去，這裏環境很好，種了不少剪裁非常整齊的花朵和觀賞草植，在花叢中間有幾條完全由碎石子鋪築的小路，直通那座正方形西方式的亭子。

走在半路上楚天還十分親切地說道：「不知道姐姐的名字能否告訴小弟，如果可以，小弟將把這件事當做是我出生之外的人生第二件大事。」

「……」美女只是嘴角輕揚著，卻沒有說話。

「生氣了？不應該啊，我剛才都抓了脖子了，這次只是拽拽小手不至於生氣吧。」奇怪地想著，楚天陪著笑容說道：「姐姐怎不說話，莫非被小弟英俊的面容震住了心神。」

「噗哧……」美女再也隱忍不住，不顧儀容地笑了起來。

「這句話有那麼好笑嗎？」楚天好像很憨厚地撓了撓腦袋，然後也陪著笑了起來。

過了一會兒美女才停下了笑容，她整理了下身上那件拖地的豪華黑紗裙，然後才說道：「你還真是有意思，我叫美莎庫奇娃，不知弟弟叫什麼，」

眼睛裏某種光芒一閃，隨後楚天露出驚喜之意說道：「真是好名字，配姐姐實在是太合適了。」

「美？是嗎？美在哪裏呢？」美莎庫奇娃臉上掛著求知的神色，誠懇地問道。

「呃……」楚天傻眼，如果是個中國人名，他說不定還能吟出兩首詩，或者引經據典一下，但這個明顯很歐洲的名字他怎麼解釋，心中奇怪人怎麼能這麼刨根問底，他只好鬧著頭嘿笑著說道：「嗯……書裏都是要第一次聽到女孩子的名字時這樣說，至於美在哪裏，書中沒有講。」

「哈哈。」再次笑得花枝亂顫，隨後美莎庫奇娃才說道：「好了，姐姐不逗你了，告訴姐姐，你叫什麼名字？」

「我叫楚天。」楚天也許是色迷心竅，他居然說出了自己真正的名字。

仔細地看著楚天，好像要從他臉上看出花來，隨後美莎庫奇娃才說道：「那你爲什麼要從牆上翻到我家來？」

「翻牆？你看到了！」楚天心中一囧，隨後靈機一動說道：「姐姐你不感覺，有的時候翻牆比走大門要有情調多了嗎？」

「是嗎？」一對媚媚的眸子放了兩下電，然後笑靨瞬間一冷說道：「如果你還是這樣說的話，那麼我就叫人了。」

「別別別，姐姐，其實我是來偷香竊玉的。」楚天臉色上掛著有些邪邪的笑容說道。

「我真的叫人了！」口中威脅著，美莎庫奇娃說道：「你真的以為我是傻子嗎？半夜三更竄入別人的家裏，剛才我還聽到了外面有巡邏兵的腳步聲，你是為了躲那些人才進來的，說，你到底是什麼人？」

「我暈啊，小說中不是說這些邪邪的東西最容易讓女人迷失嗎？怎麼到了我這裏就碰上這麼一位。」心中很鬱悶，但楚天腦海裏卻思索著，不知道該不該說出事實。

第十章 天元精火

楚天正在矛盾中，美莎庫奇娃卻又丟出了一個重磅炸彈：「還有，你應該不是縹緲城的人，因爲我父親是主管海族人入住縹緲城戶口等級的，對你我卻一點印象都沒有。」

這些當然是扯淡的，其實原來也說過，岩雷鳥的幻術對王級並不怎麼管用，而美莎庫奇娃則是一個真正的王級，她已經看透了楚天禿鷹的本質，而在縹緲城上別說禿鷹，就是禿鷹毛都找不到一根。

楚小鳥當然不知道這些，他一聽美莎庫奇娃是個官的女兒就立刻起了殺心，但看著那張妖豔的臉蛋，他又感覺實在下不了手。

「我總是心太軟，心太軟。」心中唱了兩嗓子，楚天最終決定賭一把，畢竟等明天早上，肯定會有人發現巡邏兵少了幾個的，那個時候事情絕對會穿幫。

於是楚天就對美莎庫奇娃說道：「其實我是外面始祖鳥派來的探子，特意來刺探消息，然後送給外面接應的人。」

按照正常來說，聽到這種消息應該是震驚加尖叫，但美莎庫奇娃並沒有，她臉上露出驚喜興奮的神色，然後抱住楚天的胳膊無比激動地說道：「是真的，好哎，多麼刺激啊，算我一份好不好，我幫你刺探消息好不好？」

楚天汗水滴答滴答，隨後立刻以女孩子不能玩太過刺激的東西爲由直接拒絕。

「如果你不答應我我就將你舉報……而且我很瞭解縹緲城的情況的，只要你讓我和你一起，我可以帶你去議政廳，帶你去軍庫。」這一刻的美莎庫奇娃就好像碰到心愛玩具的孩子，有一股不搞到手哭死你磨死你的恆心。

楚天想了想，最終答應了美莎庫奇娃的要求，畢竟，他對這裏一點都不瞭解。

如此兩個人也沒有賞月，楚天同美莎庫奇娃聊了一晚上縹緲城的消息，不過很多東西這位美女都說不知道。

楚天並沒有感覺與一個一問三不知的美女聊天有什麼不好，他好像興致勃勃，一直到了天明，才讓美莎庫奇娃帶他去縹緲城的重要場所轉一轉。

說來楚天運氣實在好得讓人羨慕，他在一天時間內就探聽到了不少消息，甚至包括兵力分佈，後備能源等這樣本屬於軍隊絕密級的資料。

看著一直領著自己轉的美莎庫奇娃，楚天露出感激的神色，他牽著女孩的手說道：

「姐姐，真是十分感謝，要不是你，我絕對探聽不到這麼多消息。」

「哪裏，姐姐還要謝你呢，讓姐姐終於做了一件比較刺激的事情。」美莎庫奇娃眼中閃過一道異彩，然後臉上露出興奮的神色。

「那好，小弟還有事情，就先告辭了。」楚天臉上露出不捨的神色說道。

「唉，弟弟啊，姐姐要問你，你要怎麼把情報交給你們的人啊？」突然美莎庫奇娃開口問道。

楚天臉上露出戒備的神色，他說道：「姐姐問這個幹什麼？」

「姐姐只是感覺還是不夠刺激，若是這次送信有些什麼奇特的事情，姐姐也想幫你呢。」美莎庫奇娃臉上一點變動都沒有，只是躍躍欲試地說道。

臉上狐疑之色盡去，隨後露出笑容說道：「哪裏，並不是一個多麼危險的人物，就是一個普通人，不過他有一點非常特別。」說到最後是他露出了神秘的神色。

美莎庫奇娃果然被吸引了好奇心，她抓住楚天的手問道：「怎麼特別啊？」

「嘿嘿，他會發明各種奇特的東西，比如能夠發出火的小瓶子，就算是一個普通鳥族也能發揮出翅爵級別的實力。」楚天壓低聲音說著，突然神色一緊然後一臉嚴肅地繼續說道：「不過這些東西你可不能傳出去哦。」

美莎庫奇娃眼眸底部光彩一閃，她突然露出嬌媚的笑容說道：「弟弟啊，姐姐很想見見這個人哦，感覺太有意思了。」

楚天立刻把腦袋搖得跟撥浪鼓一樣，他十分堅定地說道：「不行，這種事絕對不可以，畢竟你是海族的人。」

「你是不相信我嗎？」美莎庫奇娃露出委屈的表情，有些氣洶洶的。

楚天撓撓頭，為難地說道：「不是的，如果他只是個局勢分析師的話，你去看也沒有問題，可他是我們的依仗啊，如果出了問題我負擔不起的。」

「哼！我告訴你楚天，如果你不讓我去我現在就叫，說你是個間諜。」眼見賣乖不成，美莎庫奇娃立刻露出魔鬼的牙齒，她要挾道。

楚天吞了口口水，沒想到這位超級絕色會這樣難纏，他只好說道：「好，不過你答應我只能遠遠地看著，絕對不能靠近，要不然他的護衛隊攻擊你，我都沒有辦法。」

「嗯嗯嗯。」美莎庫奇娃狂點頭。

楚天帶著幾分無奈，在美莎庫奇娃的帶領下，從一些隱秘的小道中七轉八拐，然後又趁一個換防的空間，居然在白天穿過了銅牆鐵壁一樣的防衛，出了縹緲城。

「呼……運氣太好了。」楚天回頭看了眼夢幻的縹緲城，抹了把頭上的虛汗慶幸道。

美莎庫奇娃小腦袋一揚，得意地說道：「哼，還不是我的功勞。」

「好好好，不過等會你千萬不能靠近。」楚天繼續警告著，見美莎庫奇娃點頭應允後，才帶頭向寶石島上走去，不過在前面的他嘴角浮現出一個嘲諷的笑容。

不知出於什麼目的，楚天和美莎庫奇娃都走得很快，不長的時間，兩人就來到楚小鳥口中的接頭地點——一處四面高起的盆地。

猶豫地看了四周一眼，美莎庫奇娃有些奇怪地問道：「這種地方接頭，難道你們不怕被縹緲城人知道，直接把你們包了餃子嗎？」

「呵呵，當然不怕，我行事如此小心，縹緲城的人怎麼會知道呢。」楚天很得意地說著，已經將美莎庫奇娃抱起飛下了盆地。

「嗚……你不是要我在遠處看的嗎？」美莎庫奇娃眼睛裏閃過一絲狐疑之色，看了眼楚天，然後又看了眼四周說道。

「你想在遠處看嗎?也可以，不過我要告訴你，我們在裏面，這裏很難看到的。」楚天放下美莎庫奇娃，神情裏好像鬆了口氣。

美莎庫奇娃想了想，隨後笑著說道：「這樣啊，那我就去裏面吧。」

楚天再次無奈地搖搖頭，歎了口氣，才帶頭向盆地深處走去。

正如他說的，這個盆地裏能見度並不高，好多茂盛的植物連成了片，形成一道道綠色的天然屏障。

「真是奇怪的地方，你們怎麼會選在這裏？」美莎庫奇娃看似無意地隨口說道。

「還不是這裏夠隱秘，就如你剛才說的，小心使得萬年船。」說到這裏楚天一閉嘴，然後看了眼前方才輕聲說道：「你就在這裏等著吧，前面就是我們約好的地方。」

一直等美莎庫奇娃隱蔽好，楚天才快步向叢林深處，在走的同時他腦海裏不斷向某處散發著一股資訊：「你們怎麼還沒有到……快點啊。」

在楚天做這個的時候，美莎庫奇娃也不斷地發送資訊，意思竟然與楚小鳥極其相似。

「你來了。」正當楚天心中焦急無比時，在他的前方突然出現了一個聲音。

「是誰？」楚天唬了一跳，可等他一抬頭卻下意識地張大了嘴巴，只見特洛嵐穿著一件非常拖拉的衣服，踩著老氣橫秋的步伐走過來，在他身後，跟了一群始祖鳥侍衛，可能是故意隱藏了實力的原因，楚天並不能感應到這群人的強度，不過他本能地知道，這些人是高手，因爲他看到了紐斯特蘭弗的影子。

「怎麼來得這麼晚？」走到距離楚天不遠處，特洛嵐抓著他下巴上不知道從哪裏搞來的假鬍子問道。

眉頭皺了皺，最終楚天說道：「有事耽誤了。」

「這是我找到的情報，給你。」楚天說著身體向前兩步掏出了收集的資料，不過他剛走到特洛嵐近前立刻用精神波動詢問：「怎麼回事？」

特洛嵐眉毛一挑看來是想回答，最終卻變成一句：「他們來了。」

「誰？」楚天一時沒明白，他下意識地放出思感，結果卻感覺到有幾個能稍稍給他壓力的氣息衝進了盆地裏。

這幾處氣息最終和美莎庫奇娃那裏匯合，等楚天挑眉向那裏看去時，卻見幾個人飛了過來。

「小弟，謝謝你喲。」妖豔的美莎庫奇娃第一個飛到了眾人面前，然後扭動著腰肢走到楚天面前，在他臉頰一吻。

楚天摸著被吻的地方，吃驚地問道：「我不是讓你在一旁躲著嗎？你怎麼……還有這些人……」他好像一時反應不過來的樣子。

「咯咯，這些人都是我的搭檔，他們和我都想請這位先生去縹緲城坐坐。」美莎庫奇娃指了指他們說道。

「你……」在楚天的叫聲裏，始祖鳥護衛們立刻將特洛嵐和他圍了起來，拔出羽器對著美莎庫奇娃八人。

「就你們這些人……也想阻攔本海妖王嗎？」前一句話美莎庫奇娃臉上還保持著笑容，後一句卻已冷酷無比。

「海妖王？你是海妖王？」楚天瞪大了眼睛，一副不敢相信的樣子。

這次美莎庫奇娃並沒有理楚天，而是看了眼他旁邊的幾個人，除了龍首龜大王子、逆冰鯨王王弟、海龍王大將軍外，還有四個都是各族的高手，可以說，這些人就是縹緲城上海族的最強力量。

埃克西莫斯忒爾是第一個受不了的，他口中叫著「去死……」一揮手，跟在他後面的逆冰鯨翎爵已經飛速衝向了始祖鳥護衛。

有了第一個，後面的四個高手也都動了，所以很快，楚天和特洛嵐身邊就只剩下他們自己。

楚天沒有動，只是用很痛苦很不敢相信的表情看著美莎庫奇娃說道：「到底是爲什麼？你爲什麼會……」

「小弟弟，我本來是想通過你送一些假情報給史伊爾多得那個老傢伙的，要不然你以爲你能那麼輕易獲得這麼多重要消息嗎？不過誰讓你告訴我這位先生擁有那麼強的能力，咯咯，可以讓普通鳥獲得翅爵級的能量，如果運用到我們海族身上，那麼我們豈非要一統世界了。」美莎庫奇娃終於理楚天了，她臉上掛著有些瘋狂的笑意說道。

「你休想！」楚天堅定不移地將特洛嵐護在了身後。

「那可不要怪姐姐手下無情咯。」口中還是巧笑嫣然地說著，眼中卻是殺機一閃，美莎庫奇娃已經好像一道閃電般來到楚天面前，楚天勉強出手阻擋了一下，已經被美莎庫奇娃手上閃爍起藍光化作的魔法箭轟中，慘叫一聲，倒飛而出。

那麼，特洛嵐就是赤裸裸地暴露在美莎庫奇娃身前了！

美莎庫奇娃以爲小鴕鳥就跟楚天說的那般，並沒有什麼實力，所以她並沒有動用她最擅長的魔法，而是直接憑藉肉身衝過去想將特洛嵐抓在手裏，而同時開口輕喝道：「你們幾個快去幫他們，趁早解決，我們立刻撤退。」

說話的同時美莎庫奇娃已經衝到了特洛嵐跟前，她豔笑著說道：「小女子就請先生往縹緲城一敘……呀……」

白嫩的小手化成爪子就要捏住特洛嵐那件奇異服飾的衣領，卻見本來一臉驚恐的他突然抬手在美莎庫奇娃白皙的手心點了一下。

「呲……」的聲響後美莎庫奇娃發出一聲慘叫，她發現有股奇怪的力量從她的手心進入了她的身體，竟然開始排斥天地元氣。

身體一個瞬移，離開特洛嵐跟前，美莎庫奇娃出現在五六米開外的地方，半跪在地。

因爲自身實力不濟而沒有動手的牛特伊首罡米安這個時候才反應過來，他衝到美莎庫奇娃身邊問道：「怎麼了？」

「還能怎麼了？這個小子是個高手，我們中計了。」美莎庫奇娃眼神中射出毒蛇一樣的寒光，她看著剛才本躺在地上不知死活、現在卻掛著微笑站起來的楚天恨恨說道。

「呵呵，果然不愧是以智計百出而盛名的海妖族女王，這麼完美的圈套都被你看出來了。」聲音來自前方的林子裏，眾人一抬頭，就看到史伊爾多得走了出來，跟在他身邊的還有無數始祖鳥士兵以及孔雀族士兵。

「你們是怎麼發現的？」看到這群人，美莎庫奇娃感覺心中十分難受，沒想到她一直以爲鮮有敵手的陰謀之術竟然在這裏被破了。

「這前半部分當然由我們今天的英雄——我親愛的盟友，新一代天禽楚天來說，大家拍翅膀。」史伊爾多得儘量不讓自己狂笑出聲，他指著還在捂著胸口被魔法箭打中的地方呲牙咧嘴的楚天說道。

「呵呵，謝謝，謝謝，謝謝大家給我這個面子。」楚天對四周拱拱手，隨後才說道：「不過這個面子是應該給的，誰讓我能把現任縹緲城的統治者給騙來了呢。」

「啪啪啪啪」的拍翅膀聲瞬間消失。

楚天嘴角尷尬地抽動了兩下，隨後才說道：「事情其實是這個樣子的……」

將前面一番經歷簡單敘述了一遍，隨後楚天才說到了正題：「當我進入那家小庭院時，我就被美麗的美莎庫奇娃發現了，本來我是沒有懷疑她的，可當我看到她院子裏的格局時我就發現不對勁，因爲一般的人家怎麼可能有那麼高雅的格局，我瞬間想到她是個有權力的人……而這樣我又發現她的身體居然是完全的人形，如果這一點我還能用怪胎來形容的話，那麼她的名字就完全出賣了她！」

「不可能，我的名字在海族都是保密的，除了一些皇族外根本沒有人知道，更別說你們這些卑賤的鳥人了。」美莎庫奇娃一聽自己居然有這麼多漏洞，頓時心一沉，隨後尖聲叫道。

「當然……主要是我身邊有個海族，她還是你們同胞種族人魚的王族。」楚天說話的時候想起了赫蓮娜矛盾的表情，她是海族，卻在最終把海族的一些厲害人物告訴了自己，其中就包括眼前這位海妖女王。

「真是讓人心疼的傻丫頭。」楚天對赫蓮娜心中憐愛十分啊。

美莎庫奇娃表情一僵，隨後才咬牙切齒地說道：「是赫蓮娜嗎?她這個小賤人，竟然爲了你個醜八怪出賣我們這些同胞……」本還想說什麼，但被楚天一腳把話給踹了回去。

看著自己發出的靈禽力凝成的腳踹在了美莎庫奇娃的臉上，楚天卻並沒有一點心疼，而是冷冷說道：「不許侮辱我的女人！」

「你個渾蛋，真以爲我沒有反抗的力量了嗎？」此刻海妖王簡直是瘋了，她頭上長髮散開，形若瘋獅般叫道。

「就以你的智商？」楚天用嘲諷藐視的語氣說道：「你知不知道除了這知己知彼的原因外，你這個笨女人還有很多漏洞，什麼軍事資料和戰備資料，你認爲這些東西可以隨便就拿到嗎？」

美莎庫奇娃一張嘴，想說話卻被楚天搶先說道：「我知道，你是以爲我很笨，可惜，我不但不笨，還非常聰明地把你引到了這裏，等把你們一網打盡後，縹緲城應該很容易就收復了吧。」

「你休想。」被楚天挑釁的話氣得再也受不了，美莎庫奇娃顧不得拖延時間化解身體裏的不知名能量了，她叫著站起身，抬手招來一個巨大的冰球，砸向了楚天。

楚天身體一扭曲，總算是躲過了這次進攻，他沒想到海族的魔法攻擊竟然這麼快，按照那些玄幻小說裏說的，魔法不都是需要念冗長的咒語的嗎！

美莎庫奇娃確實怒了，她的第二招攻擊就是召喚領域，隨後寒冰刺骨的雨打落下來，打在楚天身上，竟然出現凍結的情況，不單如此，她還發出了成千上萬道冰箭，並在隨後用出冰牢和水牢。

與此同時，那些被美莎庫奇娃召喚來的海族精英們也衝了上來，史伊爾多得挑上了海斯莫特埃，特洛嵐、伯蘭絲、紐斯特蘭弗三個人幹上了埃克西莫斯忒爾，其他人都是幾百個始祖鳥拿著羽器對著轟炸，進行著偉大的群挑單的運動。

楚天比較慘，本來他是想激怒美莎庫奇娃讓她喪失先機，卻沒想到攻擊會這麼猛烈，更爲鬱悶的是，他以爲海妖女王會攻擊史伊爾多得這個大頭，卻沒想到這個女人死盯著他不放。

快速的攻擊讓楚天幾乎沒有還手之力，他被美莎庫奇娃打壓得根本抬不起頭來。

而且身上還不時被各種冰水擊中，就是一陣酥麻，麻痹。

「你真是個笨蛋！」正當楚天找不到機會時，他腦海裏出現了非常憤怒的吼聲，是邪惡天禽，他大叫道：「你丟了我的臉。」

說著話，楚天感覺有什麼東西從腦袋最後的一小塊地域灌入了他的身體裏，瞬間他好像有了什麼明悟，感覺天地在這一刻變得無比生動，他的思感居然可以破開美莎庫奇娃的領域結界感受到四周，不過這一感應不要緊，他瞬間就變色，只見天地瞬間變色，竟然出現了以前有幸見過一次的空間……阿難空間！

「怎麼回事？附近有誰要渡劫嗎？」楚天腦中出現白癡的想法。

邪惡天禽沒有好氣地回答道：「是的，有個白癡要渡劫。」

「白癡？」楚天在腦子裏重複了一遍，然後非常不愉快地想到：「你口裏的白癡不會是我吧？」

「不是你這個大白癡還有誰！看你窩囊的樣子，剛才我把自己這段時間辛苦收集的力量全部輸給了你，現在你已經到了突破九重禽天變第八重叕雷劫神變的時候了。」邪惡天禽似惋惜似狠似爽地說道。

「啊！」楚天幾乎要蹦起來，他叫道：「這怎麼可以，我現在還在打架啊，要迎受天劫豈非兩面受敵。」

「你忘記了，在這個空間他們都是不能動的。」邪惡天禽簡直恨得想咬人了。

「呃……想起來了。」楚天確實是記不太清了，這段時間大事發生太多，他怎麼可能記得這麼多小細節。

「小細節？你知不知道這些經驗可能在天劫裏救了你的命啊！」邪惡天禽真想不顧一切再佔據一具身體，然後將楚天轟到渣，不過他知道這個想法實在太難實現了，所以他只能喊道：「快點準備，第一道天雷就要下來了，只要你挺過去，你就能成爲大成王級。」

「大成？」楚天疑問。

「少廢話，快準備，要不然你以爲九重禽天變會那麼渣嗎？它就是可以讓你跳級的功法。」邪惡天禽口氣裏非常不耐說道。

感覺到天地裏某種力量開始聚集，楚天確實不再多話，他只是雙眸如電，看著天地間，不同於瑞斯戴姆那次，這次空間裏，天是那麼平靜，地是那麼和諧，白雲好像閒散地飄蕩在碧藍如洗的藍綢之上，一切都是那麼寧靜。

突然。

「嗡！」

狂風驟起，瞬息，天空黑了下來，風捲殘雲，天空中的雲朵混亂了起來，黑雲瞬間佈滿了整個天空，彷彿就在頭頂一樣，黑壓壓的一片。整個世界一瞬間都黑了下來，變作了伸手不見五指的漆黑之夜。

「刷！」

此刻被禁錮在阿難空間的其他人都瞬間停止了聒噪，一個個都仰望天空，這時，他們才發覺一股神秘的力量正在抽取他們的自由。

除了大多數人迷茫外，只有少數人知道，這是大成王級才會到來的天劫！

確實不同於瑞斯戴姆那次，只見天空之上，黑壓壓一片讓人窒息的壓抑之中，一陣陣紅光在其中不斷醞釀，忽隱忽現，一閃一爍，同時，大地好像地震般顫抖著。整個平原也好像發冷般不斷打著寒噤。

而那紅光，是整個世界唯一的亮光。

不單如此，楚天還能感覺到，這次的能量與上次瑞斯戴姆渡劫時也完全不同！更加讓人心寒，也更加讓人喘不氣來。

此時因爲天劫沒有真正地開始，其他受到牽連而進來的人並沒有完全受到禁錮，而且，某個人已經經歷過這種劫難，也算是超脫於這個空間的存在了，他望著天空，眉頭一簇發出一聲低喝：「你們最好不要妄圖去影響楚天，這次天劫我感覺很不平常，你們最好不要動！」

史伊爾多得剛說完話，就察覺到當時最大的一點不對勁，那就是，空間的禁錮居然在天劫逐漸形成中又放開了。

「怎麼回事?我們怎麼能動了?」史伊爾多得眼睛瞪得老大，露出不敢相信的神色，終於他想到了一個傳說。

吞了口口水後，始祖鳥的老大最終用發癢的喉嚨說道：「大家立刻撤離周圍，最好離開楚天百里之外，越遠越好。」

數千始祖鳥和孔雀是最聽話的，他們當然不擔心史伊爾多得會害他們，當即拍起翅膀或者架起羽器亦或是直接凌空，一個個閃電般飛離到百里之外。

傳說中，有一個絕對天劫領域，這是要毀滅一切的另類阿難空間，只要到了這裏等天劫來臨時，範圍內，是不能有其他生命的，否則天劫威力可能會增加，也可能會將範圍中的人也列為受劫對象，開始無差別攻擊！

「怎麼會碰到這種變態的情況！」史伊爾多得雖然已經受過大成天劫了，但想到那種滋味，他卻不想再次承受一次。

「呼呼……」

陣陣如刮骨鋼刀般的狂風在呼聲中響起，天空的中央，對準了楚天站立的地方，一個血紅色的漩渦開始形成，整個天空的雲層好像到了吃飯時間的白領般，瘋狂地朝這個漩渦中集合，其速度實在太快，頓時讓百里外的人都感覺到巨大旋風的威力。

「怎麼會這樣?萬中無一的絕對天界領域出現，而現在這劫雲還未完全形成，氣勢竟然如此之大，難道是八重滅神劫或者是九重祥雲天劫？」史伊爾多得臉色一變，不知道是自語還是對其他人解說地講道。

此時，雖然是作爲敵人，但美莎庫奇娃卻選擇相信史伊爾多得，所以她也帶著手下站在不遠處，此刻聽了始祖鳥王的話，美目中彩光連閃。

這些根本沒有經歷過天劫，所以還有些興奮激動的始祖鳥和孔雀們當即開始討論了起來，而真正的高手則是滿臉慎重，他們雖然沒有經歷過天劫，但卻是聽說過的，此刻想起那些說法心中都有了判斷，這天劫絕對不是普通的天劫。

按照鳥族王者的經驗，天劫分普通、亡魂以及神威，威力越來越大。而這三種天劫又分別包括三個等級，普通指一重撓癢劫、二重微懲劫，三重好運劫；亡魂則指四重毀身劫，五重斷骨劫，六重亡魂劫；神威劫則是指七重滅死劫，八重滅神劫，九重祥雲天劫。

一般來說，渡過大成王級要經歷的會是亡魂劫，而普通天劫的機率非常小，不知積幾輩子德才能攤上這麼個好事，而七重天劫出現機率要稍高於普通劫，八重劫則與普通劫相持平，至於九重天劫，整個鳥族歷史上經歷過的人寥寥可數，其中當數原天禽渡劫最具有傳奇性，強大之極的九重天劫，竟然被他一拳轟破混合，把阿難空間都給轟得結界破裂。

天空中的漩渦旋轉加速，黑雲聚集也快了很多，而且面積越來越大，從天空的四面八方聚集，翻滾速度之快，普通人的眼睛都無法看清它們的軌跡。

突然，一個始祖鳥侍衛驚呼道：「漩渦顏色變了！」

「竟然變成了紫空漩渦，難道真是九重祥雲天劫，他不會是真的新天禽吧，要不怎麼和原來那位凶神一個境況！」見識廣博的埃克西莫斯忒爾不是很肯定地摸著下巴道。

果然，剛剛還被紅色光芒包裹的漩渦，竟然變成了紫色的漩渦，紫色漩渦的吸力更加強，黑雲聚集更加快。

僅僅幾個呼吸時間，瞬間整個天空中黑雲便徹底被漩渦吞噬乾淨。

沒有黑雲的天空是什麼樣子？

閃電！

道道猶如電蛇一樣的銀芒在整片天空上閃爍著，位於最中間的紫色漩渦卻繼續瘋狂旋轉。一道道電蛇立即猶如被吸引一樣，在「嚓嚓」的聲音中飛入紫色漩渦之中。

「這……這難道真是九重祥雲天劫？」伯蘭絲瞬間俏面為之一變，雖然她經常整楚天，但把這小子確實當做兄弟朋友。

不能怪伯蘭絲這般失態，她畢竟擁有祖宗十八代心法，多少瞭解這九重祥雲天劫到底是多麼厲害，經過的人寥寥可數，能夠度過的，包括其他三族也只有不到一隻手的幾個超級高手，一般王級遇到九重祥雲天劫那就是判定了他死亡的結果。

紫色漩渦開始熾熱了起來，過多的閃電聚集，讓它內部能量不斷混合傾軋，又不斷排斥變化。過多能量聚集，形成神都懼怕的高溫，甚至讓紫色漩渦的內心都變成了赤白色。

「不是，這不是九重祥雲天劫！」史伊爾多得幾乎是要跳起來，他看著天空中的變化失聲道：「這是十重紫銀神威極樂天劫，傳說中的天劫，據說是鳥神經歷的天劫！」

十重天劫！

所有的人都是心中一驚，雖然大部分人沒有聽說過這個天劫，但聽著史伊爾多得的介紹，怎麼感覺怎麼是最最最超級天劫。

「咯咯，那這可是楚天的運氣和榮幸了，居然和鳥神經歷一個級別的天劫。」美莎庫奇娃臉上掛著恨恨的笑容說道。

眾人先是一愣，隨後才知道是這個女人在說反話，一些與楚天相熟的人當時就想翻臉，但被史伊爾多得攔住了。

始祖鳥王其實心中也有些荒誕的想法，遇到十重紫銀神威極樂天劫到底是不是運氣，還真說不清楚，所以他想了想說道：「大家也別氣憤這個戰敗者說的話，而且我感覺她說得還有幾分道理。」

見大家露出疑問的神色，史伊爾多得才繼續說道：「這十重紫銀神威極樂天劫只是存在於傳說中，而且只有鳥神度過，所以沒有人知道天劫到底是什麼樣子，如果楚天渡過了，說不定他就能重新踏上鳥神的那條路。」

眾人聽了這話都露出思索的表情，隨後有人露出了喜色，有人露出不敢相信的神色，有人露出怨毒的神色。

可史伊爾多得又露出擔心的神色開口說道：「不過，我擔心楚天會不會和當年的天禽一樣，不甘心被天劫左右。畢竟，當年他可是單手散劫雷，把阿難空間都轟掉了一半。」

幾個熟悉楚天的人立即點了點頭，感覺他說不定還真做出這等瘋狂的事情來。

新天禽和原天禽不只是相承，兩者還有很多性格相似處，現在楚天身體裏還有一個更加瘋狂的邪惡天禽，毀滅天劫，要是不做的話那就不是異世界了，不過要是他能把十重紫銀神威極樂天劫給打散了，宣傳得度的話，那還真能對其他種族形成一定的威懾性。

當史伊爾多得在想這種戰略性的問題時，有人叫道：「看，他動了！」

只見楚天本來只漂浮在地面稍上方的身體陡然飛起，射至高空，然後便風騷地負手而立，仰頭看著上方的奇特漩渦。

冷風瑟瑟，楚天身上的衣服咧咧作響，但身體卻如巍峨的高山般屹立不動……

「楚天確實很厲害，竟然不站在地面接受天劫，難道他也真以爲他是瘋狂天禽?在半空接受天劫？」有些莽撞的牛特伊首罡米安看著天空說道，話音中明顯含著一絲諷刺和幸災樂禍，想來是希望天劫直接將楚天幹掉吧。

所有聽說過天劫的高手都明白，在高空接受天劫，威力是要比地上大上一些。

史伊爾多得這邊的人一聽這話，立即怒目瞪向牛特伊首罡米安，看那樣子恨不得用目光殺死他。

此時漩渦的銀白色中心停止了旋轉，好像一個潔白的珍珠般，慢慢開始和旁邊的紫色邊緣融合，形成了紫銀相混合的奇特劫雲。

霍然！由極靜轉爲極動，劫雲再度瘋狂旋轉了起來，只是旋轉的方向變了，一開始是向左，吸收吞噬四周的一切，如今卻是向右，瘋狂射出。

一片赤白色的火焰忽然噴薄而出，猶如一道道火龍般，直接吞噬向下方的楚天。

「這是天元精火！」

眉頭皺了一下，史伊爾多得忽然驚呼了起來。

天元精火。

九重祥雲天劫中最爲強大的一劫，卻是十重紫銀神威極樂天劫的開胃菜，而且看威力還要大於九重天劫！

第十一章 紫銀天劫

「楚小鳥，嘎嘎，沒想到啊，你居然比我還有魅力，居然引下這傳說中的十重紫銀神威祥雲天劫。我來告訴你個簡單的方法，等下你就拚盡所有力量幹掉天空中的劫雲，雖然我沒試驗過，但想來不論後面有什麼威勢，你破了根本都發揮不出來了。」在楚天的腦子裏，邪惡天禽瘋狂地笑著，並不斷地教唆道。

這並非邪惡天禽想害楚天，畢竟這具肉身他還需要，他之所以這樣完全是本能裏的瘋狂基因在作祟。

而且按照正常來說，一幹掉了各種天劫根本的劫雲，那些天劫是應該就消失了。

當然，將劫雲打碎是比較艱難的，如果無法除掉劫雲，說不定攻擊的力量還會被劫雲吞噬，反而讓劫雲能量大增，到時會發展成什麼樣子，相信就是鳥神在世也想不出了。

不過，不正是這樣，才具有挑戰性的嗎！

想當年禽皇感覺被天地這樣拿捏十分不爽，就直接用九重禽天變化身將彙聚最後天劫淨化的祥雲天雷給砸得反彈回去，才致使阿難空間結界崩潰的。

「呼啦啦……」

彷彿龍捲風一樣，赤火之龍扭曲著，瞬間吞噬了以楚天爲中心的數十里地域。

在大家暗自慶幸見機比較早的時候，「吡吡……」的聲音讓人忍不住掉了一地雞皮疙瘩。

這是空氣被烈火燒得蒸騰起來，好像水蒸氣一樣出現了各種折疊，溫度瞬間提高到一個駭人的地步，一些實力不濟的鳥族立即祭出羽器並釋出了靈禽力，雖然這赤白色的火焰離他們還有十幾里之遠，但是他們身體四周，溫度之高，也已經有百度之上。

如果是普通的鳥族，早就變成烤鳥了。

等防禦好後，眾人看向楚天，大部分人都露出了驚訝。

驚訝的是楚天抵擋天元精火的方法，對於這種赤純之火，一般都應該靠羽器或者靈禽力佈置防護罩等來抵擋，可是這傢伙卻眼睛一閉，雙手朝天，一面晶瑩剔透似水又似冰的牆壁將他包裹了起來。

天元精火彷彿爲牆壁穿上了一層瑩白的羽衣，照耀著楚天，似夢似幻，這讓普通王級都傻眼的赤火竟然沒有絲毫作用。

「是寒犀族的天水神冰話法術，一個是極純之火，一個是精純之冰，兩個還真是半斤對八兩。」作爲當年天禽的盟友，史伊爾多得當然明白楚天用出了九重禽天變。

好像神人般，楚天十分詩意地仰頭望著劫雲。

大家都在猜想，這小子到底會不會跟禽皇那樣，等天雷下來後，直衝上去，一拳把天雷給打飛。隱隱的，某些人心中有些期待。

經過時間的考驗，慢慢地，天元精火融入了地下。

「轟！」

猶如九天神雷炸響，聲音瞬間鑽進所有看官的耳朵，將耳膜刺得一陣轟鳴。

一道紫白色的閃電好像將天劈開，在瞬間猛然向楚天轟去。

強大的純淨天雷瞬間將周圍的空氣都電穿了，周圍的空氣開始紊亂，空氣發生皺疊，一眼看去，就彷彿天地開始晃蕩一樣。

「轟！」

紫白色神龍大雷重重地砸在楚天身上。

楚天動也不動，彷彿剛才的天雷並沒有打在他的身上般，等到天雷慢慢散開，眾人才看到他頭頂出現了一串珠子，擁有防禦能力的神器——烈火黑煞絲！

以烈火黑煞絲爲定點，一層分不清顏色的奇特三角形將楚天包裹在其中，天雷的雷電在三角光罩週邊遊離閃爍，被雷電環繞的楚天，真像雷神下凡一般。

正當大家等待下一道天劫下來時，楚天在雷電環繞中動了，他雙手畫圓，胸膛鼓起，最終雙掌並在一起。

他早就聽到邪惡天禽的話，卻沒有回答，因爲他所有的心神此刻都沉浸在了這種感應天地裏的豪氣中，朦朧間好像有什麼東西進入了他的腦子，上輩子的經歷，這輩子的生活，點點滴滴最終凝聚。

「濃縮的才是精華！」

「天地間，快可破天！」

「質量相等，越小威力越加驚人！」

一條條理論在楚天腦海裏翻騰著，這些他原來就懂，可到了這一刻，他才明白該怎麼做，心神清明，楚天腦海裏再沒有邪惡天禽的聒噪，也沒有了其他人，只有天上仍然在翻滾旋轉的劫雲。

靈禽力、精神力、九重禽天變原力……楚天身體裏所有的力量都被聚集起來，他的手無意識彷彿夢遊般動作著，最終在他的雙手凝聚成一顆彈珠般大小的光點，紫金色，精純的紫金色光點。

很少有人看到這個光點，他們只在隨後聽到——

「咻！」

一道流星般的紫金光芒沖天而起！

所有的鳥人、海族都是一愣！

在那一剎那，天地萬物，時間空間都彷彿靜止了。

沒有人能想起剛才到底發生了什麼，他們腦海中只有那彷彿劃破人心靈的一抹流光！

「轟——咔！」一聲巨響將所有人的心靈都敲打得提到了嗓子眼。

是劫雲！猛然的巨響在劫雲中響起！

忽然，劫雲之後，一道沒有顏色的鴻溝出現了，那是阿難空間結界的裂縫，也就是黑洞！就彷彿鏡片一樣碎裂，讓所有人心驚膽戰的劫雲，以及四散在天地裏的滔天能量，竟都被好像惡魔之口的黑洞給吞了進去，僅僅幾個呼吸時間，龐大的劫雲能量完全消散了。

徹底震撼了……

楚天竟然依靠自身的能量打散了神跡一樣的存在！

人可以戰勝神嗎？

原來他們不知道，現在他們相信，是可以的！

楚天身上爆發出萬丈光芒，然後又猛然收回到他的身體裏，他仰頭長嘯。

「啊——啊——」

整個阿難空間在這嘯聲中逐漸瓦解，空間再次回到了他們剛才站立的盆地，位置都沒有變化，但大家卻都沒有動手，仍在想著剛才的情景。

只要一有人從剛才的震撼中清醒過來，他們就會第一時間看向楚天。

他的氣質已完全變化，好像縹緲的霧，飄忽不定，讓人看不清、看不懂他。

正在大家都看著楚天時，他忽然笑了，笑得仍和以往那樣無恥中帶著邪惡……但任何人卻對這個笑生不出不好的感覺，接著就聽他說：「姐姐怎麼要走也不跟小弟打個招呼？」

瞬間轉頭，大家就看到了正向外悄悄走的美莎庫奇娃，她聽了這話身體一僵，半天沒有動作。

幾個縹緲城的人都憤怒了，這個女人竟然要溜！當然，這不是最主要的，最主要的是竟然不通知他們。

「呵呵，看你忙，怕打擾你。」此刻美莎庫奇娃確實害怕了，她是個壞女人，一個壞到極點的女人，在她成年的時候，她就殺了自己的父母和老師，對於拋下同伴這種事，她並不認爲有問題。

所以她乾笑著說完，立刻大叫道：「大家分頭走！」

說完她第一個好像離弦箭般飛射出去，中間夾雜著無數個瞬移，瞬間就出了大家的視線，其他幾個人也是，不過要慢上許多。

楚天這邊的人相互看了看，最終抬手指指要追的方向，隨後飛身追去，只剩下楚天非常氣憤地罵道：「怎麼最厲害的還是丟給我，老史你也是大成王級呀！」

口中雖然叫著，楚天的身體卻已經消失，當他再次出現時，他已經落在了美莎庫奇娃的前面。

「姐姐幹嗎跑得這麼急，要不陪小弟吃頓飯再說。」楚天拽起一根小草，一邊剔牙縫一邊看著不遠處瘋跑的女人說道。

此刻美莎庫奇娃哪裏還有一開始相見的點滴風采，不過她反應實在迅速，一聽到楚天的話立刻折身，向右側瞬移而去。

楚天嘴角邪邪揚起，身影再次光化消失。

美莎庫奇娃一直連轉了五次，把她都快轉暈時，她終於停下了腳步，站定，看著前面的男人，一直以來的「壞」漸漸從她心中褪去。

「我知道我打不過你，不過你不要逼人太甚。」神情變得冷豔，美莎庫奇娃一對眸子好像刀一樣看著楚天，淡淡地說道。

「我是個壞人。」楚天臉上略顯輕浮的笑容一點末去，卻很鄭重地說道。

「既然這樣，那你就陪我下地獄吧！」這一刻美莎庫奇娃感覺受到了侮辱，這讓一直以玩弄他人爲樂的她無法忍受，她拚了！

天地間無數的能量瘋狂地向美莎庫奇娃湧去，她的身體瞬間變得臃腫，再無一點妖冶之美，但那種眼神，卻讓楚天微微驚豔。

「這個女人，我小瞧她了。」心中暗暗歎息著，楚天卻沒有憐香惜玉的想法，世界上就有那麼一種東西，不論你對她多麼好，她總是找時機陰你，恨不得喝你的血，吃你的肉，抽你的筋，拔你的骨。

楚天並不是沒有心智、只用下半身思考的動物，他能分辨美莎庫奇娃胸脯下面那顆蛇蠍之心。

這種連原則都沒有的人，他不敢放！

當然，美莎庫奇娃的自爆楚天也沒想承受，畢竟他可是見識過王級自爆威力的，即使這個女人只是個新晉王級。

運用他在阿難空間領悟的東西，楚天手指一曲，聚集了他身體八成力量並附加領域法則的一點紫金光芒「咻」地射向了正衝過來的美莎庫奇娃。

「啊——」心生決絕之意的美莎庫奇娃突然發現她跑不動了，而在她的四周也產生了某種限制她的領域。

看著美莎庫奇娃那張走形卻還是露出憤怒之意的胖臉，楚天輕輕說：「既然姐姐想走，那麼小弟就不陪你了。」

說完就在美莎庫奇娃「不——」的叫聲中，化作了一道白光。

「轟——」力量彙聚達到頂點的美莎庫奇娃好像一個充氣過度的氣球般，帶著橫流的各種力量變成無數碎片向四周擴散，如核爆炸般，一朵蘑菇雲自這片靜謐的草地上騰空而起，巨大的力量帶著滾滾塵沙向四周瘋狂擴展，彷彿妄圖淹沒整個世界。

「威力不小啊，海族女人其實是做鼎爐的好貨色。」漂浮在半空中，史伊爾多得拽著已經全身骨頭被打斷的海斯莫特埃，這個大塊頭此刻就跟一團爛泥一樣，除了頭顱。

坐在半空中的楚天聳聳肩，對始祖鳥王露出男人的笑容說道：「你這麼大歲數了居然還想這種東西，啊——」

史伊爾多得將手中的肉團扔下去，立刻解釋道：「唉，你誤會我的意思了，我說的鼎爐是聚集能力的，你知道的，作為魔法師，他們擁有最好的能量感知力。」

楚天做出了然的神色，然後說道：「我知道的，你不用解釋了。」

知道跟楚天這種人是沒有道理可講的，史伊爾多得只好轉移話題說道：「說起來你真是浪費了，要是留下她的身體，我們可以做很多事情的。」

「姦——屍！」楚天腦中不由自主想到這個辭彙，聯想到剛才史伊爾多得的話他更加確信這個想法，所以他看著這位始祖鳥王，下意識地向遠處挪了挪。

「你幹嗎？」史伊爾多得立刻發現了楚天的異狀。

「呵呵，沒什麼，我只是想不到……哈……老史你竟然有這種愛好。」楚天措辭著，同時又向遠處挪了挪。

「你不要胡想。」雖然不知道楚天心中具體的想法，但史伊爾多得知道絕對沒有好事情，所以他急忙解釋說：「留下她的身體是爲了讓你的那些靈體部隊控制他們，這樣就可以利用他們的身分輕易地破開城門，甚至逼迫那些海族士兵投降了。」

「咦？」楚天眉毛挑了挑，說道：「這是你想到的？」

「不是，是我手下一個隊長，他還說等我們騙開城門後，就把這些屍體拋出來，告訴那些士兵他們的頭領已經死了，來打擊他們的信心。」史伊爾多得摸了摸腦袋說道。

「這麼厲害！」楚天心中很驚訝，他其實一直在苦惱，自己這方一直沒有懂指揮的，沒想到現在就出現一個。

「嗯，這次的圈圍也是他出的主意，你不是讓我們見到美莎庫奇娃就動手嗎？他就說肯定還有援兵，才讓特洛嵐演了那麼一齣戲，免得打草驚蛇。」史伊爾多得繼續說著讓楚天掉下巴的事情。

「我暈了，他叫什麼名字，有這麼懂謀劃的人在，你居然沒說起過。」楚天跳了起來叫道。

「我也是才發現的，原來只是一名普通侍衛，這次因爲出主意有功，我才讓他做小隊長。」史伊爾多得不明白楚天爲什麼這麼驚訝，這個時候的鳥族世界，根本沒有那麼多戰略計謀說法。

「知道現在什麼最貴？人才啊，這種人你居然只讓他做小隊長！簡直是暴殄天物嘛。這樣吧，你把他交給我，怎麼樣？畢竟我幫了你這麼大的忙。」楚天十分氣憤地說道。

「你要他幹什麼，他武力很差的，現在也就是個小羽爵而已。」史伊爾多得臉色很奇怪地說道。

「不管了，你就送給我吧。」楚天很心急，無賴地做出要求後，他就立刻要史伊爾多得帶他去見這位被當做沙子的珍珠。

菲斯戴爾，一個消瘦蒼白的青年人，好像得了病一樣，偶爾開口還會咳嗽兩聲。

「病諸葛！」楚天瞬間想到了這個名詞，難道這些智計百出的人都是這種病怏怏的樣子嗎？

因爲知道這位哥們的價值，楚天當然是好言相待，不過他說了半天都沒有聽到菲斯戴爾開口，他只是坐在洞穴裏，看著地下一群小蟲子在相互打架。

楚天以爲他不願意，就發揮他三寸不爛之舌最主要的功用，孜孜不倦地做著說客。

菲斯戴爾好像是挺煩了，額頭一皺，抬手放在嘴邊「噓」了一聲。

楚天立刻閉上了嘴巴，就聽史伊爾多得說道：「你看到了吧，他就這個脾氣，所以我才不想讓你要他，甚至他們小隊的人，都不喜歡他。」

「不，我就要定他了。」楚天語氣十分肯定，他此刻確信了，眼前這人絕對是一代軍師，要不然怎麼能有姜太公釣魚的行爲呢。

說完也不理史伊爾多得差點咬了舌頭的情況，對菲斯戴爾說道：「怎麼樣，你跟著我，我讓你統領孔雀、始祖鳥、禿鷹、獅鷲等所有我屬下的部隊，讓你指揮著打獸海蟲三族的戰鬥。」

一聽這句話，菲斯戴爾眼中精光一閃，抬頭看著楚天露出狂熱表情說道：「真的？」

「什麼真的？」史伊爾多得在一旁插口了，他拉住楚天說道：「你瘋了！讓他一個小小羽爵指揮整個同盟的戰鬥！」

「你是盟主我是盟主？如果想讓我做盟主就聽我的，我楚天……絕對不會錯的。」楚天指著自己的鼻子，愣生生把史伊爾多得的氣勢給頂了回去。

說完之後，楚天又看著菲斯戴爾很嚴肅地點點頭，說道：「是真的，我楚天在這裏對偉大的鳥神發誓。」

「不用，我相信，反正我又沒有什麼好圖謀的。」抬手阻止了楚天，菲斯戴爾好像撲克牌一樣的臉上終於露出一個笑容說道：「我同意了。」

楚天露出笑容，拽住菲斯戴爾的手就找了個地方坐了下去，他想看看這個怪才對於當今實力的看法，結果這一談就過去了一天，連始祖鳥發動的對縹緲城的總進攻他都沒有參加，只是用精神通知了一下卡迪爾，讓他幫忙找找伊美爾。

等第二天黃昏的時候，楚天才伸著有些發僵的身體，走出了菲斯戴爾居住的洞穴，為了他的運氣而感歎著。

「嗯，已經攻下縹緲城了嗎？」楚天看看營地，已經沒有什麼人了，故而拉住一個正搬東西的始祖鳥小兵問道。

始祖鳥小兵露出一口白牙說道：「是的，我們的家又回到我們手裏了。」

「嗯，這麼快？」楚天有些吃驚。

「是的，按照我王的指揮，由那些神奇的靈體佔據幾個縹緲城領導者的身軀，然後就依靠他們騙開了一面城牆的護衛，我們以那裏和城主府下面的秘密通道為管道，很輕易就攻進了城裏。後來又宣傳縹緲城海族管事的都死了，並將他們的屍體吊在城主府最高處，那些海族士兵都傻了，雖然後來有一些小官指揮，但不知道為什麼，那些小官也都被暗殺了。」雖然說得比較簡單，但這個小兵說的還是比較有條理的。

楚天一聽已經明白了，感歎著菲斯戴爾的計謀確實強悍，他再次為自己的運氣感歎。

正當楚天想是不是找個地方休息一下的時候，特洛嵐突然出現在天空中，並在發現楚天後向這裏飛了過來，臉上滿是焦急的神色。

猜測著到底發生了什麼，楚天一個瞬閃已經到了特洛嵐跟前，他劈頭問道：「怎麼了，特洛嵐？」

「嗯。」先咽了口口水，特洛嵐才說道：「在佔據縹緲城後我和伯蘭絲回了趟綠絲屏城，結果大明王說你的聚寶城成了蟲獸海三族聯軍下一步的攻擊城市，還是首要攻擊城市。」

「為什麼？我們還沒有走上前台啊。」楚天大吃一驚，有些不敢相信地叫道。

「據你捉回來的那位海族王子說，在聚寶城有樣能量，是這次攻擊鳥族所製造的秘密武器專門需求的，其他地方都沒有。大明王分析，本來在得知你佔領了聚寶城後，三族應該暫時放棄了這個秘密武器，想用屠王之陣等來攻擊鳥族，可沒想到，他們在聖鸞城居然全軍覆沒，聖鸞城卻安然無恙。」

說到這裏特洛嵐停頓了一下，隨後說道：「你可能還不知道，不只是聖鸞城，就是鯤鵬城也防守了下來，當年的鯤鵬大雷王也沒有死，圍城的蟲獸聯軍又全部覆沒了。」

「就是說蟲獸聯軍耗費了兩千萬兵力，卻什麼便宜都沒占到？」楚天感覺有些可笑。

特洛嵐搖搖頭說道：「也不是，他們至少將陸地上大部分鳥族都滅絕了。唉，這個先不說，大明王說，三族眼見計劃失敗，爲了保證戰爭的勝利，又決定攻打你那座防禦最嚴密的天空之城。」

楚天臉色慎重起來，問道：「他們有多少人？」

「很多，最起碼得超過圍困聖鸞城、鯤鵬城的獸蟲聯軍，而且海族也出動了，他們是這次的主攻手。」特洛嵐臉色也是極其凝重。

「那還等什麼，快回綠絲屏城，然後調兵去聚寶城。」楚天一甩手，拉著特洛嵐就向天上飛去，可剛飛幾米，他又折身飛回去了。

正當鴕鳥感覺奇怪時，卻見楚天拉著一個瘦弱的青年飛了上來。

鴕鳥問爲什麼帶這個青年，楚天解釋了一遍菲斯戴爾的才能，結果特洛嵐就用很奇怪的眼神看著他和菲斯戴爾。

沒有心思猜測鴕鳥那種目光到底富含了什麼意義了，楚天火急火燎地把速度加到菲斯戴爾所能承受的極限，沒多長時間就降落到縹緲城上。

一進縹緲城的議政大廳，史伊爾多得就迎了上來，他應該也早已經知道聚寶城現在的情況了，所以根本沒有廢話說道：「始祖鳥剛經歷了一場戰鬥，實在不能再長途跋涉，不過剛才海鳥族的幾個族長上來請命，所以我準備讓他們陪你去聚寶城，你放心，我和手下的幾個大將也會去的。」

一聽這個，楚天知道史伊爾多得絕對不是要推脫，所以他只是點點頭什麼話也沒多說，只是乾脆的說：「我們現在就過去，你和海鳥族隨後直接傳送到聚寶城就可以了。」

史伊爾多得點點頭，看著楚天有些冷峻的神色說道：「有個海鳥族的小姑娘，她是卡迪爾領來的，正在城主府的客房裏……」

楚天瞬間就想到了那個純淨的小姑娘，不過他並沒有提出要看她，而是搖了搖頭，對史伊爾多得說道：「幫我照顧好她。」

說完後楚天又說道：「讓人帶我去傳送陣吧。」

史伊爾多得歎口氣，不再多言，揮手讓紐斯特蘭弗過來，帶著楚天等人去了傳送陣。

縹緲的綠藍紫三色光芒閃爍，楚天等人眼睛裏再次恢復視力，已經到了綠絲屏城的傳送大殿，好像知道眾人要來一樣，帝雷鳴已經率領幾個家族的族長等候了。

「情況怎麼樣？」楚天一看到帝雷鳴就問道。

「還沒有發現三族的動向，不過我已經通知瑞斯戴姆他們進行防禦了。」帝雷鳴也不廢話，直點主題。

「最好的防守就是進攻！」已經在昨天對楚天所屬的勢力已經有了個大概瞭解的戴斯菲爾這個時候插口道。

「你是什麼人？」跟在帝雷鳴身後的白孔雀族族長霖君筒開口訓斥道。

「他是我的軍師。」楚天眉頭一皺，對於這個白癡非常不爽。

「軍師？」幾個人顯然對這個詞都不甚明瞭。

「就是我部隊的指揮官，也是我們同盟部隊的指揮官。」楚天鏗鏘有力地說道。

「什麼？」

「他？」

「怎麼能？」

在場所有的人基本上都露出驚異無比的神色，卻見楚天肯定地點點頭，然後說道：

「如果出了問題，我會負責。」

帝雷鳴聽了楚天的話皺了皺眉，卻最終沒有說什麼，只是說道：「我已經派人去丹姿城調援兵了，同時本城也調出了五十萬兵力，等一下就由我率領，去聚寶城防守。」

「嗯。」楚天點點頭，他其實是贊同菲斯戴爾的說法的，但現在還不是商討的時候，等部隊集結完畢後再說不遲。

他又問了問帝雷鳴兵種的事情，就要大明王等候仙鶴援軍，自己則以先回去安排防禦事物爲理由，率領八大星君、天牛隊、靈體部隊等嫡系部隊先一步回聚寶城，可就在他要走的時候，幾個女人出現在大殿門口。

聽著女人們的要求，楚天眉頭皺得很深，這是打仗啊，又不是家家酒遊戲，這些姑娘過去幹什麼。

不過她們以日月星君能參加爲什麼她們不能參加爲論點，最終把楚天說得沒有了話。

無奈，也只能帶上了她們，楚天一行人浩浩蕩蕩地向聚寶城開去。

一穿過聚寶城的傳送陣，楚天等人卻發現並沒有人看守作爲戰略要地的傳送陣，整個大殿裏也空蕩蕩的。

楚天臉色瞬間變得鐵青，率領著一大幫人火急火燎地向城主府走去，結果在這裏也沒看到幾個人，問一些獅鷲帶來的僕人，結果才知道瑞斯戴姆帶著眾人都去城牆防守了。

「走，去城牆。」楚天大手一揮，對於這位有名戰將的能力實在是心中擔憂，不過他也知道不能怪人，只能怪這個時代，這個時代的人仍然更加注重個體戰鬥的強弱，認爲高手多才是戰爭的第一要素。

當然，楚天並不否認這一點，但兵法的運用也不能忽視啊。

一路疾行，楚天等人很快就見到了瑞斯戴姆，卻沒有看到他的左右將軍。

「天禽，你回來了。」心有所感，正指揮獅鷲族戰士家古城牆的瑞斯戴姆一轉頭，看到了楚天，立刻迎上來說道。

「嗯。」楚天點頭正想問情況，卻聽瑞斯戴姆驚喜叫道：「恭喜天禽，終於稱王。」

「呵呵。」楚天心裏對這點事情還是有些喜意的，但現在眼前的超級危機卻讓他笑得比較難聽。

瑞斯戴姆一下就猜到了楚天心中的想法，他連忙說道：「天禽放心，我已經派阿爾弗雷德和基努皮特去聯繫其他幾位族長了，相信怎麼也應該調些援軍過來。」

楚天苦笑了一下，對於那些老狐狸卻並不抱太大期望，他要瑞斯戴姆先介紹一下聚寶城的情況。

瑞斯戴姆爲難地撇撇嘴，在楚天正要催促的時候才說道：「現在聚寶城獅鷲只有五萬人，加上附庸的胡兀鷲、白背兀鷲、高山兀鷲、兀鷲、灰臉鵟鷹、普通鵟、棕尾鵟、大鵟、毛腳鵟、白眼鵟鷹十個猛戰種族，有部隊近五十萬，其他的就不行了，他們戰鬥力太差了。」

「只有五十五萬部隊啊，人家最起碼得出動兩千萬，這實在是太少了。」楚天心中有些慘澹地想著，隨後問道：「這些人戰鬥力怎麼樣？」

「獅鷲作爲鳥族最精英的部隊，每個都擁有翅爵以上實力，其中達到翎爵的有六位，銳爵八百個；四大鷲族算是我們的旁系，戰鬥力也非常可觀，其中九萬爪爵，七萬羽爵，三萬翅爵，還有接近銳爵的高階翅爵八千，銳爵三百，翎爵十個，新晉王級一位；六大鷲族十五萬喙衛，十萬羽爵，三萬羽爵，一萬翅爵，頂階翅爵五千，銳爵一百七十個，翎爵六個。」看來是對戰況下了一番功夫，瑞斯戴姆說得很快，報得也很全面。

剛說完這些，瑞斯戴姆臉上就出現爲難的神色，說道：「不過雖然有五十五萬兵力，但卻站不滿四面城牆，這聚寶城實在太大了，當年禽皇在這裏可是屯兵五百萬，才算能守衛這座超級天空之城。」

楚天一聽笑得更苦了，跟在他身後一直很仔細地聽瑞斯戴姆報告情況的菲斯戴爾這個時候開口道：「差不多了，加上孔雀城的人和海鳥，我們大概能有兩百萬人，這兩百萬人能夠打一場對兩千萬人的伏擊，差不太多，而且你不是說那個湯姆有能力做出讓普通鳥族發揮翅爵實力的武器嗎？正好可以用上他們，我們有多少平民？」

見到這個突然開口的削瘦青年，瑞斯戴姆哪裏肯回答他，要不是他是跟著楚天來的，或許早就叫衛兵抓住他了。

楚天一看這種情況只好開口說道：「獅鷲王你回答他吧，這次他將指揮整個戰鬥。」

驚奇地看了楚天一眼，但出自內心的尊重，瑞斯戴姆最終沒有反駁，而是說道：「平民大概有三百萬。」

「嗯，這就差不多了，對了，天禽你不是說與血豹王有約嗎？你可否去找一下血豹王，看他能不能派些援兵過來，雖然依靠現在已經確定出現的部隊我已經有八成的機會打個漂亮的伏擊了，不過還是希望能再多張底牌。」菲斯戴爾撲克臉上什麼表情都沒有，不管別人聽到「八成機會」這個說法時是多麼的驚訝。

「可以，不過我要聽一下你的計劃。」楚天點點頭說道。

「嗯，我們去議政廳吧，這裏太亂了。」菲斯戴爾說著已經先一步向後轉身走去。

瑞斯戴姆當時就想將菲斯戴爾抓回來，但卻被楚小鳥攔住了，這種大神，戰時就什麼都聽他的吧。

一行人回到議政大廳，菲斯達爾立刻跟瑞斯戴姆要了地形圖，然後對這地形圖將自己的計劃說了出來，爲了謹慎他還是說了副計劃。

本來還不服氣的瑞斯戴姆一聽完菲斯戴爾的話立刻眼放精光，雖然他不怎麼會用兵法，但聽菲斯戴爾的說法，好像很容易打的樣子。

「好！」一聽完楚天就拍起了大腿，然後哈哈大笑，感覺運氣確實很好。

知道菲斯戴爾的計劃後楚天也算有了信心，他用堅定的眼神看著瑞斯戴姆說道：「記住，現在他是我任命的總指揮，如果新來的人不聽他的調遣，那麼我寧可不要這個人的幫助，你能做到嗎？」

很久沒有聽到這麼有骨氣而囂張的話了，瑞斯戴姆感覺自己又回到了當年，他挺起胸膛大聲地說道：「能！」

「好。」本身實力已經超過瑞斯戴姆的楚天拍拍獅鷲王的肩膀，隨後看看四周的人說道：「你們也聽菲斯戴爾的，另外，替我保護他。」

對於楚天這種幾乎是比親人還信任的話，菲斯戴爾卻根本無動於衷，他仍然看著地圖一副皺眉思索的樣子，倒是伊莎，眼圈泛紅地撲到楚天懷裏抱著他說道：「楚大哥，你不要去好不好，伊莎聽說北方已經大部分被獸族和蟲族佔領了，太危險了。」

「放心，傻丫頭，楚大哥現在可是王級高手，王級，知道不？不知道啊，反正就是很厲害啦，他們一萬人都打不過楚大哥。」楚天好像哄孩子一樣哄著伊莎，直到她不哭了，才讓吉娜、赫蓮娜等人將她拉開，然後怕再被人糾纏，一個瞬移就出了議政廳。

第十二章 戮血焚城

楚天收拾了一些簡單卻需要的東西，裝進次元袋裏，然後就出發了。

出了聚寶城，楚天先是飛行去北方，畢竟到血豹居住的血之平原還有太遠的路，如果光用瞬移的話他就是累死也到不了。

正如伊莎所說，越往北地面上出現的獸族和蟲族越來越多，而鳥族基本上已經絕跡了，楚天畢竟實力非凡，才躲過了這些人的耳目。

這一天，他已經來到了血之平原，這是一片完全由血紅的草覆蓋的平原，一眼望去，連眼睛都映成了紅色。

據說，血豹小的時候就是吃這個草原上的草，聽特洛嵐說起這個事情時楚天很是嘲笑了一番，他沒聽說過食肉動物會吃草的，但一來到這片草原上他卻相信了，因爲他能嗅到這些草上散發出來的那股血腥味兒。

很濃重的血腥氣，好像是走進了一個屠宰了上百萬生命的屠宰場一樣。

若是平時，以楚天的職業病，他肯定是要好好探查一番並追根問底的，不過這次他沒有時間，他現在很擔心聚寶城那邊，都耽誤好幾天了，誰知道會不會出問題呢。

不過，來到草原上之後楚天就遇到了一件問題，那就是他不知道血豹王住在哪裏，而血之平原實在太大了，不要說一望無垠了，就是兩望三望都看不到頭兒。

這可怎麼辦啊？楚天鬱悶了，想了半天，他超級強悍的運氣再次發作了，他居然在遠方看到了一隻血豹，一隻一點沒有人形化的血豹。

「我感謝你我的老天。」楚天心中喜叫一聲，身體已經瞬移而出，來到血豹面前。

血豹嚇了一大跳，然後看著楚天這個給他十分危險氣息的人張開了嘴，露出一口尖利的獠牙，渾身鮮血一樣殷紅的毛也豎了起來，他呲牙咧嘴地說道：「滾出血之平原，陌生人，這裏不歡迎你。」

「呃……」楚天被這句話嗆得差點沒氣暈，至於這樣嗎？一開口就如此凶巴巴的。

楚天儘量讓自己的表情溫柔一點，儘量讓語氣好聽一點，他說道：「這位血豹兄弟，我是來找你們血豹王的，我是他的朋友。」

「我呸！你當我傻啊，你身上的氣息分明是鳥人的，我們獸族和鳥人是生死仇敵，偉大的血豹王怎麼可能和你是朋友。還有，你個渾蛋，不許叫我兄弟，否則我咬死你。」聽了楚天的話，血豹不止沒有放鬆下來，反而好像受到驚嚇的貓一樣拱起了背，好像隨時會撲上來。

「我暈……嚴重的種族歧視。」楚天心中哀號一聲，卻不敢發怒，他很想將這隻豹子宰了做成血豹羹，但一想到此行的目的，他知道那麼做了就不需要再找血豹王了。所以他只能心平氣和地說道：「血豹大哥，您叫什麼名字？我真的和血豹王是舊識。」

「不要想騙我傻傻庫爾，我告訴你，立刻滾出血之平原，否則我一定用我漂亮的牙齒將醜陋的你撕成碎片。」血豹語氣越來越讓人氣憤了。

聽到這裏楚天是真受不了了，他說道：「你是要逼我！」然後就瘋狂地提升自己的氣勢，想將傻傻庫爾震住。

傻傻庫爾確實被震住了，他咆哮一聲就想向楚天撲來，但卻被楚天閃開了，提升了氣勢的楚天轉頭望向了北方。

那裏，一股強大至極的氣勢在快速接近。

「是血豹王！」瞬間楚天已經知道了來人的身分，他一抬手將傻傻庫爾擋開，有些自嘲，確實是傻了，在這血之平原只要放出王者的氣息，絕對就可以讓血豹王自己出來。

果然，飛來的是一團血霧，正是楚天曾經見過的血豹王特有標記。

「楚天，你居然已經到了王級！」當看到楚天的樣子後，血豹王顯得很吃驚，他實在沒有見過這麼提升境界的，短短幾個月時間，竟然從翎爵變作了王級，這要是讓別人，連做夢都夢不到啊。

楚天點點頭說道：「是的，我很巧合地進入了王級領域。」

「哈哈，果然英雄出少年，怪不得禽皇會選中你做他的傳承者。」血豹王笑得很不是滋味，但也不知道到底爲啥而不是滋味。

說完話血豹王才看到不斷對著楚天攻擊的傻傻庫爾，他立刻呵斥道：「你在幹什麼，爲什麼攻擊本王的客人？」

「呃……血豹王大人，他真是您的客人？」傻傻庫爾到現在才看到血豹王，他立刻退到一邊惶恐地問道。

「嗯。」血豹王應了一聲就讓傻傻庫爾退下了，然後才說道：「不知道新禽皇來本王的家鄉做什麼？」

「呵呵，還能有什麼，我的兩個手下……」一開口就求人，就算以楚天的臉皮厚度也無法說出來，他只好先說說其他話題。

「呃……你說坎落金和坎落黑啊，呵呵，並非我不讓他們回去，而是我回來的時候他們正好進入晉級的瓶頸，所以才耽誤了時間，昨天才出關，我本來是想過兩天讓他們回去的。」血豹王語氣裏沒有太多波動，顯得很坦誠。

楚天倒也沒有多想，而是琢磨著該怎麼開口和非勒斯特借兵，最終他感覺別遮遮掩掩的，獸人不都是豪爽的嗎？那就給他們來豪爽的。

這樣楚天直接開口說道：「血豹王，其實我這次來並非只是爲了坎落金坎落黑兄弟兩個，我還有其他事情。」

「借兵？」血豹王輕輕地吐出了兩個字。

「沒想到你已經猜到了。」楚天語氣裏多少有些推崇。

「呵呵，你別說我睿智之類的說法，狁狻王已經找我商議過出兵遺跡之城了，我還知道三族這次耗費了不少力氣，大有不奪下遺跡之城誓不罷休的樣子，你羽翼初成，手下兵員肯定不足，當然會找所有有關係的人借兵了。」血豹王笑著將自己的分析說了出來，讓楚天大感佩服。

「是的，我聽到三族合力進攻我的天空之城聚寶城之後已經四處借兵，這次實在是迫於無奈才找上血之平原的。」楚天讓自己的語氣儘量誠懇地說道。

「呵呵，你不用說這些，我們獸人沒有那些彎彎繞繞，就是這次也是海族作爲統一協調，我們獸族本是不屑於耍那些小聰明的。」非勒斯特的態度很奇特，語氣平緩地說道。

「那你的意思是？」楚天心中忐忑不安地問道。

「我可以給你兵，不過不是現在，畢竟現在三族實力還沒有大損，本王不好去與他們對抗，等你這次戰爭發生時我會讓坎落金和坎落黑率領一部血豹戰隊去聚寶城，但是，你記住，我們血豹只管防禦，進攻絕對不會做的，我會給他們下達死命令。」正如血豹王對他們自己的評價，他說得很直接，很有氣勢。

雖然如此，但楚天也感覺很不錯了，畢竟人家是獸族，能這樣幫自己已經不錯了，所以他很感激地給非勒斯特鞠了一躬。

「你最好不要這個樣子，要不然實在有損你王級的威儀。」血豹王和他身邊的血霧一陣翻滾，隨後語氣平和地說道。

「對於我而言，王者的威儀並沒有一個朋友的友誼重要，您獲得了我的尊重，我楚天在這裏發誓，只要我或者我的子孫還能對這個世界產生推動或者影響，我手下的人將永遠不會侵犯血之平原。」楚天語氣不卑不亢，他直起身，眼中閃爍著堅定的神色說道。

聽了這句話非勒斯特笑了，圍在他身邊的血霧逐漸消散，最終露出一個皮膚血紅卻長相英俊的中年漢子，最吸引人的是他的嘴巴，好像和他這個人一樣露出堅毅無比的氣質。

「你是我的朋友了。」血豹王沒有廢話，說得很直接，然後血霧又再次籠罩了他。

楚天現在並不知道，後來聽瑞斯戴姆一說才知道，血豹王除了他的親人兄弟，很少有人能夠見到他的真面目。

正因不知道，楚天才說道：「很帥的長相，怎麼老是藏起來，難道怕被美女看上？」

「哈哈。」也許是從未聽到有人會這樣對自己說話，非勒斯特笑了起來隨後才說道：「雖然與禽皇的性情並不同，但我不得不承認，你確實更有魅力一些，而且不論心態、精神還是性格力量，你真的已經是個大成王級了。我感覺，和你合作真的是非常正確的。」

「哈哈。」楚天也笑著，不過他腦海裏卻有個非常氣憤的聲音：「你這個長著紅毛的渾蛋，居然說什麼這隻楚小鳥比我有魅力，你眼睛瞎了嗎！上次怎麼沒把你打死，你個渾蛋，我叉叉你個圈圈的……」

楚天真是不敢想像，大名鼎鼎的邪惡天禽竟然會爆這麼強悍的粗口。

當然暫時楚天是不會理他的，他現在需要和血豹王商量出兵的具體事宜和計劃。

又耽誤了半天，楚天順便看過了坎落金和坎落黑，才與血豹王告別。

之後楚天趕緊向聚寶城返回，這次要比來時快上不少，只用了三天不到，他已經到了比利牛斯大草原，這次他學乖了，到了草原上他已經用精神感應聯繫了一下特洛嵐他們，卻得知他們並不在聚寶城，而是在阿爾塔斯山脈北側的複雜地形地區。

這裏，正是菲斯戴爾說的第一伏擊地點。

楚天慶幸自己速度快，提前趕來了，隨後就趕緊向伏擊圈飛去。

運起琉影御風變的楚天速度何其之快，加上靈禽力的補充，不長時間，他已經到達目的地上空。

這裏是整個北大陸的各種地貌大混合地帶，河流、山脈、盆地、丘陵甚至森林、草原、沙漠，小小的地方聚集了楚天所知的各種地形，也正是因爲這裏，才能完美地打好這次伏擊。

飛在上空的楚天老遠就看見大群鳥族士兵正在各處地域設陷阱挖隱蔽坑，當然，這些都是普通鳥人居多，其他大部分精英，比如獅鷲和孔雀族精英以及海鳥族信天翁等，則在附近的森林和谷底選擇合適的地形進行埋伏。

在這方面，楚天發現他那些從書中或者電視裏看到的東西在實際應用上是沒有什麼發揮餘地的，所以他把這些已經徹底交給了從始祖鳥中挖掘出來的軍事天才菲斯戴爾。

這樣他也沒管這些士兵，看了兩眼就直接去找那個看似瘦削的傢伙詢問情況。

來到臨時指揮所，楚天看到了正趴在地形圖上觀察情況的菲斯戴爾，立刻問道：「怎麼樣了？」

聽到話菲斯戴爾並沒有回答，而是抬手阻止楚天繼續詢問，仍在地圖上趴了一會兒，然後才直起身說道：「怎麼了？」

楚天一聽這個大喊，他這個盟主居然落到了這種地步，不過誰讓人家強呢，上輩子雖然看過不少戰爭片，但真正指揮和看完全是兩碼事，他有自知之明，也就是偷襲暗殺這些在行，真正指揮那可就慘了。

所以楚天只能客客氣氣地將剛才的話問了一遍。

菲斯戴爾點了點頭說道：「嗯，按照原來的計劃，基本上算是準備好了，就等著蟲獸海族的聯軍鑽口袋了。」

楚天坐在一張椅子上，喝了口水後說道：「我看到孔雀和始祖鳥部隊了，大明王和你們族長大人呢？」

「唔……他們按照安排都在聚寶城裏，你先在這裏熟悉一下情況，等一下如果不出意外你也過去，等對方的王級高手出現你們再出馬。」菲斯戴爾看了眼楚天，將注意力又放到了桌面地圖上。

對於這位智謀非凡的哥們的行爲楚天也沒放在心上，所以在確認了一切按照計劃沒有問題後，他才又飛到了折翼海和北大陸最大的入海口峽谷，這裏是第二伏擊點，而聚集在這裏也都是一些戰力不強大的部隊，他們正在四周敲敲打打，而隨帝雷鳴過來的小湯姆則邊看地形邊神氣地指揮著。

關於湯姆的發明，這裏大部分用的是原來的庫存，不過因爲帝雷鳴發現他發明的那些東西的利用價值，特意派了不少人幫助他，在這短短的時間內又搞出了不少，這次都運了過來。

楚天飛落在湯姆的旁邊，開口詢問道：「事情準備得怎麼樣了？」

「都按照菲斯戴爾說的在做，我製造好的地雷要全部用在這裏。」

楚天看看四周被挖出來的地雷洞，問道：「這些是你設計的？」

「當然！」湯姆跳了起來說道：「這裏除了我還有誰能這麼瞭解地雷的效果，而且還是我製造的。告訴你，地雷的量和質都有區別的，按照我的設計分成三個深淺度安放，到時只要是不知道的人進來，立刻將整個峽谷都炸上天，更何況這裏的人了。」

楚天聽到天空傳來「嘿喲」「嘿喲」的叫聲立刻抬頭，結果看到幾十隻巨力鳥正在將一塊塊巨大的石頭運到兩側的峽谷上。

這巨力鳥是獅鷲下屬的附庸種族，相當於鳥族中的大象，個頭大，力氣也大。

楚天愣了一下，隨後指了指巨力鳥們問道：「他們這是在幹什麼？」

「噢，那是在設置落石！那些岩石裏也都裝了炸彈，過會先引爆這裏的炸藥，等峽谷一塌方崩裂，這些岩石自然會滾到下來，等還存活的海族部隊清理這些石頭的時候，我們就可以再次引爆這些石頭，然後就可以再埋掉一波。」湯姆臉上掛著很得意的笑容說道。

「好陰啊！是你想出來的主意？」楚天不由對小湯姆刮目相看。

「不是，是瑞斯戴爾讓我這麼做的。」湯姆搖頭說道。

「那你得意什麼啊。」楚天鄙視這個人，隨後忽然聽到一陣銳利的風聲從後面接近，他一回頭，結果看到幾個女人在他的後面落了下來。

伊莎是最沒有顧忌的，她一落地就竄了過來叫道：「楚大哥，你終於來啦。」楚天抬手捏了一下小丫頭的臉蛋說道：「怎麼？想我啦？」

小丫頭白皙的臉蛋上瞬息爬上兩朵殷紅，妙目流轉間，不再說話。

看到這個情況其他幾個女人受不了了，七嘴八舌圍了上來，一個個說楚天不務正業。

「我不務正業？有沒有天理啊！」楚天慘叫一聲卻哪裏敢反駁，說實在的，他的任務多兇險啊，深入獸族佔領區去找援兵，要是出點問題他說不定就和閻王老爺下棋去了。

對於女人當然是沒有道理可講的，楚天立刻轉移話題，問道：「對了，你們等一下幾個下去城裏吧，和老帝、老史他們一起，到時你們就負責指揮城中的防禦設施。」

被眾位女人公推為大姐頭的赫蓮娜點點頭，說道：「這個我知道，已經派了一些精神體過去看著了。」

「呵呵，你比我想得還遠。」送過去一頂高帽子，卻聽吉娜開口道：「那個菲斯戴爾說讓你去發揮專長。」

「什麼專長？」楚天有些驚奇地問道。

埃勒貝拉指了一下前方的大草原和森林說道：「你視力太好，菲斯戴爾讓你到前面去探探情況！要是來了可以提前告訴我們，防止敵人搞突然襲擊！」

暗歎一聲勞碌命，楚天倒也答應得乾脆，他隨後就展翅向前方飛去，畢竟，這些部隊裏有不少他的嫡系。

翅膀一直有高度的限制，爲了飛得更高些，楚天只好動用王級力量攀升到幾千米高空向遠處眺望，現在雲比較少，可以看到很遠的地方。

視線裏什麼都沒有，似乎一切都很安靜！

楚天看了一會兒，感覺實在太沒意思，就決定先降下去休息一會。

等過了一段時間，估計蟲獸聯軍應該快到了，楚天才再次升空，可是這次依然什麼都沒有。

「怎麼回事？按照計算該是今天到的，這天都快黑了，難道他們想晚上進攻？」想到蟲子們都有夜視力，楚天感覺是這麼回事兒，不過他剛想下去，突然靈識裏有什麼東西一動，他想到了當初在聖鸞城見到的事情。

「不會吧！」忽然想到的可能性讓楚天心中一驚，他快速落地，並將頭放到了地面上。

「咚咚咚……吱吱吱……」

地下有無數聲音在動，楚天內心一急，運用九重禽天變模仿起了隱身鳥的種族異能，將身體隱身後他直接在地面上打了個洞，然後悄悄潛了進去，結果從土層裏鑽出來他頓時就傻眼了！

「要了姥姥的命了！」楚天心裏怪叫一聲，臉色一變的同時身體已經鑽回了打開的洞裏，再次模仿岩雷鳥的種族異能，將挖開的洞穴用幻術堵上，楚天就這樣在小洞穴裏悄悄觀察。

只見下面的土地早已經被打出了一條條洞穴，一隊隊的蟲子人排列整齊地悄悄向前走著，不時還有工兵蟲之類的來回替換，看來是正在邊挖邊行。

楚天暗暗算了一下，最起碼有五十萬蟲族，後面還跟著三十幾萬獸族的戰士。這個數字讓他嚇了一跳。不過好在楚天因爲無聊向前跑了一段距離，現在還沒到自己部隊的防禦地點。

不敢耽擱，楚天趕緊用精神波動聯繫幾個戰區的負責人，將這情況告訴了大家。

「什麼！居然這麼多？」指揮孔雀部隊的特洛嵐嚇了一跳，失聲叫了出來，這種情緒當然也通過精神波動傳遞給了楚天。

得到通知的菲斯戴爾仍然板著他那張撲克臉，想了想後說道：「你快些回來。」

楚天愣了一下，隨後想到下面的蟲子是要邊挖邊走，肯定還要一段時間才能到，又以爲菲斯戴爾找他有什麼事情，所以又不惜連續運用瞬移，快速地回到了戰場。

「你先掩護大家撤退，把那些靈體部隊都派下去，騷擾他們，不能讓這些東西在今天進入這片地域，一定要攔住他們！」一回到臨時指揮所，菲斯戴爾先是再次問了一遍楚天看到的情形，然後臉上掛著堅定的神色說道。

楚天低頭半天沒有說話，在大家等急時才開口道：「這樣恐怕不行吧，他們只有千把人，怎麼可能攔截這麼多蟲獸聯軍呢？而且這些部隊我看了，並非是那種純戰爭機器，也有不少相當於鳥族爵級的高手。而且，真打起來靈體應該會都折損在這裏，按照一開始的計劃，靈體們還要集中起來對付蟲族大部的詛咒軍團呢。」

聽了楚天的話，菲斯戴爾低頭想了想，最終猛地抬起頭問道：「你看他們的行軍方式，有沒有看出他們的意圖？他們知不知道我們在這裏？」

「不知道！」對於這一點楚天非常肯定，他看得清楚，那些士兵都在向聚寶城挖，看來是想搞上次聖鸞城那樣的偷襲。

「那就不要動他們，讓他們過去。我們解決了地上這批再掉頭回去對付這支伏兵！」菲斯戴爾的見解果然非常奇特！

這個時候特洛嵐插嘴道：「但是，如果我們和地面部隊開戰，地下部隊知道了往回趕，我們不是被包圍了嗎？」

楚天補充說道：「這個不用擔心，他們都是由一些大面積挖土蟲挖洞的，挖得卻不怎麼快，而且距離地面極遠，我們可以派遣些人去盯著，等他們折回時立刻通知巨力鳥搬石頭將地面堵死，以此來拖延時間。反正按照計劃，兩個小時就應該能結束地面戰鬥了，等他們出來我們也打完了！」

「那太好了！」菲斯戴爾道：「這樣你就和靈體們去見識吧，讓一些巨力鳥跟著你們戒備，要是敵人突然衝上來，就攔截他們，如果他們爬過去了，就別動他們！」

「好的！」楚天點點頭，趕緊讓特洛嵐去通知巨力鳥，自己則通過精神波動讓堅尼豪斯把所有的靈體都召集到了一起，然後鑽洞向地下爬去。

爲了防止地下的敵人們突然爬到地面上來偵察，菲斯戴爾讓楚天這方面的人都隱蔽了起來，好在此時隱蔽坑和炸藥都準備得差不多了。

楚天也和靈體們小心翼翼地躲在地下，在一些岩雷鳥的幫助下，大家都被幻術覆蓋，對方絕對發現不了大家。

另外，一些特種部隊，比如鑽地鳥和長尾雉以及一直跟著楚天的八大星君等人也都來了，萬一打起來也好支援一下。

看著大批詛咒蜘蛛和變形獸人逐漸從自己眼皮子底下走過，楚天儘量讓自己保持穩定，監視著蟲獸大軍穿過地下通道。大群長尾雉都隱蔽在幻術包裹的洞穴裏不敢亂動，一來是洞穴比較狹小，那麼多人擠在一起要是亂動很容易互相碰撞，二來敵人就在咫尺之間，一出聲就有可能被發現。

但即使這樣，最讓楚天擔心的事情還是發生了，部隊裏不知道誰可能是太過緊張，竟然放了一個屁，聲音很小，但在下面的一隻以嗅覺最爲靈敏而著稱的花間豹突然停了下來，抽動了兩下鼻子最終看向了上面，而他應該還是個小頭目，他一不動，他小隊的人也停了下來，如此連貫，整個蟲獸大軍忽然都不動了，站在原地。

花間豹向前走了走，找到一個自身能量相當於鳥族銳爵的蟲族金龜子，用獸語說著什麼，還不時拿眼神瞄向剛才楚天的部下放屁的地方。

而此時，花間豹和蟲族所停的位置，距離楚天只有十五六米遠，嚇得楚天氣都不敢出聲，其他人也小心地控制著呼吸，保持著安靜。

好在蟲獸聯軍人太多，只是他們的呼吸聲就能把楚天等人的輕微聲音蓋住。

這時那個金龜子好像罵了兩句花間豹，然後讓花間豹回去，正當楚天以爲事情過去的時候，卻見金龜子掉了個頭對著後面的隊伍指手畫腳地比畫了一陣，大概是在分派任務。

但他剛比畫完了，蟲獸聯軍前面的挖土蟲們居然開始向上方挖掘，看樣子他們是打算派人到上面去看看了，這當然是金龜子沒有相信花間豹的話，不過卻起了疑心。

「可是這和發現我們也沒什麼區別嘛！」楚天心中罵著看到挖土蟲所挖的位置距離長尾雉他們並不遠，按照概率穿過時肯定要碰上，之後鐵定壞事！

一看這種情況楚天也放開了，反正馬上就要打起來了，乾脆搶個先手。

楚天直接用精神波動把意思告訴藍八色鶇，藍八色鶇一聲嘹亮的長嘯之後，八大星君瞬間從土洞裏衝了出來，後面的人也是好像下餃子一樣向下跳去。

那些蟲獸聯軍確實沒想到上面會有人，他們只是想上去查一下到底有沒有情況，結果突如其來的打擊讓他們一時之間有點蒙。

旁邊的堅尼豪斯直接下去砸翻了一隻花紋蜘蛛，楚天自己也跳了下去單獨去找大一點的目標了。

靈體們直接殺進了詛咒部隊和獸族狂化部隊裏，整個精英部隊瞬間就陣形大亂。赫蓮娜培養出來的幾個精神力比較強盛的靈體更是像死神一樣，往這些隊伍裏一站，他們就跟見了鬼一樣顫抖不已，對付這些腦細胞本就少的傢伙，靈體們的優勢很明顯。

戰鬥終於從雲層地下一直打到地上，場面卻變得愈加混亂。

一開始楚天等人還憑藉著突襲的優勢幹掉了近十萬獸蟲聯軍，但是等敵人反應過來，他們的優勢馬上就被數量填平了，敵人加起來最起碼有百萬，被幹掉十萬還有楚天他們的幾十倍，儘管靈體戰力非凡，但是一時之間還是應付得很痛苦。

楚天一邊和一個獸族大將對打，一邊感歎：「真是人算不如天算，花了那麼長時間精心布局，居然沒有用上。蟲獸聯軍和我們的第一次正面接觸，居然是以地下戰爭開始。」

第十三章 長空悲歌

海族的大軍終於在天黑之後趕到，看到了峽谷這邊混戰的情況，他們立刻加速，想要通過峽谷支援。

眼看著大部分鳥族都被纏住跑不掉，下面海族的主力部隊又到了，菲斯戴爾當機立斷地決定放棄原先計劃起用後備方案！

那就是峽谷！

海族大部隊收縮隊形開始通過峽谷，而這邊的獅鷲等主力部隊依然按兵不動等待時機。大約一百萬海族部隊通過了峽谷到了這邊的時候，峽谷兩頭的山體忽然發生大爆炸。本就不寬敞的峽谷口立刻被炸塌，掉下來的碎石足足堆了二十米高，把海族的部隊一分爲三。

峽谷兩頭的出口是同時引爆的，只有百萬海族部隊通過了峽谷到了這邊，而峽谷裏最

起碼封鎖了七百萬人，剩下的近千萬部隊則被卡在了峽谷那邊。

爆炸一結束，海族部隊立刻意識到自己中埋伏了，百萬前鋒和後面的部隊以及前面的部隊立刻重整陣形去搬那些石塊，而這個時候，真正的爆炸才開始。

數萬顆可控地雷以及炸彈同時被湯姆引爆，已經聚集在峽谷前後和中間的海族部隊頓時隨著碎石血肉橫飛，從沒有想到過會有這種武器的海族部隊損失慘重。

不過他們裏面應該也有戰略高手，在經歷了這麼大損失後，他們竟然很快重新整合了隊伍，由比較強大的法師運用飛天術之類的法術，一批批飛過崖頂，飛了過來，而同時一些獸蟲聯軍也急忙分了一部分人去守住了峽谷口，謹防楚天這邊的人趁機襲擊。

菲斯戴爾當然不會辜負楚天對他的推崇，即使有這些人保駕護航，但仍然有一支平民軍隊攜帶著湯姆牌地雷升空，迎向了已經陸續飛過來一半的海族部隊。

經過培訓的近百萬空中投雷部隊在他們上空擺開陣形在統一的口號聲中，無數顆劇烈碰觸就爆炸的炸彈被扔了下去。

下面頓時響起了巨大的轟鳴聲：「蹦……蹦……蹦……」

整個大地都開始顫抖，土飛石裂間，海族們再次嘗到了炸彈的滋味，他們慘叫著，掙扎著。

不過在隨後，一群海龜們聚集到了一起，他們口中念念有詞，好像跳大神一樣揮舞著肢體，不一會兒，一道透明的護罩居然出現在海族士兵上方，炸彈竟然全部被反彈了。同時，其他箭魚、電魚、鰻魚、海蜇等種族也開始向天空中的平民進行魔法攻擊，頓時，不少平民被擊落了。

「靠！」心中大罵一聲，楚天開始用精神波動召喚了自己的嫡系部隊，比如特洛嵐他們以及藍八色鶇等人，還有靈體們。

楚天等人開始集中力量攻擊光罩，而靈體們則通過他們特殊的屬性穿過了護罩，進入裏面攻擊那些龜人。

不過這些人畢竟是法師，精神力要強大很多，所以靈體們攻擊得非常艱難。

不過就在這個時候，一直隱藏的精英軍團登場了，整整三十萬翅爵以上的高手，雖然海族的數量仍然是他們的數倍，但他們衝上來了。

「爲了鳥族的榮耀！」在最前面的紐斯特蘭弗揮舞著翅膀大喊。

「爲了鳥族的榮耀！」所有的鳥族同時大喊，聲震雲霄，讓海族的好多士兵都驚得停了數秒。

鳥族戰士以無上的威勢衝了上去，三大種族戰士相互配合，最終凝成了三隻巨大的，幾乎遮天蔽日的光鳥向海族陣營裏衝去。

不知道哪個海族的博學之士大聲而驚恐地叫了出來：「大威勢複合遮天蔽日鳥身！」

是的，這正是鳥族所有強戰種族都有的複合戰法，一年只能用一次，能夠集合出一個彙聚了所有本族鳥類力量的巨大鳥身。

多少個鳥族？三十萬啊，他們好像天神的大錘一樣砸在光罩之上，光罩晃了兩晃，最終在那些海龜萎靡下去的時候消散了，而同時鳥族們又分散開來，變作一個個小戰隊，向下面的海族攻擊著，而海族則用法術攻擊，不過大部分因爲距離的原因，並不能攻擊到鳥族，畢竟，這些鳥人都是精英，飛得很高！

而且，海族經過了這麼長時間的提心吊膽，確實氣勢下降了很多，攻擊怎麼能夠犀利。

正當楚天等人感覺看到勝利的曙光時，一個巨大的水球突然從天空降落，超級大的水球，幾乎將整座天空都擋住了。

水球猛烈地砸在天上的鳥族身上，一些實力稍差的鳥族頓時因爲身體受擊而落向地面。

「王族！」楚天心中一緊，連忙用精神波動告訴帝雷鳴和史伊爾多得以及其他高手，讓他們前來。

此刻，無論是信天翁、始祖鳥還是孔雀、獅鷲，他們中間的翎爵級高手都發了威，根本不用取巧地佔據上空用羽器什麼的打海族，他們都衝到了下面，好像野蠻人一樣橫衝直撞。

海族畢竟體制偏弱，在這種近戰中根本占不了上風，頓時死傷無數，而在感覺到剛才那個巨大水球的能量波動後，幾個翎爵頓時化作一道道殘影，射向了海族後方，那裏就是剛才波動傳來的地方。

楚天沒有動，他要看看對方有幾個王級，可後來他就後悔了。

只見那些剛才在海族隊伍裏大發神威的幾個翎爵剛衝進去就變作無數碎片鳥毛飛了出來，而在之後同時飛出的還有三隻海族王者，通過氣機感應，楚天瞬間知道了他們的身分。

中間那個長得肥肥嫩嫩，彷彿彌勒佛的傢伙是逆冰鯨王，最起碼有大成王級的境界，赫蓮娜曾經說過他，好像叫什麼哈氏維奇奈克奇耶夫。

右邊背著個巨大的綠色龜殼，不用說，肯定是龍首龜族了，但他應該不是龍首龜族長，因爲他只是個新晉王級，而且特別年輕。

左邊那個則是個體型高大的漢子，身上長著一些白色的鱗片，楚天感覺出是海龍族的王者，卻也只是個新晉王級，同樣不是海龍的族長。

「乖乖，居然出動了三個王級，不過四個族長怎麼沒來？」楚天心中奇怪地想著。

正當楚天要動手時，他臉上突然露出一抹怪色，只見帝雷鳴和史伊爾多得突然自高空之中衝到了地面上，直接挑上了一左一右兩個新晉王級幹起架來，同時帝雷鳴口中喝道：「你們幾個傻了，竟然敢越級挑戰王級，快給我去捏軟柿子！」

楚天正在感歎這位孔雀王是不是被他同化了，史伊爾多得也開口了：「瑞斯戴姆和凱士比秋他們還要留守聚寶城，這個傢伙就交給你了。」說著話他真的很不客氣地將中間的大拿留了下來。

看到兩個盟友故意領著兩個新晉王者越打越遠，楚天牙齒幾乎都咬碎了，做人怎麼能這麼卑鄙！

逆冰鯨王並沒有去追他們，而是完全違背楚天所想的將目光鎖定了他。

楚天知道事情是不能善了了，立刻決定動手，他轉身就向後跑，逆冰鯨王哈氏維奇奈克奇耶夫立刻就追了上來。

「就怕你不來！」楚天感覺到逆冰鯨王哈氏維奇奈克奇耶夫的氣機，身體猛然一個瞬移，然後大日金烏已經激射而出。

逆冰鯨王哈氏維奇奈克奇耶夫真是沒想到敵人居然如此卑鄙，他被楚天的瞬移戰術給打了一個措手不及，但在隨後的戰鬥裏卻沒讓楚天再如第一次那般容易佔便宜。

逆冰鯨王哈氏維奇奈克奇耶夫畢竟不是個廢物，而且還是一個很早前就進入大成王級的老牌高手，他的戰鬥經驗是遠遠豐富於楚天的。

當楚天以迅雷不及掩耳之勢再次折身到逆冰鯨王哈氏維奇奈克奇耶夫面前，率著精光迸射的幽靈碧羽梭照著他的腦袋頂上射過來的時候，逆冰鯨王哈氏維奇奈克奇耶夫突然張口吐出一個小小的水泡泡，然後忽然炸開，無數冒著寒氣的銀白色冰晶就像一場暴雨般襲向了楚天的身體。

楚天腦袋頂上瞬間浮起烈火黑煞絲，一層無色的光芒罩住了他的全身，而幽靈碧羽梭趨勢不改，繼續射向逆冰鯨王哈氏維奇奈克奇耶夫。

當五彩的幽靈碧羽梭在逆冰鯨王哈氏維奇奈克奇耶夫藍色的眸子裏劃出一道流影時，他身體裏突然響起巨大而響亮的骨骼摩擦聲，他肥胖的身體上居然出現了一層好像痤瘡般的小豆豆，然後這些豆豆頂端噴出一層銀白色的膠狀物，將他身體包裹了起來，同時幽靈碧羽梭撞在了他的腦門上。

時間靜止，異狀突然升起。

「嗒嗒」幽靈碧羽梭上滴答出了幾滴乳白色的液體，落在了逆冰鯨王哈氏維奇奈克奇耶夫的身上，他身體上霍然出現了一道道銀色的光環，在圍繞著他飛舞。

就像是一棵枯樹忽然遭受了滋潤的春雨，在瑩瑩銀光中的逆冰鯨王哈氏維奇奈克奇耶夫幾乎愜意地閉上了眼睛，發出了一聲類似於享受的呻吟聲，緩緩流下的白色乳液劃過他的身體讓他身體上多了一層若有若無的白光，同時他的身上生出一條條藍色的條紋，就好像一隻被刷了油漆的斑馬，而同時他的身體也好像氣球一樣變大了數倍，成了一個巨人。

一陣陣深沉而威嚴的低吼從逆冰鯨王哈氏維奇奈克奇耶夫的喉嚨深處發出，他感覺這液體美極了，這神水精讓他力量提升了不少。

「怎麼回事？怎麼會出現這種情況？」殺人不成居然還讓人家明顯變強！

其實沒有人清楚，當年幽靈碧羽梭本就是鳥神送給海族的，在裏面儲存了幾滴神水精，可惜當年沒在海族兩天就被鳥族的鳳凰大祭司用一場煮海之戰給搶了回來，所以直到這次才重新釋放出來。

「你究竟是誰？」吸收完畢，逆冰鯨王哈氏維奇奈克奇耶夫才緩緩地睜開了雙眼，楚天立刻感覺到了兩道犀利的目光，好像要刺穿人心。

楚天十分光棍，立刻說出了他的名字，並冷酷地說出：「我是天禽的傳人。」

「你是想嚇唬我嗎？」逆冰鯨王哈氏維奇奈克奇耶夫的話中已經帶上深深的戲謔，很明顯，剛剛吸收了神水精的他自信心已經產生了一種質的飛躍。

現在的逆冰鯨王哈氏維奇奈克奇耶夫，眼神完全變成了一種睥睨天下的豪邁，而不是剛剛那種細微帶著謹慎的老成持重，他的情緒轉變之快，就好像是一個餓了半月的乞丐突然撿到了一隻烤雞。

楚天瞇著眼盯住了逆冰鯨王哈氏維奇奈克奇耶夫，緩緩伸出了他的左手，然後深吸口氣，一道從天而降的紫金天雷要將逆冰鯨王哈氏維奇奈克奇耶夫給炸成了新新人類。

「該死！你個鳥族居然會使用魔法！」逆冰鯨王哈氏維奇奈克奇耶夫搖晃著爆炸性的頭髮憤怒地咆哮道。

「有誰規定鳥族不能用魔法嗎？」楚天在經歷天劫時已經悟透了什麼叫「宗」，只是這是第一次使用，用海族的術法，來對付海族，很有意思的一件事情。

「呵呵，你以爲這樣你就可以贏我了嗎？我這就讓你領略一下魔法真正的威力！」逆冰鯨王哈氏維奇奈克奇耶夫本來憤怒的臉蛋霍然一變，他冷笑著用雙手揮過一道冰冷刺骨的銀色光芒，後面折翼海裏居然翻騰起無數泡沫，不一會兒四個十米高的巨大人形水怪，渾身冒著絲絲寒氣從海中飛了過來，前後左右包圍住了楚天。

「再看看這個。」哈氏維奇奈克奇耶夫的雙手猛然舉起，抬手在地上抓起身邊一個七八米高的大土塊，吸在雙手灌注進了濃濃的水系寒屬冰魔法力，將整塊泥土變成了一塊銀色的冰塊，高高舉起準備砸向楚天的腦袋。

楚天遽起發難，抓起頭頂的烈火黑煞絲，趁著逆冰鯨王舉起大石，胸前空門大露的這一瞬間，咬著牙齒將手中的神器扔了出去，在這種十來米的距離，以哈氏維奇奈克奇耶夫超大的目標，還真不怕擲不中。烈火黑煞上附帶的神器威能，雖然不能幹掉他，但將他困住應該是沒有問題的。

四個十米高的水怪對楚天的圍毆根本無法做到，它們接近到楚天兩米時，就開始像被無形障壁遮擋住一般，躕躇不前了，這就是楚天現在的燹雷劫神變借助天地元氣裂變生成的結界，不止經打，而且還不需要他自身發出能量維持。

本來在空中速度並不快的烈火黑煞絲，在哈氏維奇奈克奇耶夫難以置信的目光中陡然加速，並提升到了一個令王級震驚的速度，劃出一道烏光扎進了他的小腹，但逆冰鯨王的皮實在太厚了，烈火黑煞絲雖然自身有了意識仍不能像人一樣找到漏洞之類的存在而攻擊他，所以他並沒有受太大的傷。

「嗥……」一聲刺痛的怒嚎，巨大的冰塊從哈氏維奇奈克奇耶夫的手中飛了出來，卻偏了一些，楚天輕巧的一躍，抬拳砸在石塊之上，石塊就化作了冰沙，四散在空氣中。

哈氏維奇奈克奇耶夫本來正在拽烈火黑煞絲，但他剛碰到就好像觸電一樣鬆開了，然後這條黑鏈子就自動抽出他的身體，飛向了楚天。這時逆冰鯨王才看向了楚天……以及那漫天的冰粉，臉上滿是不可置信的表情。

他並不相信楚天已經達到了與他同級，因爲楚天修習九重禽天變外加刻意隱藏的原因，他並不能感受到楚天身上的王級氣息。

「渾蛋！」哈氏維奇奈克奇耶夫再次發出震天的巨吼，大地都被他的巨大聲浪震得簌簌發抖，隨後獰笑著渾身爆出了一團瑩白的刺眼光芒。

白光一縱即逝，逆冰鯨王的位置上沒有那個八米高的超級巨人，也沒有了剛才和藹的胖子，而是出現了一個兩米高的健壯青年。

青年的相貌英俊，有一雙寒冰似的眸子，一頭披肩長髮銀似冰川，赤裸的上半身滿布虯結的肌肉，肚腹上一個筆頭粗細的血洞，破壞了比例完美的身體線條，猶如實質的水元素編織成的長褲和靴子，讓他就像地球傳說中的水神奧迪比斯。

這是逆冰鯨王的終極形態，其實他一般都喜歡用那個胖子形象，因爲那樣他有扮豬吃老虎的快感，而這副身體，除了帥氣外，實力更加強大了兩倍不只。

兩對冰羽組成的銀白之翼在逆冰鯨王哈氏維奇奈克奇耶夫的背後迎風抖開，銀白色火羽不時在風中飄走一簇，將後面的大地瞬間冰凍一塊，而在大地被凍得發出絲絲寒氣時，他如新生的日頭般冉冉升起。

雖然是王級，但因爲先天的缺陷，海族是無法擁有如其他種族那般自主飛行的能力的，他們需要魔法加持才行。

而在海族中除了風系魔法外，其他系的魔法在低級狀態無法獲得飛翔的能力，比如魚形或者龜形，但是進化到極高形態之後，只要體重適合，也能擁有飛翔的能力。

現在的哈氏維奇奈克奇耶夫就懸浮在了楚天的面前，輕輕地唱響了一連串晦澀的魔法咒語。

剎那間，九道冰屑紛飛的冰龍席捲了正一臉謹慎看著哈氏維奇奈克奇耶夫的楚天。

逆冰鯨王俊美的臉上滑過了一道微笑，他還是不相信楚天是個大成王級，所以他爲自己堪稱完美的魔法攻擊一陣得意。

哈氏維奇奈克奇耶夫的微笑頃刻間凝結。

他的面前，挾著紛飛的冰沙，閃現出一隻忽閃著銀色光澤的拳頭。

「砰」的一聲巨響。

漫天星星亂閃的哈氏維奇奈克奇耶夫整個腦袋往後仰起，鼻血是一縷一縷向外狂噴。如野蠻人般的楚天一擊得手後，立刻掐住逆冰鯨王的脖子將他從高空一把向地面丟落。

「你個渾蛋難道以爲我就這麼菜嗎？烈火黑煞絲已經回到我手裏，你居然還用這種魔法來挑戰它防禦神器的威名。」楚天心中非常不滿，所以要用最粗魯的方式扁這個傢伙。

以哈氏維奇奈克奇耶夫的實力，明明無法感覺到對方身上有什麼王級氣息在波動，可在剛才的攻擊中他得意的魔法竟然被那個小傢伙躲過了，還有剛才的攻擊，以及那鬼魅般的速度，逆冰鯨王感覺自己快要瘋掉了。

到底是戰鬥經驗豐富，雖然腦袋短路了一段時間，逆冰鯨王哈氏維奇奈克奇耶夫還是在百忙之中知道變回巨人狀態，用粗大的身體去迎接一記碰撞。

「砰」的一聲巨響，整個地面都被兩個從天而降的怪物砸出一陣巨大的晃蕩，地上的土塊冰屑再次被拍得四處飛濺。

從上百米的高空墜落，對逆冰鯨王來說自然並不是什麼太了不起的傷害，但是那只銀色拳頭卻著實是厲害，畢竟他也算是肉體薄弱的魔法師形王者。

至於楚天，這個瘋狂的傢伙從空中落下之後，還借著下墜力，一膝蓋踩在哈氏維奇奈克奇耶夫的身體上，逆冰鯨王痛得一個直筆筆的後仰。

直到現在逆冰鯨王還是不大明白，這個傢伙到底是什麼怪物，沒有王級力量卻將自己這個王級大成打成了這個樣子，而如果他是王級，爲什麼又沒使用王級的術法，從頭到尾全是肉搏式的物理攻擊。

逆冰鯨王趕緊再次切換成帥哥形態，以期望用魔獸般敏捷的身手好好和這個傢伙拚個高低，這種昏庸到了極點的決定，爲他帶來了一場殘忍的毆打。

其實哈氏維奇奈克奇耶夫也是氣瘋了，他一個堂堂的魔法師居然要跟人肉搏，當然，這也是他遭受了太大打擊，他不敢相信，一個不是王級的傢伙居然能打過他，要知道剛才那些翎爵大部分都是他用肉體力量幹掉的。

其實到達這裏，哈氏維奇奈克奇耶夫已經走入了一個誤區，那就是瘋狂地以爲楚天沒有到達王級，誰讓逆冰鯨一直是個鑽牛角尖的種族呢。

楚天以一種非常猖獗的姿態暴毆這個不見棺材不落淚的王者，逆冰鯨王發現自己的瞬發魔法對於這個傢伙根本就毫無用處。哈氏維奇奈克奇耶夫想破了腦袋也想不出來，這傢伙怎麼能擁有比王級還強大的防禦力量，難道他是鳥神！

楚天給逆冰鯨王的答案非常簡單，就是一記彈腿從下到上撩在了哈氏維奇奈克奇耶夫的褲襠裏。

這肯定不是鳥神！鳥神絕對沒有這麼無恥！哈氏維奇奈克奇耶夫知道了答案。

原本以爲憑藉現在這個形態的超高敏捷，加上自己的原始力量肯定會大佔便宜的哈氏維奇奈克奇耶夫，只剩下了倒抽涼氣的份兒。

被一腳重重掄飛之後，逆冰鯨王扶著地面迅速從地上站了起來，嘴角一抿，一團血糊糊的東西吐了出來。就像吐蜜棗核一樣，哈氏維奇奈克奇耶夫整整吐出了六顆滿是濃稠鮮血的牙齒，更悲哀的是，他發現自己一頭飄逸的銀色長髮正在「沙啦啦」地往下脫落，一抓就是一大把，也不知道是什麼原因。

楚天來回走著跳繩步，一套組合拳打得有模有樣，還帶著貓閃動作，時不時地對哈氏維奇奈克奇耶夫打個響指，頻頻勾動著小指頭向下。

這麼做的原因很簡單，楚天有信心贏哈氏維奇奈克奇耶夫，可以說，通過了八重燹雷劫神變的他，已經擁有單挑兩個大成王者的實力。

「藍冰儲屍大空間！」逆冰鯨王沒有時間惱羞成怒了，迅速地趁著對方沒有上前的機會，拚著老命聚集最後的魔力，一邊嚼開舌頭吐出一口鮮血，發動了一個變異形態的寒冰系魔法「藍冰儲屍大空間」！

領域的一種，卻絕對不同於一開始楚天碰到那些領域，根本上類似傳說中的「天魔解體大法」，絕對是「欲傷敵先自傷」，但卻是絕對實用。

哈氏維奇奈克奇耶夫已經成精了，知道這時候用什麼魔法最有效果，當然，他也是被逼急了。「只要堅持五分鐘，這個蠻力可怕的傢伙就會被超級寒極領域活活凍成冰屍。」逆冰鯨王如是想道。

「叉你個圈圈的東東！」楚天感覺到這個招式的危險，頓時動了，他利用比魔法師發招快的長處，抄起地上一個石塊，惡狠狠地跳起來在逆冰鯨王的腦袋上開了瓢，石頭崩碎了，一大截跳向了遠處。

「你就是犯賤，居然還要玩自殘，玩不起就給我滾回折翼海老家！」楚天又是一個朝天踹遞了過去。

哈氏維奇奈克奇耶夫踉蹌著狂退了好幾步，然後一個趔趄倒在地上，幸虧身體平衡力不錯，雙手支住了身體，才避免了將臀部摔成四瓣的危險。

抬頭看著楚天，逆冰鯨王心中簡直要哭了，他沒想到這個連王級都不是的傢伙不但擁有詭異的魔法豁免體質，而且還是這麼的擅長貼身肉搏，說到運用強大的物理力量，他真是徹底服氣了。

他可以保證，自己的忍耐力和體質絕對是超一流的，在原來和那些鳥族肉搏王者的對打，無論是身體被擊穿，還是斷了胳膊腿兒，他也照樣繼續戰鬥，可是和這個傢伙這麼打下去，哈氏維奇奈克奇耶夫自我感覺就算自己是海底最堅硬的藍冰金石做成的身體，大概也經不起這麼折騰下去。

想明白這一切，哈氏維奇奈克奇耶夫就想暫時戰略性撤退，不過沒等他想撤走，楚天已經喪失了繼續玩下去的想法，他抬手一招，他自己製造出來的阿難空間出現了，完全是模仿瑞斯戴姆那一次，一條奔騰的火龍從天而降，直接吞噬了哈氏維奇奈克奇耶夫。

這個海族歷史上曾經最好運、只渡過普通三重好運天劫的大成王者，就這樣在這個世界消失了。

相對於楚天這邊，帝雷鳴和史伊爾多得就更加輕鬆了，畢竟他們是大成王級對陣新晉王級，大了整整一個等級，而這一個等級絕對不是一個數字而已，它所代表的是一個質的差距，就如青銅升級到鋼鐵一般。

第十四章 凶熾如潮

「嗨……，兩位看來氣色不錯，不過你們不認爲丟下我一個人在這裏心裏會有些愧疚嗎？」知道史伊爾多得和帝雷鳴是不會來找自己的，所以楚天只好自己去找他們，結果在離戰場不遠處的地方找到了他們，他口中怪叫著一個瞬閃到了兩個人面前。

「咳……史伊爾多得，反正是出來一趟，我們去戰場上幫幫那些小傢伙吧，順便教給他們尊老愛幼的傳統。」帝雷鳴乾咳一聲，當作沒有看到楚天，從他身邊穿過後對身邊的始祖鳥王說道。

史伊爾多得點點頭說道：「是的，我也是這樣認爲，我們明明給了某鳥一次磨刀的機會，他居然還不識好人心，真是世風日下啊，我們需要教育好下一代。」

聽這兩個人沒有營養讓人噴血的對話，楚天牙齒都差點咬碎了，他說道：「好，尊老愛幼是吧，我會讓你們知道什麼叫尊老愛幼的，反正我有時間，可以每天晚上去找某些鳥人聊個通宵。」

一看楚天要來玩疲勞戰術，兩個王者臉色一變，這也是爲什麼在戰爭結束後，綠絲屏城的鳥人和縹緲城的鳥人都找不到他們族長的原因。

心中猛跳著當作沒有聽到這句話，兩個人跟被人發現的賊一樣，飛速地向戰場飛去。

其實這個時候戰場中哪裏還需要王級這種威懾性武器，因爲菲斯戴爾的指揮，戰爭的天平早就向鳥族這方傾斜。

雖然海族部隊人數有近三百萬，但實力比較強勁的法師們都被獅鷲等猛禽兵團給分割消滅了，這些強力法師的主要作用就是如開始般佈置防禦結界或者進行遠端法術攻擊。

按照菲斯戴爾的指揮，猛禽們就是拚著犧牲的危險也必須將這些部隊幹掉，而付出二十萬死傷的代價後，專門從盟軍裏調出的專長飛行的鳥類開始出發。

凌雲鳥、鑽天鷹、破空鳶，這些本身並沒有太大實力，只是飛行高過一般鳥族太多的鳥類開始登場，他們才是這次炸彈轟擊的主要部隊，而整個世界也開始出現一個叫做「鳥類轟炸作戰」的名詞。

已經傷亡慘重的猛禽兵撤了回去，集合部隊消滅剩餘的蟲獸部隊，普通平民鳥也都回防，其他鷲、鴕鳥、海鳥等則繼續防守聚寶城。

戰場上只剩下高空部隊，而就是他們，成了海族的噩夢。

爲什麼在地球的戰爭論中制空權屬於第一戰略目標，因爲那種「別人能打到你，你打不到別人」的情況不只會讓你的生命受到威脅，更多的是心理壓力，不知道什麼時候炸彈就落在了你的頭上，可能連怎麼死的都不知道。

巨大的心理壓力讓海族中比較年輕的戰士們瞬間崩潰，他們有的嚎叫著逃跑，隨後被身後的指揮官怒喝著炸成一截烤魚；有的躺在地上，用鴕鳥精神安慰自己；有的則是發瘋了一樣向外衝，卻被一圈守候在週邊的高空鳥族丟下的炸彈炸死……

失去了王級的部隊，再加上剛才無數同胞的死亡，還有現在這種無力還手的情況，海族部隊終於開始瓦解，更多的人開始逃跑甚至投降，不顧自己長官的憤怒，甚至有士兵攻擊了他們的長官。

楚天來到戰場上時已經是這幅場景，雖然他並不真的懂指揮戰鬥，但他也能看出來，海族算是完了……而這就說明，戰爭勝利了。

感覺不用再擔心什麼，楚天轉身向聚寶城飛去。

聚寶城議政大廳。

與赫蓮娜等人以及瑞斯戴姆、凱士比秋等人見過面後，楚天就來到了這裏。剛吃過飯，他本是想找溫柔的小吉娜聊聊天的，但沒想到卻被瑞斯戴姆給拉住了。

看著瑞斯戴姆慎重神色，楚天奇怪地問：「我們不是勝利了？怎麼你還是這樣子？」

「快跟我去城主府，有人在等著你。」瑞斯戴姆臉上神色非常焦急，他說著話拉起楚天就向外走。

楚天能深切地感覺到瑞斯戴姆此刻的焦慮，所以他也沒再問什麼，而是快速跟著他向城主府走去，結果在中心大殿裏他碰到了一個老熟人。

「寒克萊大哥，你怎麼來了？」楚天這個時候才想起來，帝雷鳴說過去丹姿城找援兵，但後來不知道爲什麼卻沒有來仙鶴，而因爲事情連續發生太多，他也忘記了問，此刻看到寒克萊卻一時不知道該說什麼了。

寒克萊本人倒沒有什麼尷尬的表情，他只是臉色有些蒼白，楚天心中一動，發現他居然受傷了。

「寒克萊大哥，你這是？」楚天眉頭挑了挑，有點不好的預感。

仙鶴沒有說自己受傷的事情，而是先真誠地向楚天道歉，爲這次援軍的事情。

一看寒克萊真情流露的樣子，楚天當然不好意思再說什麼，而是繼續追問仙鶴受傷的問題。

「唉！」歎了口氣，寒克萊說道：「其實這次援兵未派和我受傷都是一件事情。」

「什麼事情？」幾個王級和眾人都看向了仙鶴。

「南大陸四大天空之城已經失守！」寒克萊說出了讓大家全部驚得站起的話。

「失守？他們不是在合力攻擊聚寶城嗎？怎麼還有餘力攻擊南大陸？」楚天有些不敢相信地叫道。

倒是菲斯戴爾用手輕輕叩擊著桌面，口中說道：「怪不得，原來是這樣。」

「什麼意思？你知道了什麼？」兀鷲族王者凱士比秋瞪視著菲斯戴爾問道。

「你們難道沒感覺這次勝利太輕易了嗎？說是集中全力攻擊聚寶城，但不論是海族軍隊還是獸蟲聯軍，都好像並非精銳，你們見到大規模的詛咒軍團了嗎？見到獸人狂化部隊了嗎？見到海族純法師部隊了嗎？甚至連王級都只有三個，海族的五大王者更是只出現了一個。」菲斯戴爾嘴角含著冷笑說道：「其實這只是個幌子。」

「幌子？」獅鷲左將軍瞪大眸子重複道。

「是這樣嗎？那這跟我們關係也不大啊，反正是我們贏了。」楚天非常無趣地開口，但所有的人都將他無視了。

瑞斯戴姆開口說道：「怪不得按照我們推算，海獸蟲三族的聯軍最起碼得在九千萬以上，現在卻只出現了四千萬都不到呢，原來他們是打其他天空之城去了。」

「哼哼，我想我們的推算還是低估了他們，我敢說，他們的兵力最起碼在兩億五千萬！」菲斯戴爾繼續說著可以把地面砸個大窟窿的話。

「怎麼個……意思？」史伊爾多得口齒都給驚得不怎麼利索了，他咽了口口水說道。

菲斯戴爾蠕動了兩下嘴巴，開口說道：「具體的現在我還不敢下定論，還是先讓仙鶴說一下都是哪幾座天空之城失陷了吧。」

因爲這次戰爭完美的指揮，菲斯戴爾已經贏得了幾個王級的尊重，但寒克萊並不知道啊，所以他並沒有開口，直到楚天也讓他說後才苦笑著講道：「最先被攻下的是黑雕城，根據探報，三族聯軍最起碼出動了五千萬兵力，光王級已知的就有五位之多，而隨後另一方他們又攻陷了紅翼城，兵力在七千萬以上，王級更是高達九位，緊隨其後的是聖鸞城和鯤鵬城，攻陷這兩座天空之城他們動用了一億五千萬的兵力，王級最少在十五位以上！」

所有人都傻了！

好半天楚天才咽著吐沫說道：「不是說只有兩億五千兵力嗎？我們這裏兩千萬、黑雕城五千萬、鴻翼城七千萬，加上兩大聖城的一億五千萬，這可是三億啊！他們族的女人都是屬母豬的嗎？居然有這麼多人！」

這次菲斯戴爾的撲克臉上也露出了驚奇的表情，不敢相信地道：「怎麼這麼多人？」

寒克萊這個時候插口說道：「其實不是的，他們在南大陸大概只有一億五千兵力，之所以能不斷攻陷天空之城，是因爲他們根本沒有佔據天空之城，而是直接摧毀！」

所有的人都倒吸了口涼氣，然後帝雷鳴說道：「他們居然把天空之城摧毀了？」

「是的，他們如果能在週邊摧毀那就直接摧毀，比如黑雕城就是在外面被王級聯合攻破的中心控制室，才隕落的，而其他三座則是在攻陷後從裏面摧毀的。」寒克萊臉上掛著沉痛恨極的表情，咬牙切齒地說道。

「他們這是要實行種族滅絕政策啦！」作爲最古老的鳥族，史伊爾多得立刻就看出了事情的本質。

寒克萊眼睛裏閃現出充滿殺機的紅光，然後沉重的點點頭說道：「是的，只要是三族聯軍走過的地方，一個鳥族都將不會再存在，從我們抓住的俘虜口中我們得知，三族實行的計劃叫做『滅羽』。」

「滅羽！」在場所有的鳥族都爲這個包含無數羞辱的辭彙而臉色一變。

菲斯戴爾倒是一群裏人最冷靜的，他眼睛微瞇著想了會兒，才說道：「你們丹姿城和綠絲屏城呢？還有幾個大族裏的王者不會都死絕了吧？」

「沒有，鳳凰族有三位王者逃了出來，其中有神使大祭司和內鳳凰大長老以及鳳巢大祭司，他們還領著一大隊鳳凰內城衛隊以及一部分神殿的人。鯤鵬城出來了五位王者，除了鯤鵬議會的幾個議員，還有大雷王！不過現任鯤鵬王已歿，鯤鵬城的精英也出來了一部分。還有紅翼城，只有天鵝族長比利克仕和他的弟弟比利紐率領神聖白羽衛隊逃了出來，至於黑雕城，全城鳥人，無一存活。」說道這裏寒克萊沉重地歎了口氣，隨後才說道。

「現在他們都聚集到了丹姿城，不過也同時將三族聯軍所有的注意力也都吸引到了丹姿城，而且在城裏他們居然早安排了間諜，在包圍丹姿城前，他們已經破壞了城中的傳送陣，我們是突圍出來的，五百個勇士，爲了掩護我，都犧牲了。」寒克萊說著說著眼圈居然泛紅了。

「這群渾蛋！」雖然是處在敵對勢力上，但同樣身爲鳥人，藍八色鶇等人以及吉娜她們都露出不可忍受的表情，要不是現場幾個王者沒有說話，他們可能早就衝出去，到南大陸去殺海獸蟲了。

「按說不應該這樣吧，三族就算人數眾多，也不可能在這麼短時間內將還擁有良好防禦的四座天空之城都消滅吧。」史伊爾多得是個謹慎的傢伙，他蹙著眉頭問道。

「本來是不應該的，可三族不知道從哪裏找到了不少鳥族族人的鮮血，這些鮮血應該是經過蟲族巫師詛咒過的，只要噴灑在天空中，鳥族戰士就會在聞到或者碰到後變得反應遲鈍，不單如此，因爲天上的血雨，我們戰士的飛行能力也下降了很多，不少在天空飛翔幾個小時後就需要休息一天以上才能再次翱翔上藍天。」寒克萊看來也是受夠了苦頭，在說這話時身體都有些激動的發抖。

「那寒克萊大哥來這裏的原因是什麼？」半天沒有說話的楚天臉色一整，問道。

寒克萊眼眸中精光一閃，說道：「是神使大祭司派我來的，他想要和你們天禽一系言和，這也是大雷王的意思。」

「哦？」幾個天禽系的大拿們都露出或趣味或好玩或驚奇的表情，目光都瞧著寒克萊卻沒有說話。

寒克萊也知道這件事情不太好說，他本是楚天盟友，現在卻幫著與楚小鳥有仇的兩個種族來做說客，他當然感覺爲難了，不過他也明白現在是什麼時刻，所以在深呼了口氣後他說道：「現在鳥族已經到了生死存亡之地，弄不好就是整個大族滅種，所以我家族長的意思也是暫時言和，而且，神使和大雷王都許諾了優厚的條件。」

「找上門來讓我敲竹槓啊，那我怎麼能客氣呢。」楚天心裏樂開了花，嘴上卻很平靜地說道：「都是什麼條件，說說看。」

「以後北大陸將徹底歸你們管，神王兩派的人將幫助你們消滅所有獸族蟲族以及海族，還將綠絲屏城和折翼海給你們。」寒克萊完全是按照神使大祭司的說法重複他的話。

「呵呵。」楚天笑了，史伊爾多得、瑞斯戴姆、帝雷鳴以及其他禽皇一系的人都笑了，最終還是由楚小鳥停下笑聲說道：「這就是他們的條件！這北大陸歸他們神殿管？還是王權管？綠絲屏城有聽過他們的號令嗎？還有折翼海，海族難道也是鳳凰的附庸嗎？」

聽到這裏大家都笑了起來，只有寒克萊臉色又白了幾分，他咳嗽了兩聲說道：「我話還沒說完呢，神使大人還說如果你們感覺這個條件無法接受的話，那麼你們可以自己提要求，他們會看看能不能接受的。」

「哈哈，這些傢伙連自己的天空之城都沒有了，純粹的流亡政府，居然還開這種條件。好，我也不矯情，只要拿出對得起他們性命的財富出來，我就幫他們！」楚天真是被氣樂了，真以爲他們是鳥神啊！

「這，我想他們一定會答應，不過你們什麼時候去丹姿城啊？」寒克萊確實很著急，畢竟丹姿城還是仙鶴族的族人比較多。

「我們……」楚天剛要開口，就聽外面有人叫道：「不好啦，不好啦。」

楚天眉頭一皺，正想請人去看看，卻見老湯姆和小吉姆踉蹌跑了進來，一臉的驚恐。

「怎麼了？」對於這兩個活寶楚天不好罵人，只好沉聲問道。

「好多高手，他們都衝過來了。」湯姆指著外面喘息著說道。

「是……是……啊，還有我們上次在聖鸞城見到的那種高手。」小吉姆臉色都有些蒼白，看來是給嚇壞了。

「王級？好多？」楚天失聲叫了出來，怎麼也不能把這兩個詞聯繫到一起。

這個時候瑞斯戴姆也站了起來，皺著眉頭語氣不是太肯定地說道：「是羅伯茨皮特他們，他們怎麼會來這裏？」

「出去看看！」帝雷鳴等人也感應到了王級的氣息，他們都站了起來，在史伊爾多得的領頭下，一個個鑽出大殿，向城牆走去。

一來到城牆上，幾個人就呆住了，只見北側和東側都出現了無數黑壓壓的人群，在最前面的人比較少，後面的人比較多，而後面的人明顯是在追前面的人。

「果然是他們！他們怎麼來了，還有那麼多蟲獸聯軍，難道是三族部隊也進攻北大陸了！」史伊爾多得眼睛裏露著不敢相信地神色說道。

一時沒有人回答他，眾人只是看著前方，幾個高手的對決，他們都遠遠地甩開了後面的大隊。

眼界裏最清晰的是兩隻巨大的軀體如魔獸般的軀體在打鬥，他們一個是擁有九隻大鼻子的巨象，一個是身長九隻彩色尾羽的大鳥。

「是棲鶻城的九尾菜鳥王，北大陸新一代王者中的佼佼者。」畢竟是在北大陸生活了幾萬年的地頭蛇，瑞斯戴姆第一個認出了兩者的身分，他叫道：「那個就是獸族中物理力量最大的羆象王。」

在瑞斯戴姆介紹的時候，兩個身長都在百米開外的大傢伙之間早打得難解難分。

如果九尾菜鳥王是個老牌王級，羆象王不一定會在這種時候去招惹他，但是這個九尾菜鳥王至今還是個快要突破大成卻還沒有突破的傢伙，所以羆象王才會拋離族人，在明顯占優的情況下選擇單打獨鬥。

兩個巨怪都是在空中打鬥，羆象王雖然不會法術，但他們陸地獸族在成爲王級尤其是大成王級後有百分之五十的機會獲得飛翔能力，他只是運氣比較好而已，不過據說他是五大獸王裏實力最差卻運氣最好的一個。

兩怪不斷從地下打到天上，四周的土地都是一片狼藉，九尾菜鳥王尾羽上不時有光華閃過，射著各種的光彈、光環、光刀，玩命似的把靈禽力加王級之力打向羆象王，還不時用他那堅硬的大喙反身啄向自己的敵人。

羆象王則憑藉自己強悍的身體，有時硬扛靈禽力加王級之力的攻擊，也不斷用鼻子抽著九尾菜鳥王，打開他的大喙。並且利用這一下的空間，鼻子上閃過一道紫色的光芒，頓時他的九條鼻子變作了超級巨棍，不斷砸向九尾菜鳥王。

不過九尾菜鳥王身體不小，但卻非常靈活，非常巧妙地自八隻象鼻縫隙裏鑽了出來。

羆象王一見自己的攻擊沒有見效，立刻在身上布起一道紫光，然後好像豬一樣一滾，看樣子是想將九尾菜鳥王壓死。

「喂，你們還要看下去嗎?菜鳥王絕對不是羆象王的對手，要是大家想救他的話就趁早。」楚天在一聽九尾菜鳥王這個名字的時候就感覺要噴飯，這個時候在口上說出更是再也忍不住咧起了嘴。

一看楚天這個表情，大家還以爲他在幸災樂禍，奧爾瑟雅不爽地在他腳上來了一下。

「噢……邁嘎！」楚天立刻想去捂腳，可看到其他幾人憋笑的樣子，立刻強忍下疼痛，然後決定不讓大家想剛才的事情，所以他轉移話題道：「你們到底怎麼想的？」

「九尾菜鳥王和我們可是一點關係都沒有，我們要不要救他，後面還有盟友需要我們照應呢。」瑞斯戴姆終於憋下笑意，看著楚天說道。

「你們別看著我啊，我又不瞭解情況。」楚天看著大家的眼神叫道。

這時菲斯戴爾開口說道：「救吧，多一個王級我們就多一份勝算。」

「好吧，那樣我們分頭去把他們接回來，藍老頭兒，你去通知其他幾個負責人，讓他們把各族戰士叫上城牆準備防守；菲斯戴爾，你去準備作戰計劃；寒克萊大哥，你回丹姿城吧，你也看到這裏的情況了，暫時我們是不能去幫你們了。」說到最後一點時楚天有些可惜，畢竟幾條鳳凰王級和鯤鵬王級的命應該能值不少錢。

幾個人都領命分頭行事，王級們也都威勢驚人地衝出了聚寶城，去接應正往這裏逃竄的幾個王級。

楚天還是比較衰的，其他的人都被史伊爾多得等四人給霸佔了，他只好又去找羆象王的晦氣。不過這個大傢伙雖然實力差了點，但腦子並不像定律「個頭越大，腦子越小」那般，而是靈敏地察覺到楚天不好惹。看看後面，自己這方其他的王級還沒有跟上來，他非常聰明的選擇了暫時性戰略撤退，最後猛然發威，在九尾菜鳥王拉風的屁股上甩了兩鼻子，在將這位菜鳥王甩得飛向楚天時，羆象王已經趁機向後面的獸蟲聯軍跑去。

看著羆象王那個搖搖晃晃的大屁股，楚天很是佩服這傢伙的明智，卻在同時身體橫移，正好讓過鳥體飛鏢——九尾菜鳥王！

九尾菜鳥王畢竟是個王者，在硬生生被甩出來幾十里地後，終於張開了翅膀，在一聲巨響中停下了身形，不過看著他嚴重後彎的翅膀，楚天很懷疑他翅膀骨折沒有，同時也爲羆象王的力氣暗暗吃驚。

見九尾菜鳥王自己停了車，楚天才過去看著這位大鳥說道：「哥們，你沒事吧？」

「你是誰？」九尾菜鳥王的大眼睛裏閃爍著謹慎的光芒問道。

「我是救你的人，也是你將去的這座天空之城的主人，天禽楚天。」楚天瀟灑地一甩腦袋說道，可惜腦袋上光溜溜，連一根飄逸的毛都沒有。

「你就是楚天？嗚嗚嗚，我可找到組織了！」一聽楚天的話，九尾菜鳥王身上立刻黃光一閃，巨大的身體立刻縮小變作了一個長相猥瑣的男人，痛哭流涕地就向楚天跑過來。

楚天身體橫移，躲過，當九尾菜鳥王鍥而不捨地又反身衝過來時，他抬起一腳踹在菜鳥王的胸口，將其蹬飛出去半里多地。

「不要跟我來這一套，我救你是因爲你是個王級，如果不給我好好效力，等一下就把你扔到獸蟲部隊裏面去。」楚天拍拍腳，囂張地說。

聽了楚天的話，九尾菜鳥王猥瑣的臉上雖然跟吃了苦瓜一樣，但卻老實了，走到楚天不遠處說道：「不用踹得那麼狠吧。」

「我樂意，你就是那個棲鶻城的這一代城主？叫什麼名字？整個城裏就你一個逃出來？」楚天用眼睛斜視四十五度看九尾菜鳥王，好像很隨意地問阿貓阿狗一樣問道。

臉色更苦，卻不敢說什麼，九尾菜鳥王很老實地說道：「我叫肇中牟賴采，是棲鶻城的這一代城主，在前兩天被獸族寒犀王率領大軍攻進了棲鶻城，現在只剩下我一個。」

「好了，說完了吧，說完了還不快進城，你想繼續被羆象王壓成菜鳥餅啊！」楚天點點頭示意知道了，然後又大聲叫道，好像訓孫子似的。

「哦！」肇中牟賴采點點頭，不敢多言，在楚天的督促下向聚寶城飛去。

這次就楚天耽誤的時間最長，其他人早就將自己的目標接回了城，這些人都比肇中牟賴采強太多了，他們不只自己逃了出來，還帶了不少精英部隊。

而這時，聚寶城中聚集的王級高手竟然達到了驚人的十一位，其中除了老熟人奧斯汀以及剛認識的肇中牟賴采外，其他人倒是一個都不認識，所以只有由瑞斯戴姆介紹。

「這位是上一任禿鷲族的族長，新晉王級泰斯勒；這是白眉雕族族長庫查查，新晉王級；這是金翅鷹族族長麥斯買提，新晉王級；這是難天鳶族長老庫尼奇瓦，新晉王級；這是莫頓，天心鴞的族長，也是新晉王級。」先是介紹了這些王級高手，卻發現只有一個是原本的盟友，其他的都是迫於無奈來找棲身之地的。

楚天非常直接，出得起買命錢的可以留下，擁有王級並參戰的可減少三分之一，盟友減少一半，要不然就離開聚寶城，哪邊安全哪邊去。

這條件一出口大家可就炸開了窩了，因爲先前北大陸就處於備戰的緊張氛圍裏，原來又年年征伐，這裏的鳥族都擁有非常敏銳的神經，所以面對這次三族的突然大規模襲擊，除了某些傻叉鳥，其他人都帶出了不少族人和財產。

而聚寶城一舉消滅四倍於自己的三族聯軍已經響徹了北大陸，他們當然願意求個平安了，所以雖然叫得很凶，但大部分都是乖乖地送上了買命錢。

讓幾個女人負責對進駐的新鳥人進行統計，楚天卻被帝雷鳴拉到了一邊。

「怎麼了老帝？」楚天奇怪地看著大明王問道。

「我擔心綠絲屏城，所以想帶族人回防。」帝雷鳴眼神裏閃過矛盾的神色，顯然不知道這個決定會出現什麼後續問題。

楚天面部表情瞬間僵住，頓了頓才在隨後說道：「老帝，現在綠絲屏城有多少人？這裏又有多少人？你認爲我們分開防守能夠對付得了三族聯軍？」

帝雷鳴眼中的矛盾之色更濃，歎了口氣說道：「我也知道這樣很危險，但我捨不得綠絲屏城啊。」

楚天苦惱地一踢腳下的石子，口中罵道：「奶奶的，要是天空之城能移動就好了。」

走在旁邊的帝雷鳴突然眼前一亮，說道：「你說移動？」

「是啊，怎麼？」楚天轉過頭看著帝雷鳴說道。

「我想想，好像在古典籍裏是有什麼方法可以讓天空之城裏移動起來，嗯，我要好好想想。」帝雷鳴摸著太陽穴邊揉邊自語道。

楚天一聽也把心提到了嗓子眼兒，然後在一旁期待地等著，突然，有人在遠處叫他，本來他是不想理會的，但聲音越叫越急。

猛甩了一下手，楚天身體飛起向聲音傳來的方向飛去，卻見喊他之人是基努皮特。

「天禽，外面來了一支血豹部隊，他們派使者上來說是您讓來的，到底怎麼回事？」臉上表情非常冷峻，基努皮特這個帥哥一見到楚天就問道。

楚天臉上立刻露出喜色，然後興奮地叫道：「他們在哪裏？快帶我去見他們。」

「主……主人。」一進議政廳的大門，楚天就聽到了一聲熟悉的聲音，看著這對對他忠心耿耿的兄弟，楚小鳥心中頓時有些說不清道不明的東西。

相比來說，他們比楚天對獨眼的感情還深，畢竟在一起經歷了那麼多。

「信……」兩隻飱豹都是不善於表達的人物，他們張張嘴最終沒有說出什麼，而是從懷裏掏出了一個牛皮信封。

楚天拍拍兩個人的肩膀，也不說廢話，「嚓……」撕開信封一目十行看了一遍，信上意思很簡單，首先是慶祝楚天這次戰鬥的勝利，然後又告知這次三族出了不少強兵，已經再次向聚寶城集結，因爲三族的頭領們感覺楚天上次的打擊讓他們的士氣遭受了毀滅性的打擊，對於以後的戰爭不利。

最後非勒斯特還說將坎落金坎落黑兄弟帶來的這十萬血豹從族裏除名了，只要楚天按照當初答應他的做，這些兵以後就是楚小鳥的了。

心中又是一喜，血豹可是獸人五大種族中排名第三的戰鬥種族，有了這十萬血豹，絕對相當於十萬獅鷲。

正當楚天感覺命運女神開始青睞他時，赫蓮娜領著一幫鶯鶯燕燕的女孩走了進來。

「怎麼樣了？」楚天現在第一時間想到的不是曖昧的東西，而是這些女孩統計的鳥人數量，這將是這場戰爭的一個重要部分啊。

「天禽大人，屬下奉命帶領一群姐妹統計鳥人數量，現在已經完成任務。」也不知道是不是對這兩次楚天的表現比較滿意，赫蓮娜居然少有地用非常輕鬆的語氣說道。

「有多少人？」如果是原來楚天說不定會心花怒放，不過現在確實是沒這個心思，如果連命都沒有了，其他什麼都是空白。

赫蓮娜揚揚潔白的下巴，後面的伊莎站出來說道：「四周逃來的部隊境界比較雜，但卻不乏高手。連一些族長在內共有：翎爵級鳥人兩百七十一名，銳爵級鳥人六千三百二十名，翅爵級鳥人戰士八萬五千四百名，羽爵級鳥人戰士二十二萬零兩千名，爪爵級鳥人戰士八十八萬六千名，沒有喙衛及其他平民鳥族，加上我們城中本來擁有的部隊，我們的兵力數量已經達到三百三十萬，不過平民沒有上次那麼多了，只有不到四百萬！」

楚天現在早就對這個幾百萬幾百萬的人口數字沒有什麼激動之意，看人家海獸蟲三族，打仗兵力都是論億的。

雖然這總共的七百萬人看起來不少，但相對來說就實在不算什麼了，而且楚天感覺，這最終的一戰應該不是靠兵力多寡來決定勝負的，現在各個族裏的王級都出手了，最終一戰的勝負決定應該就在這些王級的對決上。

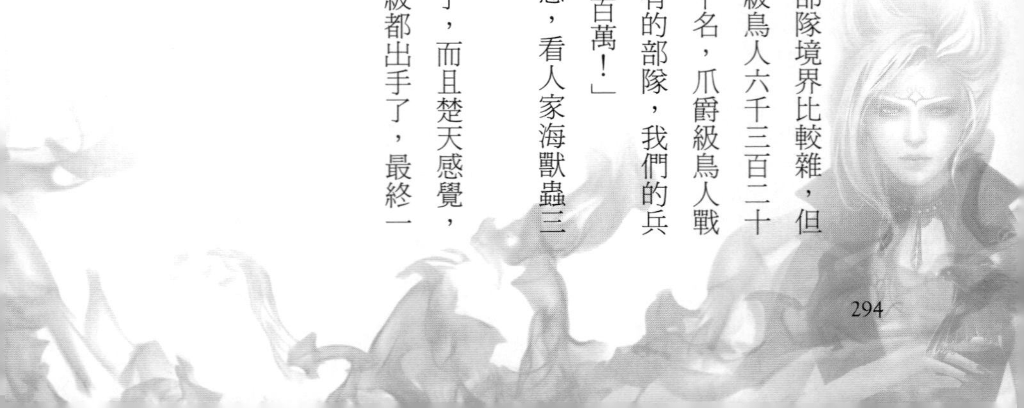

第十五章 九焚滅天

吉娜的話打斷了楚天的思緒，她補充說道：「不過我們仍有一些特殊部隊，比如海鳥裏會魔法的海鷗、海燕、海鷲等，因爲長久與海族相處，他們竟然產生了變異，擁有了一些海族的種族異能和天分。現在海族大部隊的指揮者信天翁族族長阿里法特特意用他們組建了一支魔法鳥部隊；還有我們的靈體部隊，因爲上次全殲三族聯軍，敵人還不知道我們擁有這個秘密部隊，可以作爲一支奇兵使用；還有天牛部隊，同樣身爲蟲族的他們可以搞滲透、偷襲等……」

聽了這些奇形怪狀的部隊，楚天苦笑了，這都是他收的部隊啊，就跟他人一樣，都是如此奇特。

不過等吉娜說完，奧爾瑟雅突然開口了，她用眼縫瞄著楚天說道：「我記得海鳥族那支魔法鳥部隊的隊長是個女孩吧，好像叫什麼伊美爾，據說她已經親自來找過三次某個花心的鳥人了。」

「咳……」差點沒被自己的口水嗆住，楚天咳嗽了兩聲，感覺一道道充滿殺氣的目光射向了他，立刻就想溜，但被赫蓮娜給擋住了路。

「嘿嘿，我尿急。」楚天乾笑著說道。

「裏面有！」對於楚天這種話，赫蓮娜這個女人也不臉紅，她抬手指了一下建在內部的廁所說道。

「……」楚天囧得想自殘，卻在這時，堅尼豪斯突然前來報告。

「寒克萊回來了？」楚天摸了摸大光頭，有些納悶他怎麼這麼快，但身體卻已經早一步走了出去，他可不敢再跟幾個女人探討伊美爾的事情了。

堅尼豪斯想到剛才赫蓮娜看他的眼神，忍不住打了個寒戰，感覺自己是做錯事情了，不過他知道現在再把楚天送回去絕對會兩方面都得罪，所以只好硬著頭皮將楚小鳥領了出來，走在路上時他突然說道：「這次不只是寒克萊來了，還有四個給我極強危機感的人。」

「什麼危機感？難道他們是王級？」楚天剛問出口，卻猛然想起靈體雖然對一般人不會害怕，卻會恐懼擁有精神力攻擊的王級。

「絕對是，而且不是像九尾菜鳥王那樣的王級。」堅尼豪斯的靈識一直是非常靈敏的，他點點頭說道。

「呵呵，有意思，難道是鳳凰親自來了？」楚天摸了摸下巴說了一句，已經來到了中心大殿。

大殿裏有人聲，卻有一股壓抑的氣息，楚天一聽已經聽到了史伊爾多得和瑞斯戴姆等幾個人的聲音，幾個和他們對話的人語氣很奇怪，好像具有超越他們的威壓。

真是鳳凰？難道是那個神使？要麼是大雷王？楚天心中猜測著抬步進入了大殿裏。

幾個人分左右而坐，左側的都是楚天這一方的人，而另一邊寒克萊只是站在一個長著銀白頭髮、眉毛卻極濃黑的中年男人身後，這個男人卻是坐在右側的最末尾。

在銀髮黑眉男人上方是楚天曾經見過一次的鳳凰族大長老，再上首則是一個好像老得已經不行的超級老人，他臉上的皺紋看起來已經無法數過來。

再上首楚天也曾遠遠見過，正是那個達到帝皇王級的鳳凰高手，叫做神使大祭司的傢伙，他在楚小鳥一進門時就透過了閃電般的目光，電得楚天心中一震。

最後一個人是個看似瘦弱的六旬老人，頭髮黑中帶銀，看似很平常，就如地球上那些在胡同裏下棋遛鳥的老大爺般，但正是他，卻給楚天一種無法比擬的感覺，雖然他好像根本沒有感受到楚天般，仍然在和瑞斯戴姆平緩地說著什麼。

「楚天你來了。」寒克萊看了他前面坐著的銀髮黑眉男，在那人點頭後才迎了上來。

楚天看到這種情況，哪裏還猜不到這就是那位擁有無上魄力的仙鶴族長哈爾伯特。見幾個來投靠聚寶城的王者要站起來迎接自己，楚天揮了一下手示意他們不用這麼客氣，才對寒克萊滿口含笑說道：「沒想到寒克萊大哥居然來得這麼快。」

楚天的意思很明白，他是懷疑仙鶴和鳳凰鯤鵬早有協定，其實早就等在外面了。

寒克萊人不笨，他清楚楚天的意思，臉上神色一苦，他說道：「我是從綠絲屏城回的丹姿城，等我回去後，鳳凰族的幾個學者已經研究出了修復傳送陣的方法，所以我們是從傳送陣過來的。」

一聽這話楚天知道是錯怪人了，不過他感覺沒有道歉的必要，畢竟是仙鶴先一步接納了他楚天的敵人的，雖然現在有和解的趨勢。

不再與寒克萊說話，楚天逕自坐在了最上首的王座上。

眼睛輕輕一掃，他已經捕捉到鳳凰大長老和那個超級老人眼中的異色，而神使大祭司也是微微抽動了一下嘴角，只有他最重視的那個平凡老人卻沒有什麼變化，只是用很淡然的眼神看著他。

「他已經超越了帝皇級嗎？」楚天心中是這樣想的，他用詢問的眼神看向了史伊爾多得等兩位大成王者，卻看到兩人皆是很輕地搖了搖頭。

而在搖頭後瑞斯戴姆就站了起來給大家介紹，第一個是銀髮黑眉的仙鶴族長哈爾伯特，隨後是鳳凰大長老，然後那個老人居然是鯤鵬三朝元老雅麥喋，大成王級；最後的平凡老人正如楚天猜測的，正是大雷王，當年的天下第一高手，一個連瑞斯戴姆和史伊爾多得都看不清深淺的傢伙。

「老夫只是王級，也不知道是什麼境界了。」聽到瑞斯戴姆的介紹，大雷王咳嗽了一聲，用淡得好像清水的話語說道。

「只是王級？」楚天嘴角揚了揚，卻看到大雷王向他輕撇了一眼。

「難道他能感應到我的想法！」楚天心中一悚，卻聽腦子裏的邪惡天禽有些狠狠地說道：「你別瞎猜了，他已經達到了帝皇王級的最頂峰，就跟你可以輕易滅掉一個大成王級一樣，他也能輕易滅掉一個帝皇王級，只差一步，他就能達到鳥神的境界了，當年我跟天禽融合時也是這個級別。」

「呼……」楚天心中深呼了口氣，對於這位人物的犀利已經暗暗心驚不已。

呼出的氣好像帶走了楚天心中的情緒，他畢竟是個天不怕地不怕的人物，在還是翎爵時就敢挑戰整個鳳凰，更何況現在，所以他晃蕩著二郎腿說道：「不知道幾位跺跺腳世界就震三震的大人物到底是爲什麼來這裏？難道是同意我所提出的條件了？」

鳳凰大長老對於楚天這樣的態度最是看不慣，尤其是那種語氣，他肩膀一動就想站起來說什麼，卻被神使大祭司一瞪，隨後他的身體用力卻沒有站起來。

「帝皇王級果然要稍微強過我，竟然能夠只靠眼神就禁錮一個大成王級！」楚天眼睛猛地一縮，卻面色不變，等著幾個超級高手的答覆。

「錢財本都是身外之物，生不帶來死不帶去。」並沒有如神使大祭司那樣拿捏身分，大雷王有些粗糙的手在椅子扶手上輕輕摩挲了兩下，隨後淡淡地開口道。

本來現在的情況是有些簽署城下之盟的味道，但大雷王這種語氣卻好像他才是兵臨城下的人，那種淡淡的自信最是讓人咬牙，卻沒有辦法。

楚天用阿Q精神安慰自己，平復一下心境，隨後才開口道：「那就是你們答應我的要求，用錢買命了？」

這次就連雅麥喋都受不了了，睜開那雙半瞇半張的眼眸就瞪向了楚天，卻聽大雷王捏椅子的手微微加力，發出了一聲「唧唧」的輕微聲響，而老人則再次半闔上了眼睛。

「好強大的統禦能力！」在楚天的感歎聲中，大雷王再次掛著平和的笑容說道：「是的，我們答應你所要求的。」

「呵呵，很好，不過我反悔了！」笑了兩聲楚天霍然變臉，說道：「寒克萊大哥沒有告訴你們嗎？我們外面聚集了上億的三族聯軍，我們如果去幫助你們，我的這座天空之城也得跟你們的一樣，被打落下去！」

「很好！」出乎意料，這次誰都沒有變臉，而大雷王更是說出了這兩個字。

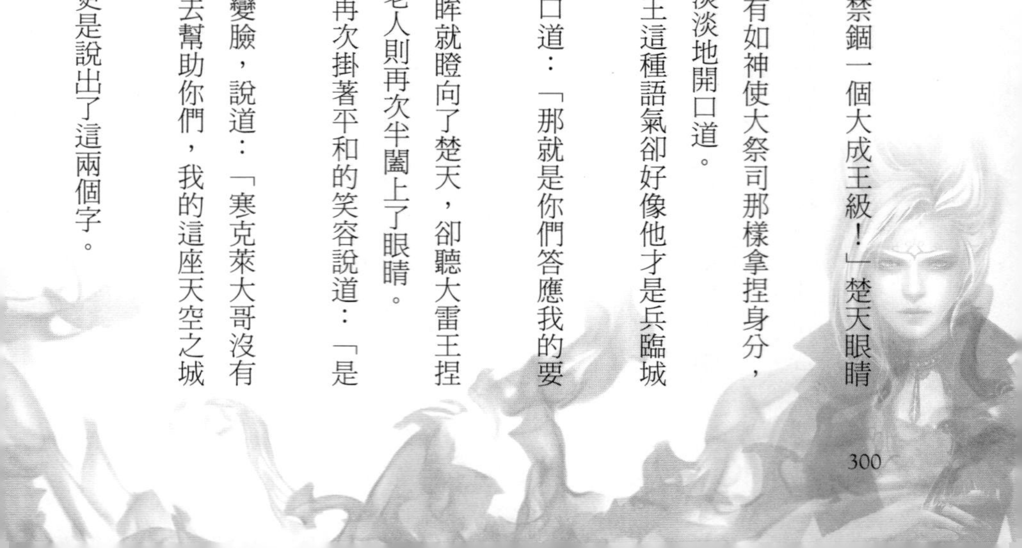

「你們難道不相信？不相信盡可以放出精神力量感應下四周，都是海獸蟲三族的部隊，告訴你們，我們不可能去幫助你們。」楚天被大雷王這種態度搞得急了，面對這種從沒有見過的高手，他感覺壓力很大，所以失控地叫了起來。

「不，我們相信，但我們仍會給你錢。呵呵，放心，我們不會讓你放棄這座天空之城，我們擁有可以讓天空之城移動的方法。」大雷王臉上的表情一直沒有太大的情緒波動，這也不知道是該說他臉部反應神經遲鈍還是他真有何種旁人無法比擬的自信。

「什麼？」楚天失聲叫了出來，卻同時在大殿外面響起驚喜無比的叫聲：「我想到了，我想到了……」

在興奮的叫聲中，帝雷鳴一臉激動地衝進了大殿裏，叫道：「楚天我想到了，移動的辦法鳳凰族有，他們族裏最古老的聖鳳可以幫助天空之城移動！」被喜意沖昏腦袋的他竟然沒有看到幾個超級強者，只是火急火燎地叫著，直到看到大家都愣愣地看著他，才猛地把嘴巴合上。

「原來是這樣！」楚天終於知道了事情的所在，他看向了同樣穩操勝券的神使大祭司，笑了笑。

「正是，我們鳳凰一族擁有可以讓天空之城移動的方法，這樣不知道你願不願意幫助我們？」神使大祭司終於開口了，他的聲音很縹緲，有些神幻，讓人忍不住產生頂禮膜拜的心態。

楚天承認這種感覺很強大，但比較大雷王則太鋒芒畢露了點。

聳聳肩，楚天笑著說道：「當然，有錢賺我怎麼會放棄呢。」

「那好，現在我就可以去幫你們啓動這座天空之城。」神使大祭司站了起來，掛著神聖祥和的笑容說道。

「聚寶城，我的這座天空之城叫聚寶城。」楚天挑了挑眉毛一字一頓地說道。

神使大祭司嘴角揚得更加神聖，他點點頭說道：「好的，我們是否去啓動聚寶城？」

「可以。」楚天站了起來，彷彿很滿意神使大祭司的態度，他走下王座說道。

「等等，我想問個問題。」突然，一個清冷高傲的聲音在殿門口響了起來。

「嗯？」所有的人都看向了門口，只見一個冰冷高貴、處處透露著傲意的女人款款走了進來。

「人魚?還是變異的靈體？」鳳凰大祭司眼睛猛地收縮，語氣裏含著肅殺說道。

「她是我的女人，如果誰要是傷害了她，別怪我做個言而無信的小人。」楚天突然加大步伐，走到了赫蓮娜的身邊說道。

作爲與海族仇恨最大的鳳凰大長老已經提起了氣勢，但在聽了楚天的話後他不得不收了回去。

看到這種情況，楚天也才將威壓押回，看著赫蓮娜問道：「你怎麼突然來了？」

一對美眸流露出一道亮色，赫蓮娜說道：「我是聽到你和他們的計劃後才趕過來的，我認爲先不要讓他們啓動聚寶城。」

「爲什麼？」楚天確實不解，他認爲這是好事啊，如果將天空之城移動，那就是太空船啊，可以隨意地以城爲戰爭堡壘攻擊敵人。

「哼！」並沒有給楚天解釋，赫蓮娜看著鳳凰等人說道：「你們既然有將天空之城移動的方法，爲什麼沒有將聖鸞城救出來？又爲什麼不啓動丹姿城向我們這裏靠近來讓兩城互爲犄角？」

一聽赫蓮娜的話，楚天這邊的人瞬間都想到了這個問題，是啊，怎麼不那樣做呢？

本來臉上還是神聖祥和微笑的神使大祭司臉色微變，他雙眸中精光一閃看向了赫蓮娜，竟將這位刺玫瑰看得打了個寒戰，不過下一秒楚天已經擋在了她的身前，大眼睛裏滿是暴虐之色瞪視著神使。

「大祭司，還是跟楚小友把話說清楚，三族的大軍不會給我們太多時間的。」倒是大雷王，臉色還是沒有什麼波動，他緩緩開口道。

眉毛蹙了下又迅速鬆開，最終神使大祭司收回目光說道：「聖鳳可以幫助天空之城擁有飛行的能力，同時化作天空之城的城靈，並爲天空之城添置一層聖焱護罩，缺點就是在使用聖焱後的十五天內，天空之城將再沒有能量，連最基本的防禦都無法維持。我們並非不想用聖鳳來啓動聖鸞城，只是根本沒有機會，當時猞猁王纏住我，其他幾個王者也被牽制，根本沒有機會召喚聖鳳；而丹姿城則因爲被間諜破壞，控制核心好多地方都被毀壞了，我們族裏的學者只能修復一些簡單的，並讓丹姿城維持在天空，別說融合聖鳳了，如果在三十天後還無法修復好控制核心的話，那麼又一座天空之城將要隕落。」

神使的話讓眾人漸漸收回了劍拔弩張的氣勢，楚天也是如此，他想了想，感覺還是融合聖鳳比較划算，不過他還是問了一下其他同盟王者的意見。

最後大家都感覺融合比較好，所以楚天安撫了赫蓮娜，領著一群人向控制核心走去。

來到那間銀白相間的奇怪房間裏，就連大雷王都臉色稍起波瀾，看著這座史上最偉大的天空之城的控制核心，他們嗅到了一股超越了凡人的力量。

「哼！肯定要變了，這核心當年大雷王這個傢伙與天禽關係還不錯時好幾次要上來，都被天禽給拒絕了，這次上來他肯定要激動一下了。」察覺到楚天心中的詫異，邪惡天禽再次咬著牙說道：「若不是現在我控制不了這具身體，我是絕對不會同意讓這些傢伙進來的。」

「不進來，你認爲我們能有多大勝算，結合現在已知的資料，三族聯軍中絕對有可以與大雷王比肩甚至超過他的高手。」楚天其實也不想，但現在並非任性的時候。

在楚天用意識與邪惡天禽對話的時候，神使大祭司開口用呢喃的語調念道：「偉大的聖之火靈，請接受我的召喚，在世人面前展現你高雅的容顏——聖鳳出！」

隨著神使大祭司的召喚，大家讓出來的地面上出現了一團赤白色的光芒，隨著光芒越來越刺眼，大家一個個閉上了眼睛，只有大成王級以上的高手才看到，一隻巴掌大小的小鳥出現在白光之中，它渾身瑩白，細心的人能夠看到，那些瑩白根本就是精純的火焰，它完全是由火焰構成的。

「這就是聖鳳，我將念咒，讓它與天空之城相融，楚小友，你要控制聚寶城不要自動啓動任何防禦措施。」看著楚天，神使大祭司說這句話時竟然無比的慎重。

楚天面色一整，點了點頭，開始用意念控制聚寶城。

神使大祭司這時盤膝坐在地上，雙手連續舞動，口中念念有詞，一道道五色的光芒從他不斷抖動的手指上飛出，射到好像小雞一樣在地上蹦躂的聖鳳身上，聖鳳就呆住了，然後竟好像太陽底下的雪人一樣，逐漸融進了地下。

當整個聖鳳都融進地下後，眾人就發現四周的牆壁上多出了一條條紋，思維能力比較好的人會將這條紋聯繫起來，結果就是剛才那隻聖鳳的模樣。

等神使大祭司從地上站起來並說已經完成後，眾人才排著隊走出了控制核心，結果就看到在聚寶城四周多了一層好像火一樣的虛影，看著非常真實，卻沒有感覺到一點火燒的氣息。

「可以啓動了，因爲聚寶城特殊的情況，在融合聖鳳後它還多出了一樣能力。」神使大祭司眼裏面有些嫉妒的神色，他對楚天說道。

「什麼能力？」楚天奇問。

「瞬移，讓整座聚寶城瞬移。」邪惡天禽和神使大祭司同時開口，將楚天擊得一呆，隨後才咧嘴笑了兩聲，直到大雷王都開始催促他後，他才控制聚寶城，按照神使大祭司的指點，進行了第一次天空之城瞬移。

空間彷彿被撕裂，大家感到一陣頭暈，等再次恢復清明時，聚寶城的景色早就變了，除了四周的白雲血雨外，不遠處由白黑兩色構成的另一座天空之城吸引了大家的目光。

「歡迎大家來到丹姿城。」一直沒怎麼開口的哈爾伯特臉上掛起了笑容對大家說道。

「到了？」知道情況的人立刻露出驚喜的神色，向城牆跑去，結果看到幾十隻仙鶴飛了過來。

「是奴比他們！」寒克萊叫了出來，同時制止聚寶城做出攻擊準備的人，他對楚天說道：「這是我族的禁軍教頭，比我厲害多了。」

「我知道。」楚天點點頭，他如何感應不到人家能量的多寡。

「怎麼了，奴比？」看到奴比臉上有些蒼白的面色，就連哈爾伯特都忍不住了，他飛上天空問道。

一看真是自己的族長，奴比臉上稍微有了些紅暈，他叫道：「攻擊了，他們終於攻擊了！」

「情況怎麼樣了？」哈爾伯特問著已經向地下看去，其他人也是一樣的動作。

只見無數海族正在用魔法攻擊丹姿城，而蟲族又在搭橋，然後由獸族部隊和蟲族詛咒軍團強攻。

在楚天等人看到三族進攻的時候，他們也發現了突然出現的聚寶城，本來進攻的陣型先是一亂，隨後可能是由什麼有威嚴的傢伙出面，他們才再次恢復了攻勢，不過卻分出一部分來進攻聚寶城。

「兄弟們，開始防禦！」菲斯戴爾這個時候早就開始吩咐各個軍團的負責人，向部隊宣傳口號，有的走上城頭，有的飛上天空，準備戰鬥。

聚寶城部隊的反應極其迅速，大家同時站在城頭，運起配合戰法，頓時無數彩光在城頭閃動，隨後一排光鏈飛了出去。因爲前段時間曾經訓練過，準頭是極好的，光鏈筆直地一頭扎進密集的聯軍堆中，地面上立刻開出一朵巨大的電弧鮮花，最起碼上萬隻聯軍成了一堆飛灰。

飛在上空的空中部隊也開始發威，他們千人組成一個三角形小隊，雙手相連，身上閃起朦朧光暈，隨後無數乳白色的光柱射了出去，周長過百米的光柱打在地面上並沒有爆炸，而是在地面上快速移動，凡是被碰到的東西，即使僅僅被擦到一點邊，就立刻化爲了蒸汽。

但聯軍實在太多了，雖然殺了不少，但卻不足他們萬一，在通過以屍體鋪築的道路，他們竟然衝到城牆前十多米的地方。就在這個時候，聚寶城四周的火焰虛影突然熾光大盛，衝得最快的聯軍士兵全體撞上了上面，頓時變成了黑色的粉末灑在蟲族工程兵搭建的拱橋上。不過聖焱並不是無敵的，在絕對的數量前，在聯軍不怕死的進攻下，聖焱的虛影居然有了暗淡的境況，並開始出現好像供電不足的閃爍。

「唔……，第一次使用聖鳳的力量就連續大規模運用，聖鳳力量與聚寶城產生了排斥反應。」神使祭司眉頭一皺說道。

「我靠，那可怎麼辦？」楚天等人簡直怒了。

在楚天等人找情況時，聯軍們可不猶豫，立刻衝向了城牆。但是讓他們和楚天等人都沒有想到的是，在閃爍了幾下後聖焱居然又亮了起來，燒烤成渣的慘劇又開始了。

相對於巨大的城市來說，楚天這方面的火力似乎仍顯單薄了些，聯軍近乎瘋狂的衝擊根本沒有辦法被抑制。眼看著衝上來的聯軍越來越多，楚天也知道聖焱並不能阻擋多久。

果然，在三十分鐘之後，敵人依靠丟下的近千萬部隊終於耗得聖焱暫時停火，並在隨後衝到了城牆下。

楚天很想衝上去殺戮一番，但他忍住了這個念頭，三族的王者，還沒有出現。

在楚天等人焦急的等待中，終於，天空中傳來一聲龍吟，一直古井無波的大雷王好像有些昏的眼睛裏爆發出太陽一樣的光芒，看向了左邊的天空。

「是海龍王，帝皇級王者！」曾與海族有接觸的邪惡天禽也在楚天腦海裏叫道。

「又是帝皇！」楚天十分鬱悶。

「何止，最起碼有三個帝皇，還有一個我暫時感受不透深淺的傢伙，應該是獸族五王最強的狁狻。」邪惡天禽破天荒的語氣裏沒有了瘋狂的韻味，十分慎重地說道。

在這瞬間，天空之上出現了好幾道黑影，這些黑影幾乎是同時消失，然後眾人眼前出現了一排王級！

一共十三個，他們的出現連天地都彷彿歡迎他們般，色彩一變，出現了無數紅雲。

本來正瘋狂進攻的聯軍士兵更是冒著死亡的危險停下攻擊，整齊地跪伏在地上呼喊道：「叩見十三大威勢天王！」

上億人同時呼喊會有什麼效果，連天上的雲都被震散了！

「十三大威勢天王！好響亮的名字，不過寒克萊你不是說他們最起碼有十七個王者嗎？加上北大陸的那十來個，怎麼現在就這麼幾個？難道他們還有伏兵嗎？」楚天看著這些形狀各異，卻無一不給人以強大壓力的王者問道。

此刻在強大的王級威勢前寒克萊幾乎要站不穩了，幸虧這邊也站著十好幾個王者，他才勉強提起顫抖的聲音說道：「是，不過那是一開始，不少在戰爭中都給滅掉了，尤其是在聖鸞城和鯤鵬城。」

「你不要嫌他們少，這些哪個都達到了大成王級的級別。」史伊爾多得在楚天耳邊悄聲說，他不敢大聲說出來，怕把那些來尋找庇佑的新晉王者給嚇到。

「站在最東頭的那個超級紫髮帥哥就是狁狻，他應該和大雷王境界差不多，甚至在數量上還要稍多於大雷王；他西邊的是海龍王，沒想到他還是這副瘦弱中年人的樣子；再往西是猞猁王，同樣的帝皇王級，要不然也不能拖住鳳凰那老小子，不過我看他極不爽，竟然將腦袋搞得五顏六色，比鳥族最醜陋的火雞還要讓人作嘔；還有那隻渾身金燦燦的傢伙，是金蟬子王。」邪惡天禽此刻在楚天腦袋裏聒噪開了，他說了東邊的又說西邊的。

「最西側那個是蟲族的，看他這身黑霧不用腦袋想也能知道他是滅神蛛，大成王級；稍東的那個是海族的龍首龜王，唯一去除掉龜殼的龍首龜，大成；再往東是羆象王，你已經見過了；還有那個蒙著面紗的女人，她是你相好要當人魚王的障礙物，現任人魚王；中間的就是寒犀王了，都是大成，這一仗真有得打。」

楚天聽了邪惡天禽的話，默默盤算著，發現也就是半斤八兩，畢竟自己這方也有九個大成王級以上的高手，而且還有好幾個新晉王級，讓他們拖住一個大成，就正好相平了。

已經吃了兩次吃剩飯啃骨頭的惡果，楚天這次學乖了，他眼睛掃了一遍已經選中了羆象王作爲對手，本著先下手有得吃，後下手被人吃的道理，他在選中後就第一個衝了上去，同時大喊道：「還想在聚寶城住下去的，都給我衝呀。」

有人帶頭，再加上害怕楚天扒皮的本事，後面並不能清楚認識到敵人強度的新晉王級們都在隨後衝了上去，而其他人也在無奈地對望了一眼後衝了上去。

氣機已經被楚天這下搞亂了，再等也不會等出心態之爭辯強弱的事情了。

「轟——」好像彗星撞地球般，一群王級撞在一起，那些新晉頓時倒飛出去好幾個，楚天卻是喜笑顏開地到了羆象王的跟前。

羆象王認得楚天，知道他就是上次給自己壓力的人，喜歡欺壓弱者不愛挑戰位置的羆象王居然在楚小鳥不敢相信的神色中轉身逃跑。

楚天立刻就想追，卻被比火雞還難看的猞猁王給攔住了。

「不會吧，他可是帝皇王級呀！」楚天簡直要哭了，轉身想跑，卻被猞猁再次攔住。

「你是膽小鬼嗎？」猞猁王攔住楚天後非常輕蔑地說道。

「我不是，你爹爹是！」楚天知道跑不太容易，他身體快速飛出，拳頭猛地砸向猞猁王腦門，口中同時叫道。

拳頭同樣威猛，但對手卻不是逆冰鯨王了，猞猁一歪頭就躲過了這下攻擊，同時，一拳砸在了楚天的肚子上。

「喔……」楚天肚子猛地向後彎，他臉上表情扭曲，竟沒看清猞猁王出拳的影子。

「和我對拳頭，你嫩了點！」口中說著，猞猁王一個反身腿，踢在楚天腦側，將楚小鳥踢得打著轉飛了出去。

「好猛啊，這就是帝皇王級的力量嗎？我根本看不到他的出手軌跡！」楚天從空中蹦了起來，看著悠閒得好像在自己後院的猞猁王，心中暗暗發苦。

在這邊楚天受窘的同時，這種情況同樣發生在所有鳥族王者身上。

不論是讓楚天感覺深不可測的大雷王，還是那些群毆一個大成的新晉王級們，他們都被三族王者壓得死死的。

天空之中，各種能量橫飛，將四周的雲彩徹底打消，又重新打出來，地面上也因爲意外瀉出的能量而炸出了無數溝壑，伴隨著的當然有不少好像螞蟻般的聯軍戰士。

「轟——轟——轟——」爆炸無處不在，大地在顫抖，天空在嗡鳴，鮮血染紅大地，能量掛滿天空。

絢麗，卻代表了死亡。

犺狻確實厲害，他身體已經完全超越了空間和時間界限，他可以隨意使用瞬移，並改變空氣中時間的排序，讓大雷王產生錯覺，然後出手。

這位純正的戰士手裏面有一把碧綠色的大刀，這把大刀已經在大雷王身上開了五道血口，而大雷王的雷擊則只是劈中了犺狻的肩膀一次，看他活動自如的樣子，大雷王不認爲他這個可以輕易將一座山脈炸碎的迅猛雷能給犺狻王帶來了什麼實質性傷害。

神使大祭司情況更加不好，他對付同樣是才成帝皇的猞猁已經非常吃力了，人家現在的海龍卻是進入帝皇最起碼百年的傢伙，而且人家是純法系，站在遠處就能給他這個祭司放冷刀子。

可憐的他只能用神術不斷給自己治傷，然後讓海龍王繼續攻擊，再繼續治療。

鳳凰大長老、鯤鵬三朝元老甚至帝雷鳴、史伊爾多得、奧斯汀、瑞斯戴姆大家都被壓制得夠戧，而更爲氣人的，這些三族王者好像有意在玩他們一樣，並沒有出什麼大狠招來攻擊。

王者，是有王者的尊嚴的。

最先是感覺無法戰勝犺狻的大明王，他和神使大祭司對視一眼，看到了彼此眸子裏的決絕。

既然無法通過正常手段戰勝，那麼就來個非正常手段吧。

大陸上所有的種族都說鳥族是最受神靈喜歡的種族，事實確實如此，就如整個大鳥族擁有一種秘法，一種相似於自爆、威力卻遠勝於自爆的術法——粉神爆身術！

當大雷王和神使大祭司作出決定的時候，跟隨他們幾萬年的手下同樣作出了再次跟隨的目標，他們決定啓用，但這粉神爆身術是無差別攻擊招式，他們卻沒有通知其他「盟友」，因爲他們感覺自己都要死了，何不把四周的人都拉下來，如果不是能力不夠，他們都想將整個世界拉下同遊地獄。

「粉神爆身術！」口號是由神使大祭司喊出的，隨後他的身體變作了任何人都無法逼視的純白之光，融合了旁邊的大雷王以及兩個手下，天地瞬間變得一片蒼白。

除了天空之城生出的強大防護罩外，其他部隊，不論是任何人，連慘叫都來不及發出就被直接汽化，甚至包括有些王級。

大明王提前感覺到什麼，他眼睛幾乎要凸出來，在猶豫了瞬息後他已經祭出孔雀明王印和孔雀翎，同時靈體飛出融合進這兩件神器裏，最終兩件神器又合在一起，變成一個巨大的鍋蓋，鍋蓋擴大後，將楚天等少數幾個人籠罩在下面。

「這是……神不破安全區！帝雷鳴，你給我回來！」史伊爾多得和奧斯汀都叫了起來，他們想衝上去抓住透明的鍋蓋，卻發現身體都動不了了。

「什麼東西？他們怎麼了？」楚天還是不瞭解情況的，他奇怪地問道。

「你知不知道傳說中大明王是鳥神座下的第一戰將，不過由於後來犯了錯誤，被貶了下來，不過鳥神感覺大明王爲他做了不少事情，就特意賜下了一件連他都打不破的神器，不過只能用一次，而且還需要犧牲靈魂才可以。我本來以爲那是傳說，沒想到居然真有這麼個玩意兒。哼哼，這個空間比阿難空間可厲害多了，鳥神真不一定能夠打破呢。」邪惡天禽還在絮絮叨叨說著，楚天卻在聽完他前半段話後就傻眼了。

「犧牲靈魂？那豈不就是魂飛破散？」楚天感覺心中一震，鼻子竟然有點酸，他腦海裏不由翻動起和帝雷鳴之間的過往。

「是爲了保護崽崽和大家嗎？」看到恢復崽崽意志的大明王軀體，楚天心中感覺有些無力，一個朋友居然就這樣消失了，徹底的。

「都是這些渾蛋，要不是他們，哪用出現這些生離死別啊！」楚天憤怒了，從沒有過這麼怒過，他感覺一股沖天的火焰在他心裏燒灼……

這個時候比十幾顆氫彈同時爆炸還要厲害的粉神爆身術終於逐漸消失，地面上所有的一切都被夷平，再沒有一個生命存在，天空裏，血雨和白雲也被打沒了，只留下鏡子一般的天空。

不過在天空之中，還留著三個人，他們就是三大帝皇王級高手！

「渾蛋！我們的族人……我們的族人，竟然全部被消滅了。我要殺光那些鳥人！」本來對陣楚天是很淡然的猞猁王，這個時候臉部表情極度猙獰，他想衝下去殺光天空之城的鳥人，卻聽犰狳王說道：「這裏還有人！」

聽了他的話，猞猁王才看到了在地面下那個透明的罩子，此刻，罩子正逐漸消散，露出裏面的楚天幾個人。

「呀，你們給我死！」這樣的話同時自天上地下兩方人口中喊出，一方族人全滅，一方摯友隕落，被憤怒充斥了身心的他們恨不得吃對方的肉剝對方的皮！

「哈哈哈，挑戰帝皇巔峰高手，我喜歡，既然你有這個勇氣，我就陪你再瘋一次。」不知道爲什麼，看了帝雷鳴的事情，邪惡天禽產生了一點明悟，所以他作出了決定。

正在衝向天空的楚天，感覺腦後的某塊地方一陣劇烈的跳動，然後他腦海裏不斷出現各種奇特的畫面，最後他身上的肌肉彷彿沸騰的開水般不斷凸起凹陷，等他反應過來時，他感覺他可以挑戰上帝了。

這是一種心態和力量同時興奮過頭的表現，就跟食用了興奮劑迷幻差不多，只是這個世界沒有上帝，所以楚天只好挑戰了犰狳！

「啊！」楚天大叫著甩出了幽靈碧羽梭、大日金烏和烈火黑煞絲，不過這三件羽器並沒有如同原來那樣分別攻向犰狻，而是合在一起，變成了一把沒有顏色的寶劍。

楚天不去想情況爲什麼會這樣，只是本能地抓住寶劍。

如同舞劍一般，將手中的無色劍揮出一道道奇特的軌跡，楚天的身體開始虛幻化，感覺攻擊到他的犰狻發現他只是穿越了一層空氣。

等犰狻再次轉身想攻擊時，楚天的身體已經變成了十米高的巨人，但還是在好像水中倒影般波動不已。

犰狻眼神凜然，想不通這是什麼，卻見楚天的身體慢慢地旋轉起來，速度越來越快。

犰狻不敢等，想要衝出楚天旋轉的圈子，卻在衝出時，被彈了回去。

等他一臉震驚地跳起來時，發現楚天已經停了下來，不過卻有了九個他。

九重禽天變最終級——第九重九焚滅天變！

楚天看著下面那個小傢伙，知道就是他才逼迫得大雷王和神使大祭司使用粉神爆身術，間接地讓帝雷鳴自殺保護自己等人。

他恨！所以他出手絕不留情！

一招，幾個分身都使用一招，那就是高高舉起了手中的無色劍，然後猛然揮落。

天羅地網！犰狻王瞬間產生了這樣的想法，他甚至不知道怎麼躲，不知道怎麼抗衡！

這才是神的力量……

後記

靜謐的折翼海上，一座由巨大的樹木直接做成的浮板在海綿上沉沉浮浮地飄動著，一個赤裸著上身的光頭男人正仰躺在上面曬太陽，在他四周有幾個氣質不同卻同樣美絕人寰的女人正在嬉水玩鬧。

其中一個渾身透露著冰冷高傲氣息的女人款款走到了光頭男人的身邊，邊伸出嫩白的手輕輕給他按摩邊悄聲問道：

「楚天，你現在達到神級，不是可以踏破虛空了嗎？有沒有想過回地球？」

楚天舒服地呻吟了兩聲，聰明地說道：

「回地球幹什麼，我難道捨得下你們幾個。」

口中是這般說著，其實楚天自己知曉自己的心事，他已經試驗過幾次，但因爲沒有準確的座標，根本找不到地球所在的空間，更爲鬱悶的是，每次破開空間都需要極大的能量，就是以他現在九變合一的實力也需要聚集好幾個月才能來那麼一次。

「不過不要緊，反正以現在的情況還能活上幾百萬年，有的是時間找，慢慢來……」

楚天心中想著，將赫蓮娜抱在了懷裏。

全書完

馭禽長征 ⑥ 紫銀天劫 (原名：馭禽齋傳說)

作　　者：雨　魔
發 行 人：陳曉林
出 版 所：風雲時代出版股份有限公司
地　　址：105台北市民生東路五段178號7樓之3
風雲書網：http://www.eastbooks.com.tw
官方部落格：http://eastbooks.pixnet.net/blog
信　　箱：h7560949@ms15.hinet.net
郵撥帳號：12043291
服務專線：(02)27560949
傳真專線：(02)27653799
執行主編：劉宇青
美術編輯：吳宗潔

法律顧問：永然法律事務所　　李永然律師
　　　　　北辰著作權事務所　蕭雄淋律師
版權授權：蔡雷平
初版換封：2016年1月

ISBN：978-986-352-229-4

總 經 銷：成信文化事業股份有限公司
地　　址：新北市新店區中正路四維巷二弄2號4樓
電　　話：(02)2219-2080

行政院新聞局局版台業字第3595號
營利事業統一編號22759935

定 價：280元　　特價：199元

國家圖書館出版品預行編目資料

馭禽長征 / 雨魔 著. — 初版. —
臺北市 : 風雲時代, 2015.08-
冊 ;　公分
ISBN 978-986-352-229-4(第6冊 : 平裝). —

857.7　　　　104009474